蓝茧

伦敦三年

王欣婷
著

海豚出版社
DOLPHIN BOOKS
CICG 中国国际传播集团

图书在版编目（CIP）数据

蓝茧：伦敦三年 / 王欣婷著. -- 北京：海豚出版社, 2023.8
ISBN 978-7-5110-6502-5

Ⅰ. ①蓝… Ⅱ. ①王… Ⅲ. ①长篇小说－中国－当代
Ⅳ. ①I247.5

中国国家版本馆CIP数据核字(2023)第121169号

蓝茧：伦敦三年
LAN JIAN:LUNDUN SAN NIAN
王欣婷 著

出版人 王磊
责任编辑 白银辉 梅秋慧
特约编辑 郭城
封面设计 尚燕平
责任印制 于浩杰 蔡丽
法律顾问 中咨律师事务所 殷斌律师
出 版 海豚出版社
地 址 北京市西城区百万庄大街24号
邮 编 100037
电 话 010-68325006（销售） 010-68996147（总编室）
邮 箱 dywh@xdf.cn
印 刷 北京盛通印刷股份有限公司
经 销 新华书店及网络书店
开 本 880mm×1230mm 1/32
印 张 10.75
字 数 220千字
版 次 2023年8月第1版 2023年8月第1次印刷
标准书号 ISBN 978-7-5110-6502-5
定 价 52.00元

目 录

中篇

下篇

序言

俞敏洪 / 文

《蓝茧：伦敦三年》讲述了一群在英国求学的中外大学生的青春成长故事。

来自中国深圳的主人公夏瑞漫入读英国中部小镇的一所寄宿制学校，因为语言不过关，遭到老师质疑。拒绝改换科目的夏瑞漫苦读两年后，终于考入伦敦伍德兰兹学院学习历史。

在这里她认识了热心肠的麦琪、凡事总爱拖拉但运气超好的乔、有着远大志向的萨缪尔、性格内向但满腹才华的肖恩、自以为是的花花公子彭坷……这些来自世界各地的性格志趣迥异而思想又异常活跃的年轻人，以伍德兰兹校园及周边地区为背景，演绎了一幕幕或令人振奋，或令人扼腕，或令人开怀，或令人悲伤的动人故事。

作者以幽默风趣而又深刻宽广的笔触，不仅真实展现了中国留学生在国外求学的日常学习与生活场景，也把大学生群体的青春迷惘、现实无奈、梦想求索和人生奋进描写得淋漓尽致。

作者王欣婷曾经在新东方学习，后就读于伦敦政治经济学院历史系。她本身就是一名十几岁就去海外求学的留学生，因此本书可以说是年轻一代留学群体的一个全景展现。

我在多年前的一次讲演中提到，如果说二十世纪八九十年代的人出国留学，目的大多是不纯粹的，或为了物质财富而去，或为了摆脱贫困而去，而时光进入二十一世纪，当新一代出去留学，他们多数已不再是为了“镀金”，而是为了寻找并确立自己的兴趣，实现自己的理想，过上自己想要的生活。

他们虽然大多涉世未深，但已经有很多成年人尚且不具备的独立思考能力；他们尽管尚显幼稚，但懂得跟随自己的内心；他们决定要自己来安排人生，而不是活在别人的世界；他们喜欢走出国门，用多种视角和包容的心态来拥抱世界……

《蓝茧：伦敦三年》中的夏瑞漫，正是这样一个典型的中国“90后”留学生。

当指导老师“咳嗽”（Ascough）担心夏瑞漫的语言能力，建议她改换科目的时候，夏瑞漫执拗地用不太流利的英语跟老师说：“我不会改变我的选择的。”我们看到的是永不言败的劲头。

当夏瑞漫经历了一段因寂寞和嫉妒而生的错误情感，意识到这并非自己想要的爱情后，她决然舍弃，不但没有懊恼，反而感谢这段经历让她知道了自己不想要什么。我们看到的是乐观与果断。

当夏瑞漫终于发现真爱，即使知道肖恩患有抑郁症，仍然接受他的告白，并在肖恩最脆弱的时候不离不弃。我们看到的是善良与纯洁。

当夏瑞漫冲破重重阻力帮助脑瘫的美国女孩安娜争取学习权利的时候，面对校方的威胁，她毫不退缩。我们看到的是正直与勇气。

当生在中国、长在中国，中文却不好的劳伦表示不愿回中国工作的时候，夏瑞漫的决定则是：“我不会一毕业就回国，但最终还是要回中国的。毕竟那是自己的家，自己的根，不论走到哪里，最后还是希望能回去的。而且就是因为中国在发展建设中有那么多问题，才更要回去为它做点什么。”我们看到的是爱国与责任。

……

其实每一代人都有自己的历史使命。作者王欣婷曾这样理性而自信地表达他们这一代青年人的历史使命：

“当然不是每个出国留学的人都对当时中国的发展起到了决定性的作用，严复、蔡元培等被载入史册，而同时代其他很多留学生跟大部分人一样消失在历史的记忆里，但中国历史上这段重要的篇章永远不会被忘记。不论后来二十世纪的历史如何演绎，这些留学生——举足轻重的个人和整个群体——帮助改变和塑造了某一时期的中国社会面貌。”

而二十一世纪的中国留学生呢？

毋庸置疑，他们不会就这样悄无声息地走一遭，但他们对国内乃至国际社会的形势有怎样的作用，以及作用的大小，还是取决于他们在国外的时候选择怎样的生活，如何思考，思考什么。

“这个世界上没有乌托邦，西方国家确实有许多值得学习的地方，但他们的社会不仅不完美，而且问题重重。中国的知识分子该有更高的理想，不是把外国的东西嫁接过来，而是要创造出比它们更好的模板。”

这才是我们出国留学的终极意义。不仅要去追求和实现自己的梦想，还要为我们这个民族、为这个国家负起一份责任。因为我们祖国的相关体制依然需要完善，我们的技术、经济发展水平依然相对落后，改变这一切需要一代又一代的年轻人。这不仅需要我们在国内埋头苦干，更需要有创新思想的人投身其中，需要对中西方政治体制、经济体制、法律体制和社会体制非常了解的人，而对这些的了解就需要走出国门，通过留学来完成。

每当眼前漆黑的时候，夏瑞漫都会努力用一句话来鼓励自己，而这句话，可以看作是这群优秀年轻人的人生宣言：

“那些能预知的，经过权衡和算计的世俗生活对我毫无吸引力，我要的不是成功，而是看到生命的奇迹，而奇迹，是不会在容易的道路上绽放的。”

愿每一个有梦想并为梦想而勇敢前行的年轻人都能体验到自己怒放的生命，都能看到自己生命的奇迹！

俞敏洪

Michael Yu

上篇

（一）

再出发

天色渐渐变暗了。夏瑞漫看着远处的太阳慢慢收起羽翼，直到天边只剩一抹淡淡的橘红。她知道又是一个人出发的时候了，这次将是以大学生的身份。

出国读书已有两年，对家的不舍却有增无减，对这一点，夏瑞漫自己也觉得纳闷。一般来说翅膀越飞越硬，她的怎么越来越软了。

当初准备出国留学前的心情，夏瑞漫已记不清楚了，但好像没有害怕与不安，只是兴奋地期待着新生活。不过，一下飞机，她的心境就完全变了。踏入他人的领地后才意识到，在这地方她真的连一个鬼魂都不认识。

排了半个小时队才轮到她过关，检察官是个蓝眼睛的帅哥。正当她暗自庆幸运气好的时候，帅哥问话了："Can I have your name please?（可以告诉我你的名字吗？）"夏瑞漫知道这一定是一个非常简单的问题，人家总不可能冷不丁地背一段莎士比亚吧，可她就是没听懂。虽然不好意思，夏瑞漫只能请对方重复一遍：“Pardon?（可以再说一遍吗？）”

夏瑞漫的听力水平或许正在受到挑战，但刚才这句口语表达里一定没有语法错误。海关官员放慢速度：“What is your name?（你叫什么名字？）”这回夏瑞漫听得是明明白白，那种感觉简直像是释迦牟尼在菩提树下修得佛法时的大彻大悟。夏瑞漫中气十足地报出了自己的大名，这句话里肯定也没有语法错误。

刚出关，夏瑞漫的手机就在口袋里又摇身子又唱歌，屏幕上显示的是夏爸爸的名字。电话那头传来的却是妈妈的声音，她假装开玩笑，其实很认真地问：“是不是已经想爸爸妈妈了？”夏瑞漫硬是把到嘴边的“我已经想家了”给咽了回去，只是淡淡地说：“嗯，一切都还顺利，现在在等行李呢。”

夏爸爸夏妈妈知道女儿平安落地就放心了，又嘱咐了两句注意安全，就挂了电话。他们可不像别的爸妈那样，把“记得好好学习呀”当口头禅。中国的广大父母相信，成功没有别的方法，只能靠在学校好好学习。只要好好学习，人生就成了洒满金光的大道？夏瑞漫表示高度怀疑。

到学校后，夏瑞漫的第一感觉是祖国人民无处不在，“敌方”阵营就这么轻易被渗入了。看来，此前补英语的钱都白费了，应该用来补数学才对，没想到走出国门后竞争依旧如此激烈。不过，她又一想，钱还是应该花在英语上，接下来两年说不定数理化和普通话广东话都得学一遍，唯独英语不在课表上。

夏家也就勉强算个中产阶级，但看着周边的亲戚朋友不少已经送孩子出国留学，便也动了心。夏瑞漫初中毕业后，全家召开了一次家庭会议，讨论对女儿未来教育的规划。夏妈妈说："咱们就算自己节省点，也应该供女儿出国读书。"夏爸爸提不出反对意见，夏瑞漫举双手赞成，这事就定了下来。

就这样，那次具有历史意义的家庭会议结束后一年，夏瑞漫来到了英国中部小镇的一所寄宿制学校。在这里，她第一次明白什么叫学了十年的英语就是"扯了十年的淡"，她发誓她在中国学的英语跟现在用的不是同一种语言。在巴恩特格林高中的前半个月，夏瑞漫觉得自己就像是跑龙套的小演员突然被抓去当了女主角，根本不知道自己在干什么，光走错教室就持续了一个星期。国外班级人少，可她还是不得不继续传承上课睡觉的"传统美德"。老师念的一定是比禅宗还难悟透的道理，她一句也听不明白。脑子还不争气，不停对她发送"好困哪，好困哪"的信息。

指导老师替她忧心，找夏瑞漫来谈话。指导老师叫阿斯科夫（Ascough），中国人管她叫"咳嗽老师"[1]。咳嗽老师吞了吞口水，语重心长地说："我看你选的科目吧，有一些对语言能力的要求比较高，我建议你把历史换成物理、化学之类的，这些学科，中国学生一般考得比较好。"

夏瑞漫有个毛病，别人越告诉她说不能做的，她越要做。她用不太流利的英语坚定地说："我不会改变我的选择的。"夏瑞漫做人有一个不值得提倡的危险原则，宁可在自己选定的路上摔得头破血流，也不勉强走无趣又平坦的大道。夏爸爸夏妈妈说她应该是属牛的，一股牛劲上来，连个弯都不会转。

1　缘于英文名中有"cough"一词，即"咳嗽"。（本书注释如无特殊说明，均为编者注。）

后来，就算要花三个小时看别人半个小时就能完成的内容，夏瑞漫也要把所有材料啃完。亨利八世、伊丽莎白一世、詹姆斯一世、查尔斯一世……她看得最清楚明白的，也就只有人名了。为了提高英语水平，图书馆里的书她一本接着一本借。每次中国朋友看到夏瑞漫捧着几百页的英文原著看得聚精会神时，都忍不住夸上几句，殊不知十句话里她最多也就看懂两句。

像牛一样铆劲学习，夏瑞漫最后考试的成绩竟然也不算太差。爸妈问她大学想报什么专业，她说不如报历史吧，自己挺喜欢的。夏爸爸夏妈妈想来想去提不出反对意见，这事就这么决定了。

这回“咳嗽”也没有再质疑夏瑞漫的选择，夏瑞漫如愿在表格上填了“历史”，也如愿收到了还算满意的录取通知书。

就这样，夏瑞漫从高中生变成了大学生。这一次，她将带着紧张又憧憬的心情再次出发。

（二）

五晓小

夏妈妈见天色不早了，便说："那就快点出发吧，别耽误了飞机。"

每次在临行前最后的晚餐上，夏妈妈总是不停地说："唉，女儿又要走咯，家里又冷清了，去那边要好好照顾自己呀。"这次除了这些日常的唠叨外，夏妈妈又加了一个新重点：多买点好看的衣服，睁大眼睛找个男朋友。

家长总有操不完的心，上大学前翻日记查手机，好像找了男/女朋友天都能塌下来。一上了大学，谈恋爱会打扰学习之类的理论彻底推翻，千叮万嘱要认真找呀挑呀，搞得找对象跟在菜市场买菜似的。

夏爸爸也想说点什么，但夏妈妈一人把十个人的话都说了，最后只挤出了一句："注意安全哪！"

夏瑞漫独自乘上大巴。还没落座，在爸妈面前努力忍住的泪水就开始大滴大滴地往下流。她本来想一上车就给五晓小打个电话，看来得等一会儿了。夏瑞漫猜妈妈应该也在哭，她没遗传到妈妈清亮的嗓音和漂亮的高鼻子，但爱哭的基因是百分之两百遗传到了。不需要后天的训练，夏瑞漫是天生的悲情戏演员。小时候她很介意流眼泪这事，觉得那是软弱的表现，所以宁可憋到胸闷也不能让眼泪流下来，但就算这样，家里人还是说她是个爱哭鬼。现在她已经不太在意了，爱哭就爱哭吧。

眼泪终于止住了，夏瑞漫拨通了五晓小的电话。

“喂，我在去机场的路上了。”

“哇，这么快，你又提前好长时间就出发了吧。”

“还好啦，就提早了三个半小时，以防路上塞车。”

“你爸妈没送你？”

“今天刚好有个阿姨来家里，他俩要陪客人，我只好自己坐机场大巴。现在还是晚高峰，不过还好出来得早。”

“自己一人这么悲催呀。那你在那边加油，多交点新朋友。”

“嗯，希望吧。每次去新的地方我都怕落单。”

“大家都这样，但最后大部分人不还是都找到朋友了吗。那你圣诞节回来吗？”

“应该回来的，我爸妈应该希望我回来。”

“回来吧回来吧，我们也希望你回来。”

“嗯嗯，好。到时候不要忘记带我到你的大学转转。”

“必须的呀。我跟你说过了，我们学校特漂亮，校园特别大。那你一路顺风，好好照顾自己。我爸妈叫吃饭了。”

“你也是。到时候再跟你联系。”

“嗯，拜拜。”

五晓小是夏瑞漫的小学同学，到现在依旧是她最好的朋友。时间是个很奇妙的东西，它能把曾经以为坚如磐石的感情冲成细沙，也能让两个个体之间的纽带愈发坚固。用五晓小的话说就是：“你瘦的时候住进我心里，后来胖了，就卡在里面出不来了。”这可能就是为什么小时候结识的朋友就算几年不见，还是能一下子找回曾经的感觉。因为心还没成形变硬的时候就刻下了印迹，这印迹是抹不掉了。

夏瑞漫刚认识五晓小的时候总是把她的名字写成“伍小小”，因为表哥姓“伍”，她坚持说五晓小爸妈一定是给女儿上户口的时候忘写单人旁了。关于“小小”这部分，夏瑞漫说既然读起来都一样，为什么不直接写那个比较简单的字呢。因为夏瑞漫固执地要给自己改名字，五晓小有一次连续三天没跟夏瑞漫说话以表抗议，但见这方法并不奏效，很快两人又和往常一样蹦蹦跳跳地一起回家了。

五晓小和夏瑞漫住在一个院子里，也是因为这个原因她俩才玩到了一块儿。但两人的性格其实很不一样，夏瑞漫是个急性子，每天上学都想第一个到；五晓小是个慢性子，她实在搞不懂夏瑞漫为什么要那么早到学校，既没有红花奖励，也不能考试加分。她总对夏瑞漫说：“你名字里不是有个‘慢’（漫）字吗，你妈一定是有先见之明，让你别老那么着急。”五晓小觉得，做学生的最高境界就是每天都在老师进门的前一秒钟坐到位子上。两人经过一个下午的商讨后决定每人退一步，每天早上七点十五分在楼下见面。结果是白搭。每天早上七点十分不到，夏瑞漫就不停地用楼下的对讲机催五晓小快点下楼，而五晓小总会磨蹭到二十几分才慢悠悠地出现。

这么看还是夏瑞漫输了，她再怎么早起，也要等到五晓小下楼才能一起出发，第一个到学校的“梦想”也一直都没有实现。

夏瑞漫要出国前已经不跟五晓小读一个学校了。她约五晓小出来吃饭，告诉了伍晓小她确切的出国日期，五晓小一听马上就哭了。五晓小一哭，夏瑞漫的眼泪也吧嗒吧嗒地掉。五晓小其实已经猜到了夏瑞漫叫她出来的原因，所以把要送给夏瑞漫的礼物也带上了。她半年前开始每个星期给夏瑞漫写一封信，用的都是她精心挑选过的信纸和信封，笔的颜色也是根据信纸的花纹搭配的。她在信中记录了自己的生活、每周的心情、和夏瑞漫一起拥有的回忆、对未来的憧憬，还有对夏瑞漫的鼓励。五晓小让夏瑞漫在那边想家的时候，就拆开一封来看看，夏瑞漫哭着说这是她收到过的最好的礼物。

此后的两年是夏瑞漫和五晓小最拼命的两年，一个在英国奋斗，一个在中国备战高考。有几次夏瑞漫接起五晓小的电话，传来的只有断断续续的哭声。她找不到好的方法安慰电话那头的晓小，只能听着她哭，哭着哭着五晓小会说几句含糊不清的话，夏瑞漫听不明白她在说什么，也不好再问一次，就继续听着。夏瑞漫觉得自己很辛苦，但五晓小一定比她更辛苦。

迥异的生活环境并没有让两人疏远。如果有人想要留在你的世界里，无论多么艰难，他都一定能找到办法。

（三）

麦琪

夏瑞漫拖着一个高度过腰的行李箱，背上背着浅灰色的旅游双肩包，肩上还跨了个小手提袋，绕了几大圈，手脚并用地向两个大婶一个叔叔问了路后，终于从在学校北边的地铁站走到了学校南边的宿舍楼。因为位于伦敦的市中心，伍德兰兹学院[1]的校园并不大，与其说是“校园”，更像是繁忙街道边散落的一些楼房。初来乍到的夏瑞漫也分不清到底哪些楼是属于学校的。

女儿考上伍德兰兹之前，夏妈妈并不知道有这么一所学校。这很正常，英国的学校大家基本只听过牛津剑桥，美国的学校也只有哈佛耶鲁等被人熟知。夏妈妈一见学校的英文名里有个“School”，就紧张了，她虽然英语水平不高，但“School”和“University”这两个单词还是背过的。她赶紧把夏瑞漫拉过来问：“你不会是报了个高中吧？”

1　本书中提到的伍德兰兹学院为作者虚构，与现实中的相关院校无关。

夏爸爸一听就笑老婆没见识，他同事张展的儿子就是伍德兰兹学院毕业的，加上那个同事总是提这个学校怎么怎么好，所以对该校印象深刻。刚开始他对张展的吹嘘不以为然，心想："如果真的好，需要这么卖力介绍吗？如果是牛津剑桥，光报出大名就能把人震住。"

后来他在网上查了查这个学校，发现张展没忽悠人，至少排名是这么告诉他的。夏爸爸没工夫看大段大段的文字介绍，学校网站上也只有图片他看得明白。不过排名的数字是最权威的，夏爸爸想。所以夏瑞漫告诉爸爸她收到了伍德兰兹的录取通知时，夏爸爸马上开了一瓶啤酒以兹庆祝。选学校的时候他不想给女儿压力，总说报适合自己的就行，但总还是忍不住加上一句，如果排名高那就更好啦。

夏瑞漫被分到的宿舍楼叫布鲁姆斯伯里，因为它位于伦敦的布鲁姆斯伯里区。布鲁姆斯伯里是一栋红色的砖房，坐落在一条繁忙的小巷里，是十栋宿舍楼中离学校最近的，走到学校只要五分钟。每年申请住这栋楼的人都远超过它可以接受的学生数量的上限，所以夏瑞漫觉得自己特别幸运，她实在不想每天都挤公交车或地铁上学。

虽然在伍德兰兹学院读书能享受便利的交通和丰富多彩的市区生活，但在市中心租房价格昂贵，生活成本也更高，夏瑞漫有些担心自己在国外的生活会给父母造成很大的经济压力。除了这一点，夏瑞漫还会怀念自己念高中时乡村里的一切：一眼望不到边的绿色，头顶上最纯粹的蓝与白，夕阳落下后天边最后的一点红，风吹过时，树叶之间的对话和清晨小鸟在窗边的歌唱。夏瑞漫过去的两年是在那样一个美丽的小镇上度过的。在小镇上可以做的事情并不多，可有那样的景色作陪，夏瑞漫觉得自己也没什么可抱怨的了。

过惯了安静的小日子，夏瑞漫也不知道自己能不能适应每天在匆匆来往的人群中穿梭的生活。从地铁站走到宿舍楼的体验就已经很不好了，行人如织，没有一个带着笑意，都像赶着去投胎，连红灯都阻止不了他们的脚步。拖着大箱子笨重前行的夏瑞漫简直像是乌龟闯入了兔群。

夏瑞漫的房间在五楼，好在有电梯，她才不用把这二十几公斤重的大箱子一级一级地抬上去。五晓小进入大学后向夏瑞漫抱怨的第一件事就是没有电梯。她住得比夏瑞漫还高一层，广东天气炎热，每一次回宿舍都是一次不用交水费的淋浴，所以五晓小每次出门都会带上全天需要的行头，誓死一天内不爬两次楼梯。

走出电梯，夏瑞漫顺着墙上标志指示的方向找了属于自己的507号房。“504、505、506，嗯，到了！”推门进房，简单环顾四周，夏瑞漫对自己接下来一年将要居住的环境还算满意。房间不算大，但以伦敦市中心的标准来说已经没什么可抱怨的了。从结构到装饰都和她读高中时的房间差不多，连地毯的用色和材质都一模一样。全英国是只有一名设计师吗？她想。靠墙放的床比单人床再小一点，床的对面有一对桌椅，桌子上有一盏台灯，再加上一个衣柜和一个有三个抽屉的床头柜，这些就是房间里的全部家具了。看着空荡荡的房间，夏瑞漫竟生出了一丝惆怅。

从窗口望出去，没有大片的绿色，只有几棵孤零零的小树苗随风摇晃着脑袋。对面是一排玻璃幕墙的矮房子，看上去像办公楼。

现在才早上七点，路上的车子已经多了起来。夏瑞漫不愿再看窗外的“风景”，坐在椅子上不知道该干点什么好，折腾了十几个小时，她实在不想马上声势浩大地整理箱子。

就在这时，突然传来一阵敲门声。还没等夏瑞漫站起身，门就自己开了，从门外走进一个五官端正、身材匀称的长发亚洲女生。对方还没开口，夏瑞漫就已猜到她十有八九是中国人，虽说东亚人长得像，但见多了还是不难分辨国籍的。以防万一，夏瑞漫用英语跟来者打了声招呼。对方倒是干脆，连用英语寒暄两句的工夫都省了，直接抛出一句中文：“你是中国人吧？”夏瑞漫说“是的”，并邀请女生进来坐。女生很开心地走了进来，就像见到了老熟人一样，一边伸出右手一边说：“你好，我叫 Maggie（麦琪），中文名字是艾励琪，励是鼓励的励，琪是王字旁的琪。但在国外我还是 prefer（更喜欢）用我的英文名字。”夏瑞漫觉得有点尴尬，心想：“我们这个年纪的人第一次见面需要握手吗？”不过，她还是赶紧也把手伸了出来：“你好，我叫夏瑞漫。”

夏瑞漫不是自来熟的人，对这个叫艾励琪的女生并没有特别的好感，更不喜欢还没说上两句话就搞得跟同生共死过的铁哥们似的。再说了，如果那么希望别人叫你英文名，只说英文名就是了，有必要特别强调希望用英文名吗？

刚来英国那会儿夏瑞漫也用过一段时间英文名，那是出国之前自己挑了好久才决定的，网上的英文名大全基本都翻遍了。她也想过直接用中文名，但“瑞”的拼音就没有外教读对过，每次看到他们使劲卷舌头的痛苦表情，夏瑞漫都觉得他们实在可怜。这个罪不能让未来的老师同学再受了。夏瑞漫和很多人一样，想找一个和自己中文名字发音相近的英文名。雷曼（Rayman）是个理想的选择，可惜这怎么看也是个男孩名。夏瑞漫又想到了雷朋（Rayban），这个名字怎么看怎么眼熟，一查才知道是个眼镜的品牌。丽贝卡（Rebecca）听上去跟夏瑞漫也有点相似，但她不愿意和《蝴蝶梦》里的知名角色同名，这个角色她一点都不喜欢。最后，夏瑞漫决定放弃找相似发音的念头，选择了塔拉（Tara）这个名字，这也是她最喜欢的小说《飘》里女主角斯嘉丽·奥哈拉生长的庄园的名字。

夏瑞漫对自己的新名字很满意，可到了学校才发现，塔拉并不属于她。她的名字叫夏瑞漫，这个名字跟随了她十六年，还将跟随她六十年，而塔拉是谁，她不知道。她很快丢掉了这个刚刚捡来的符号，告诉大家还是叫她“瑞漫”吧，简称“漫”也行。实在不好记又怎么样呢，真正有心的人总会记住的。

“你是怎么知道我在房间的？”夏瑞漫对此很好奇。

“我住在你隔壁，这里隔音效果不是很好，我能听见声响。”麦琪回答道。

“原来是这样，然后你一看到我就知道我是中国人？”

“没错。”

“你是中国哪儿的？”夏瑞漫问。

“上海的，你呢？”

“现在住深圳，不过我老家是湖南的。”夏瑞漫出生在湖南，很小就随父母到了深圳。她虽然在深圳长大，却觉得湖南才是自己的根，就像有些连汉语都讲不流利的海外华人仍然觉得中国是自己真正的归属一样。

“你今天什么打算?”夏瑞漫又问。

“没太多安排，可能要去买床新被子，我觉得现在这个冬天应该会不够暖和，趁现在还不忙，赶紧先把该买的都买了。”

“你什么时候来的?”

“来了有几天了，二十二日来的。”

“这么早，当时应该都没什么人吧。”

“是的，的确如此。你是这附近第二个来的，现在你能明白我为什么这么激动了吧，前两天我闷得都有去找星巴克店员聊天的冲动了。”

麦琪继续跟夏瑞漫聊了一会儿，后来因为有朋友打来电话便离开了。麦琪走后夏瑞漫才突然回过神来，意识到自己现在是在伦敦，而不是深圳。她早就应该想到“中国人无处不在”是个每时每刻都在被验证的真理，只是没料到大学住隔壁的也是中国人。

手表告诉夏瑞漫现在是早上七点四十分，脑袋告诉她今天会是忙碌的一天，身体告诉她先睡一觉吧。最后她选择听从身体的指示，拉上窗帘休息一会儿再说。

夏瑞漫发誓她才睡了五分钟，敲门声又响了。她想既然周边的房间都还没人入住，那肯定还是麦琪。这回麦琪已经换上外出穿的衣服，准备动身的样子。夏瑞漫还睡眼惺忪，脑子里像有几百只蜜蜂在飞，但还是强打起精神问麦琪有什么事。麦琪见夏瑞漫在睡觉，有点不好意思地说:“没打扰到你吧?我只是想问你要不要一起出去买东西。”

“现在商店开门了吗?”夏瑞漫觉得脑袋清醒了点。

“开了呀，都下午两点了。”麦琪说。

“妈呀，你一走我就睡了，我还以为我才眯了一小会儿呢。飞机上没睡的觉这下子全给补上了。”夏瑞漫心想，她头晕不是睡少了，而是睡多了。

“小心晚上睡不着。那你去吗？”

“去去去！”知道时间后，夏瑞漫只想马上就出门。

（四）

太平洋里游泳

在麦琪的帮助下折腾了三天，夏瑞漫总算把该整理和添置的东西弄好了，在这期间她也和麦琪成了还算要好的朋友。夏瑞漫和麦琪的性格截然不同，夏瑞漫虽然也会热情地对待刚认识的人，但她有颗慢热的心，不轻易把任何人列入好朋友，甚至朋友这个名单里。麦琪就不一样了，她已经表达了要把夏瑞漫添加到自己人人网[1]最佳好友名单的想法，没有这么做只因为她榜上有名的朋友太多，已经没办法再加新人了。

麦琪学的是精算，跟夏瑞漫学的历史天差地别。麦琪听到夏瑞漫的学科后想也没想就说了句："你也不觉得无聊呀。"夏瑞漫听后当然不是滋味，酸酸地回了句："所以你很喜欢你念的科目？"麦琪并没有听出夏瑞漫语气中的嘲讽，也没觉得自己的前一句话有什么不妥，很认真地回答了夏瑞漫的问题："就那样吧。报学校的时候，

1　中国早期校园社交网络平台之一，创办于 2005 年。

实在不知道选什么，就选了精算。有数据显示精算专业的毕业生就业率接近百分之百。加上中国人数学好，当时觉得被录取的可能性比较大。”

夏瑞漫本来想回一句：“依照就业率来选专业，你不觉得这样的人生很无趣吗？”后来想想算了，每个人有自己的选择，而且每个人对历史的理解都不一样，也不必强求别人支持自己的选择，因为别人一句无心之言而想方设法用言语还击，岂不是太小气了。

但总的来说，夏瑞漫觉得麦琪是个心眼不错的女孩。出门买东西之前，她总会来问夏瑞漫需不需要帮忙带些什么，买了好吃的常拿来与夏瑞漫分享，有朋友来房间时还会注意放低声音说话。夏瑞漫觉得自己虽然没有找到第二个五晓小，但已经很幸运了。

夏瑞漫的另外一个邻居是在美国长大的英国人，名叫苏菲，专业是国际关系。第一天搬进来的时候她妈妈也来了，夏瑞漫跟她们简单聊了几句，发现她们虽然是母女俩，但说话口音完全不同，很有意思。

住在夏瑞漫对面的是一个泰英混血儿，长得非常漂亮，有一头乌黑的长发，身材高挑而性感，名叫贝姬。虽然贝姬的母亲是泰国人，但因为从小在英国长大，贝姬不仅一句泰语都不会说，连听都听不懂。夏瑞漫曾经很希望自己是个混血儿，这样一出生就会两种语言了。但现在看来不一定，还是得父母有心教才行。

夏瑞漫问贝姬不觉得很可惜吗，本来可以多懂一门语言，多了解一些属于自己的文化。贝姬说她觉得又不觉得，她当然希望能说泰语，可妈妈从小就不让她学，说学来没用，把英语说好就行了。她想了想也同意妈妈的话，反正自己基本都不回泰国了，她生长在英国，接受的是英国文化，也觉得自己只是英国人。尽管贝姬这么说，不知道为什么，夏瑞漫还是觉得这是个遗憾。

跟夏瑞漫她们共用厨房和厕所的还有两个男生，一个叫冲，不会说普通话的新加坡人，另一个叫康拉德，从小在国际学校读书的德国人。伍德兰兹果真不负外国学生比例奇高的盛名，真的是随便一抓就能抓出一个小联合国来。

一看到自己的课程表，夏瑞漫不知道该哭还是该笑。一周只有八个小时的授课时间。这一方面表示她会有比高中多很多的课余时间，或许学业负担不会太重；但另一方面意味着她将要和图书馆成为最好的朋友，用自己而不是老师的脑袋寻找问题的答案。最后事实证明，“八”这个小之又小的数字，完全不和“轻松”二字挂钩。

夏瑞漫总共要选四门课，每门课每周两个小时，一个小时上大课，一个小时上小班课。上大课时，教室里人多，老师在台上讲，学生在下面做笔记，师生间的互动较少；上小班课时，班里人数在十人左右，以学生讨论为主。

最让夏瑞漫感到吃力的是阅读，她觉得自己就像是被丢进太平洋的游泳初学者，双臂不停挥动，两脚不断蹬水，却因为海浪的阻力根本无法前进。让她觉得吃力的不仅仅是作者们使用的复杂句法，还有书本的内容。她阅读的不再是专为学生编写的教科书了，而是一本本的专著，几百页的篇幅可能都在讨论一个细小的问题。而对夏瑞漫这样的学生来说，其实并不需要读完书中的所有内容，他们也没有时间在一个星期内完整读完书单上的全部书籍。所以从大段的文字里找到有用的信息变成了非常重要的能力，这也是夏瑞漫最欠缺的，毕竟在中国的学校或者英国的高中阶段，学生的主要任务是阅读和理解老师指定的材料。现在夏瑞漫发现，光“能”阅读还不行，还要“会”阅读。在茫茫书海里找到有用的章节和段落后，任务就完成一半了。

更重要的是，老师突然扔掉了喂饭的勺子，转而拿起了一口大锅，每种菜肴都塞进去一点，然后将大锅放在学生面前，扭头就走，只剩学生们自个儿刀叉筷子并用地寻找有营养的食物吃。面对这样一口巨大的锅却还吃不饱肚子的情况是常有的，这时候再次请教老师当然可以，但他们的回答往往是：“去读读这本书吧，从书里或许能找到你想要的答案。”很多时候，夏瑞漫从老师办公室出来后，脑子反而更加混乱了。

学习方法的突然转变让夏瑞漫有点适应不过来。在太平洋拼命挣扎的她快要沉入深海了，周围的船只正在渐渐远去，而在她身旁的指导员只是站在那里动动嘴皮子而已。夏瑞漫觉得比刚来英国的时候还辛苦，又或者，A-Level[1] 后期短暂的收获和放松，已经让她忘记了费尽所有脑细胞却还是无法理解文字意思的感觉。从今以后摆在她面前的不会再是几张 A4 纸了，而是一摞又一摞的专著。

夏瑞漫觉得异常难受，身边又找不到可以说话的人。她当然向麦琪诉过苦，可对方毕竟不是同道中人，就算再怎么努力安慰，那种在茫茫大海中孤立无援的感觉始终无法消散。夏瑞漫还跟历史系的同学说起过她的感受，他们也说从高中到大学是一级很高的台

1　A-Level（General Certificate of Education Advanced Level）：英国高中课程，是英国全民课程体系、英国普通中等教育证书考试高级水平课程，也是英国学生的大学入学考试课程。A-Level 课程证书被几乎所有英语授课的大学作为招收新生的入学标准。

阶。这个台阶有多高他们没说，在夏瑞漫看来，比她的腿能抬及的高度还要高那么一点点。虽然同系的朋友也表示学习的难度系数加大了许多，夏瑞漫仍觉得母语是英语的他们所面对的问题和她所面对的完全不同。

想来想去，夏瑞漫觉得可能会和她感同身受的也只有刘梦梦了。刘梦梦是夏瑞漫在英国的高中同学，也是学校里除她以外唯一来自中国的文科生。她比夏瑞漫更大胆，在 A-Level 四个可选科目里选了三个人文社科类学科：历史、英语文学和政治。她原本比夏瑞漫高两届，但因为期末考试没达到理想的成绩，于是决定重读一年，这让夏瑞漫有机会和她成为朋友。最后皇天还是没有辜负苦心人，梦梦去了位于苏格兰的圣安德鲁斯大学攻读英语文学，威廉王子和凯特王妃就是毕业于此。夏瑞漫庆幸自己第一次考试的成绩就还过得去，她不确定失败一次后，自己是否还有继续追梦的勇气。

夏瑞漫直接拨通了手机里刘梦梦的号码。两人有快一年没联系了，这样突然找刘梦梦倒苦水似乎有些唐突，但夏瑞漫管不了那么多了，她只想跟一个或许在大学里和她有过同样经历的人聊聊。

电话接通了，“你好？”从那头传来梦梦一如既往的温柔声音。

“嘿，梦梦。我是夏瑞漫。”

“瑞漫哪，好久没联系了！不好意思，我之前手机被人偷了，以前存的号码全没了。”

“这么惨！没关系没关系。你最近怎么样？开学了吧？”

“嗯，开学两个星期了。大二功课比大一还多。你呢？哇，刚想起来，你今年也上大学了。”

“对呀，时间过得好快。”

“感觉我才刚从咱们的小镇离开一样。不过我现在还在小镇上，另外一个小镇，呵呵。听说你在伍德兰兹是吧，学历史？”

“你的情报还挺准。对，学历史。其实这次给你打电话是想请教一些学习上的事。”

“还‘请教’嘞，说吧。不过我很有可能帮不上什么忙，你可比我厉害。”

“不是什么特别具体的问题，就是——我觉得大学学的东西好难。”这话一出口夏瑞漫就哭了，好像受了什么天大的委屈一样。

“刚开始都是这样的，别太着急，慢慢来，很快就会习惯的。”还好夏瑞漫及时收住了声音，梦梦没听出来她最后两个字是带着哭腔的。

“嗯。”夏瑞漫还在努力控制自己的情绪。停顿几秒后，她问：“那你刚上大学的时候，会不会觉得很难呢？”

“嗯，也有一点，最开始多多少少会有点不适应。”梦梦回答道。

夏瑞漫其实希望听到梦梦更多的抱怨，可惜并没有。从梦梦的语气中，她可以感觉到梦梦当时并没有跟她一样感到强烈的不适应和吃力，梦梦的话只不过是安慰人的套路罢了。

“那你后来多久就适应了？”不管怎么样，夏瑞漫还是问了早就想好的问题。

“不太记得了，几个星期吧。真的别担心，你能行的。”梦梦的鼓励却没有起到任何安慰夏瑞漫的作用。夏瑞漫想，这都已经开学第三周了，我怎么还没进入状态呢？在所有安慰人的话术里，夏瑞漫最不喜欢的就是这句“你能行的”，除了给她增加压力外，什么作用都没有。第一，如果别人说“你能行”，她就真的能行，她自然不会介意这种鼓励，可事实并非如此。第二，这给她造成了更大的压力，因为别人都认为她可以做成这件事。第三，这么一说好像做成这件事很简单，做好了理所当然，因为“她能行”；如果失败了，那岂不是更丢脸了。

“那你有什么学习方法可以推荐一下吗？我知道我们学的不是同一个专业，但有些东西应该还是互通的吧。”夏瑞漫继续问道。

“说实话我还真没什么特别的方法，就努力学呗。别人花三个小时，你花六个小时还不成嘛，又不是比别人蠢，对不？”梦梦这么一说，一下子让夏瑞漫想到了到英国第一年时的生活。唉，这日子还没个头了？如果要读研究生的话，是不是还得这么来一次？夏瑞漫想。让夏瑞漫更提不起精神来的是后一句话，因为她对自己的智商从来就没什么信心，她觉得自己的确是比别人笨那么一点点，所以只能靠时间来弥补了。但这策略并非永远有效，天生的不足并不一定可以靠后天的努力补齐。没有百分之一的灵感，百分之百的努力有时也没用。

“嗯，也是，我夏瑞漫别的没有，有的是时间，因为睡七个小时是我的极限，我这辈子就没睡过懒觉。”

“哈哈，这样挺好。我就不行，所以考试期间那叫个痛苦呀。反正你就别担心太多了，你刚到巴恩特格林的时候不是英语不太好嘛，现在还不是考上了伍德兰兹，你能行的。加油！”

“嗯，谢谢鼓励。你应该很忙吧，就不打扰太久了，跟你说完感觉好些了。谢谢。”

“客气什么，以后多联系，有时间来我这儿玩。”

“一定一定，你来伦敦的时候记得找我。”

挂了电话，夏瑞漫并没有感觉舒服太多，很明显大一时的梦梦和现在的自己根本不在一条船上，看来负面情绪只能靠自己来消化了。夏瑞漫拿出一张白纸，在上面写上大大的“加油！没什么过不去的坎！”，然后把它贴在目光最容易停留的地方。这么做完后，夏瑞漫真的一下子觉得全身是劲，看来这方法对她是百试不爽，连她自己都纳闷，为什么这短短几个字能给她无限的推动力，可能是神奇的心理暗示在起作用吧。

（五）

乔、劳伦、罗莎、萨缪尔和肖恩

可能在小事上夏瑞漫常常走霉运，比如只要逃课必定被抓，出门晚了一定遇到路上塞车。但她认为自己在大事上总是幸运的，比如投胎，比如重要考试的成绩，又比如每到一个新环境遇到的朋友。在夏瑞漫看来，在大学过得是否开心，百分之三十取决于大学本身，百分之七十取决于相处的人群。当然啦，在“属于”自己的大学里也更容易找到志同道合的朋友。

夏瑞漫是那种永远无法鼓起勇气和陌生人搭话的人。别人主动找她，她欣喜不已，自己却不愿做那个先开口的人。上大学前，夏瑞漫最担心的就是在历史系里交不到朋友，同学里应该没有中国人，有没有亚洲人都难说呢。英国又不像中国有班级制和寝室，交朋友就更难了。不过还好，愿意主动走进她生命中的人总会出现。

在麦琪之后，夏瑞漫第二个认识并从此改变她大学生活的人叫乔。

第一堂“大英帝国史”的大课开始前，一个人都不认识的夏瑞漫继续发扬一贯作风，找了个周围没什么人的位置坐了下来。虽然是第一节课，很多人似乎已经熟识，教室里闹哄哄的。夏瑞漫能看见几个在新生见面会上打过照面的人，他们都和座位两边的人聊得正欢。扫视了一遍整个教室后，夏瑞漫才发现，貌似只有她一人孤零零地坐着。她觉得有点不自在，想改变这样的状况，却又没有挪位的打算。就在这时，门外走进一个身材娇小的女生，她显然以为自己迟到了，本想偷偷溜进来，后来发现老师还没开始讲课，便大方地走了进来。她在离夏瑞漫两个座位远的地方坐下，但并没有在那里久待的打算，她左右望了望，看到了不远处的夏瑞漫，便迅速转移到了夏瑞漫旁边的位子。

“你好，这是大英帝国史的课吧？”

夏瑞漫先是一惊，她没预料到会有人坐到她旁边，然后赶忙说：“嗯，是的。”

“我叫乔，你呢？”

“瑞漫，很高兴认识你。”

“你是哪里人？”

“中国人。我猜你是英国人吧。”

“我是在这里长大的，不过我是爱尔兰裔。”两人止聊着，老师开始讲课了。这位老师非常年轻，看上去也就只比台下的学生大几岁。夏瑞漫正想着她到底是显得年轻，还是真的年少有成，台上的人说：“大家好，我叫蕾切尔，将会是你们今年的讲师。有些同学应该会感到诧异吧，因为这堂课本来是露易斯教授教的。不过不幸的是，她最近生病了，所以由我来代课。不瞒你们说，我现在还是一名博士生，但我会用最大的努力来保证让你们得到优质的教育。

好，那我先来讲讲课程大纲。”

听了蕾切尔的话，夏瑞漫和乔不安地互相看了看，一个博士都还没毕业的学生能讲得好课吗？学生每星期与老师接触的时间只有两个小时，小班课本来就大部分由博士生教授，现在连大课的老师也只是个博士生，真是倒霉透了。

一下课，夏瑞漫和乔就抱怨起来。

“她也太紧张了吧！”夏瑞漫说。

“对呀，而且完全就是在读稿子嘛，又读得那么快，根本来不及做笔记。”乔附和道。

“唉，不过她也挺惨的，这肯定是个临时的活，说不定过两周她习惯了就会讲得好些。”

“希望吧。”虽然这么说，乔显然没抱什么希望。

“劳伦！”乔见到了熟人，激动地叫起来。那人回过头来，是一张亚洲面孔。她高兴地笑了起来，给了乔一个大大的拥抱。

“这是瑞漫，这是劳伦。”乔介绍两个朋友认识。

“你好，你也是历史系的？”劳伦问。

“嗯。你是哪里人？”夏瑞漫期待地问。

“中国人。你也是吧？”

夏瑞漫点点头。不过因为有其他人在场，夏瑞漫和劳伦并没有用汉语交谈。夏瑞漫听出劳伦的英语非常好，带着纯正的英国腔。如夏瑞漫所料，询问过后得知劳伦初二就到英国读书了，在中国时读的也是国际学校。

乔见夏瑞漫和劳伦认识了，提议大家一起去喝点什么，两人都说好。在去咖啡馆的路上，喜欢交朋友的乔又见到了三个熟人，也热情地约上了他们。很快，大家围坐在咖啡馆的小圆桌旁。

“不如大家轮流自我介绍好了，然后说一说自己毕业以后想做什么。”说话的是萨缪尔，一头棕色的鬈发，左边眉毛上方有一道很深的疤，是小时候从单车上摔下来磕到钉子后留下的。他长得不算帅，但有一双特别清澈的棕眼睛，干净得让人觉得他只能看见世界的美好。

夏瑞漫听到这个建议有点想笑，这又不是上课，怎么还要一个一个介绍，而且大学还没开学几天，怎么就要讨论毕业后的就业方向了。

“那我先来吧，我叫罗莎，来自牛津郡的一个小村庄，我以前都是跟牛一起上学的，嘿嘿。伍德兰兹的国际学生很多，我这种父母都是英国人，而且从来没在国外长期生活过的人可能都是少数了。以后要做什么，我真是没想好，找不到别的工作的话，我可能会去发起一场社会主义革命吧，哈哈。”说话的女生长相清秀，戴一副棕色的粗框眼镜，头发也是棕色的。罗莎虽然是土生土长的英国人，但说话时十分腼腆，这和她说要发起革命的玩笑一点也不相称，和她第一个介绍自己的举动也不相称。

“到我了？我叫肖恩，现居比利时，但英语是我的第一语言，法语是我的第二语言。[1]我以后想当外交官。嗯，还有，欢迎大家以后来比利时玩。”坐在罗莎旁边的肖恩是个大个子，和娇小的罗莎形成鲜明的对比。后来肖恩告诉大家，他曾是比利时有史以来第二重的新生儿。这么一说，他会长到现在的个头也实在不奇怪了。

1　比利时的官方语言是荷兰语、法语和德语，英语在日常生活中运用并不普遍。

“我们去之前，你能先带些巧克力来给我们吃吗？”乔舔舔嘴巴。

“哈哈，当然可以。”肖恩很是爽快。

几秒沉默后，劳伦开口了：“我叫劳伦，中国人。嗯，以后要干什么，还没想好呢。”

“你的口音怎么这么英国？”肖恩没等她说完便问。

“我爸妈担心我英语学不好，所以就把我从小扔到北京的英国国际学校。我的汉语还没英语好呢，中文的听和说没问题，读和写就一般般了。”

“听和说不错就很好啦，而且你的英语肯定比很多国际学生的好。”肖恩安慰她。

“可是中国文化博大精深，不要说只是单单的听说读写，身为中国人就应该对中国的传统文化有一定了解。”夏瑞漫忍不住插嘴。

“话也不能这么说，爱国不是只有一种形式。”劳伦听了夏瑞漫的话，心里很不是滋味，自嘲可以，从别人嘴里说出来就不一样了。

“现在轮到我了吧？”萨缪尔见气氛有点尴尬，赶忙说，“我是萨缪尔，也来自英国。我大部分的学习跟罗莎一样，也是在英国完成的，但十几岁的时候，在以色列待过两年。”

“你是犹太人？”肖恩又问。

“嗯，对。”萨缪尔回答道，然后转向罗莎说，“很可惜你的革命计划我不能加入了，我支持保守党。”

“那我们持续三年的战争将从此打响。”罗莎打趣地说。她和大家渐渐熟络起来。

“放马过来吧，我们保守党永远会是胜利的一方。我以后想做的，就是当一名政客。”

“想当政客呀。”夏瑞漫说。

“你想当首相吗？”乔问。

“当然。”萨缪尔一点也没有遮掩自己远大抱负的意思。夏瑞漫和他正好相反，她总怕说出宏大的愿望后，别人会笑她天真，也怕实现不了目标而丢脸。现在她却发现，说出真实的想法其实没什么，反正听了萨缪尔的话，她也没觉得有什么可笑的。

“那你当首相以后能放我们穷苦人民一马吗？噢，还有这些外国人。”罗莎丝毫没有要放过萨缪尔的意思。萨缪尔也早有准备，滔滔不绝地说现在的政策是万不得已，是没有办法的办法，也是能解决以前工党遗留下来的问题的最好办法。罗莎当然不会同意他的理论，反驳道：“解决问题最好的方法应该是刺激经济增长，但现在经济根本没有在增长。”

夏瑞漫喜欢听他们的辩论，毕竟以前很少听到类似的谈话。而且，也不必担心因争论而伤了和气，转变话题后，他们马上又相谈甚欢了。

到夏瑞漫了，她说：“我叫瑞漫，如果难记，也可以叫我漫，我是中国人。以后可能想当记者吧。”其实当记者已经是夏瑞漫好久以前的想法了。在进大学以前，她就已经把愿望改为当历史学家了，但依然没有当着一群历史系学生的面讲出这个目标的勇气。到头来她还是没有萨缪尔洒脱。

最后一个说的是乔。“我叫乔，大家都知道啦。我是一个在英国长大的爱尔兰人。我没什么远大的理想，说实话我从来没觉得能进伍德兰兹，我就希望毕业以后找个还过得去的工作。我爸爸两年前突然去世，妈妈一个人养大我们姐妹俩很辛苦，我希望毕业后能有时间多陪陪她。”

大家听了乔的话都觉得不好受，纷纷安慰她。乔自己倒是很爽快，她能跟这么多刚认识的人讲起已故的父亲，说明已经跨过了最痛苦的坎。那个伤口或许永远都会在，埋得深、藏得隐蔽，并不代表伤口就不会痛。乔深知这个道理，所以从不忌讳讲起父亲，也告诉别人不必回避这个话题。

比起当首相、当外交官，照顾妈妈这个“理想”似乎微不足道，但又是那么动人和值得尊重，职业不分贵贱，理想也不分高低。

就是在这样一个有阳光的午后，夏瑞漫结识了她在大学三年里最重要的朋友们。她不敢想象如果这天乔没有向她伸出友好的手，她的生活会是什么样子。又或许她会遇到其他的朋友，但不管怎么样，都要感谢老天的眷顾。

（六）

《水獭报》

在迎新周里，夏瑞漫加入了很多社团，每一个对她来说都像一块巨大的吸铁石。摄影组说，每个学期他们都会组织几次外出摄影的活动，还有免费的课程；辩论社说，加入他们一年后保准脑子更灵光，口才顶呱呱；学校报社说，他们是每个学生表达所思所想的平台；中国学联说，这是一个温暖的华人大家庭，可以和他们一起传播中国文化；羽毛球社说，在这里不仅可以强身健体，还可以与新朋友一起增长球技；户外旅行组说，读万卷书不如行万里路。

刚开始的两个星期，夏瑞漫还兴致勃勃，每个社团的活动都积极参加。但渐渐地，她发现根本没有时间顾及这么多社团。这个贪心的小孩已经快要背不动篮子里刚捡来的瓜了，但回家的路还很长，只得挑小的、不那么甜的扔掉。就这么一路走一路丢，最后她的篮子里只剩下了学校报社。就算这样，加上必须完成的课业和必不可少的社交活动，夏瑞漫依旧觉得时间像是被小偷偷走了，总不够用。

校报的名字叫《水獭报》，夏瑞漫乍一听，觉得这名字怎么这么不高雅。别人问起你给哪个报纸写文章，她一回答“《水獭报》”，人家肯定还以为她在《动物世界》工作呢。问了总编辑才知道，原来叫《水獭报》的原因是学校的吉祥物是水獭。

《水獭报》有好多个版块，夏瑞漫选择加入的是新闻版块。第一次新闻版块开会人山人海，偌大的教室不仅坐满了人，甚至连站的位置都没有了。不过这只是暂时的假象而已，来开会的人数会每周成倍地减少，因为像夏瑞漫这种刚开始什么都想尝尝，然后一路走一路丢的人有很多。

在第一次会上，夏瑞漫凭借厚脸皮抢到了她的第一篇报道。每当台上的新闻主编介绍一项这个星期需要报道的活动，夏瑞漫就把手举得高高的，可就算这样，和她同步举手的人还是很多。个子矮小让她更不占优势，主编总是选了别人来采写报道。所以夏瑞漫干脆不再放下举着的手，最后主编终于选了她。可夏瑞漫当时太过专注于举手这件事，以至于自己要报道的内容是什么都没听到，会后询问才知道，自己需要去听一个跟金融危机有关的讲座，再把现场的情况和讲座的主要内容写出来。夏瑞漫虽然依旧很开心有一篇稿子可以写，但这跟报道那些迎新周的场面多么混乱、学校设施需要如何改进、全城罢工等比起来，就无聊多了。

不管怎么样，夏瑞漫把自己的“处女作”看得格外重要，第一笔写歪了，后面的就难改了。听讲座前，她把能找到的演讲者的资料都读了一遍，连他老婆的哥哥和曾祖父是做什么的都了解了一番。因为演讲者是西班牙人，夏瑞漫趁机把所有关于西班牙网球名将纳达尔的英语采访全看了一遍。但夏瑞漫还是算错了，演讲者虽然是西班牙人，但因为在苏格兰待得久，口音也被同化了。夏瑞漫听纳达尔的口音是白听了，而苏格兰口音和苏格兰民歌《友谊地久天长》一样，都让夏瑞漫有种想哭的感觉。一个半小时下来，夏瑞漫记了不少东西，但如果只用她本子上记下来的内容写文章，这篇报道肯定又短又差。

夏瑞漫想显示自己的能力，不愿找新闻主编求救，但事已至此，这点面子还是要放下的，求己不如求人。主编妮可拉果然有办法，马上指点迷津："讲座结束第二天，学校就会把当天的视频放到网上，你再去听就好了。"夏瑞漫心里的石头砰的一声落了地。在房间里看了无数遍讲座视频后，她终于在周六按时发出了稿子。此后，那位西班牙经济学家的声音就算化成虫鸣，夏瑞漫想她也能听得出来。

三天后，夏瑞漫第一次在报纸上看到了自己的名字，在第六版的一个小角落里。至于文章的作者是谁，除了她自己，以及收到"快去看《水獭报》第六版"短信的人，大概没有什么人关注了。夏瑞漫刚看到"瑞漫·夏"印在报纸上时很高兴，可一认真读文章，有种不小心吃了过期食物的感觉，肚子里翻滚得厉害。在报纸上的这篇文章写得虽好，但和夏瑞漫自己斟酌好几个小时的作品相差甚远。两位新闻主编妮可拉和维韦克说过，他们会修改交上来的文章，有的改得多些，有的少些，事后有问题可以去找他们。夏瑞漫自认为"处女作"的水平颇高，要改最多改一两个标点吧，谁知道属于她的也就那几个标点了。

第二次开会前夏瑞漫去早了，只有她跟维韦克两人站在门口等里面的人下课。维韦克显然已经不记得他对夏瑞漫的文章做过什么，满脸笑容地说夏瑞漫的文章写得好。夏瑞漫嘴上回着“哪里哪里”，心里骂道：“这是间接在夸你自己吧，那文章分明就是你写的。”

维韦克又说：“你可以把报纸留起来，回家给父母看。”夏瑞漫脸上露出不在乎的样子，好像在说，这种小报上的文章哪有留起来的必要。但其实她早就把报纸折得好好的，收在柜子里了。虽然文章已被改得面目全非，但至少她的名字还在，而且新文章写得的确不错。

不过就算这样，自己的树突然让人砍了，被逼着吃别人的果子的感觉仍不太好，果子再甜也不是自己树上结的。夏瑞漫便鼓足了勇气问维韦克她的文章为什么需要改那么多，后者拿出报纸看了许久，终于想出了原因，说：“你那篇文章有两个比较大的问题：一是你是按演讲人说话的顺序来组织文章的，这样就显得很乱，没什么重点，所以我们按内容主题重新排了一下文章结构；二是文章写得有些啰唆，我们是新闻版块，要的是把最真实和重要的内容用最简洁的语言快速传递给读者。读者没那么多时间看那些修饰的辞藻。所以我们就把很多地方重新写了一下。”

听了维韦克的话，夏瑞漫感觉好多了。她不仅明白了为什么别人要砍她的树，还得到了种能结甜果子的树的方法。这第一笔还真写歪了，不过也没什么大不了的。

维韦克怕打击夏瑞漫的士气，以后不再来开会，又安慰了夏瑞漫两句。夏瑞漫本来也没有要打退堂鼓的意思，说她理解主编们的用心，下次会交出更好的文章。听夏瑞漫这么一说，维韦克才放心。虽然水獭报社是学校有名的社团之一，但开学三四个星期后，除了总编辑和各版块的主编，真正每个星期都投入精力为报社工作的人并不多。新闻版块每周来开会的人也只有那么六七个，所以维韦克才想极力留住每一个成员，可惜这并不容易。

住在夏瑞漫隔壁的苏菲也是报社的一员。说起来，她会变成社里“新闻在哪里我就在哪里”的骨干成员之一，和夏瑞漫还有一些关系。苏菲做事认真，文笔也不错，但不喜欢过于忙碌的生活，所以不轻易投入。不过，后来的事实证明，她一旦决定要做就会全力以赴。

大概是在第四周的时候，夏瑞漫接了写关于“国际周”的稿子的活。所谓“国际周”，就是一整个星期里，校园里都有各个国家的社团组织的活动。最热闹、夏瑞漫也最喜欢的活动，是在学校主街的食物大鉴赏。不同的社团在街上摆摊，拿出自己国家的传统美食来跟大家分享。夏瑞漫很喜欢写这种类型的稿子，因为可以借机品尝美食，还可以采访很多到场的同学和主办者。这比闷在家里一遍又一遍地听难懂的英语有趣多了。而且每次说出“你好，我是《水獭报》的”，夏瑞漫都觉得自己像是什么重要人物一样。

就在夏瑞漫准备好所有材料，打算开始写文章时，病魔偏偏来拜访。她的脑袋变成了一个装满火药的炸弹，随时都可能爆炸。她可以不向任何人任何事低头，却对病痛无可奈何，只得躺在床上静养。休息没问题，可文章要怎么办呢？她不愿意跟妮可拉和维韦克说她写不了了，最后关头他们也难再找人接手。这时，夏瑞漫想到了住在旁边学国际关系的苏菲。苏菲刚开始并不想帮忙，毕竟一篇文章不是一两分钟就能完成的，但见夏瑞漫一把鼻涕一把泪，又可以提供所有资料，便答应了。

“国际周”是本周的校园大事，加上苏菲的精妙文字和摄影师捕捉的精彩镜头，这篇文章上了头条。苏菲第一次写新闻，就在报纸头版最醒目的地方找到了自己的名字，自然非常高兴。从此，她每周都和夏瑞漫一起去新闻版块的例会报到。

有了苏菲作陪，夏瑞漫在《水獭报》干得比以前更开心了。虽然她和其他成员也都互相交换了名字、专业、国籍这些基本信息，但大家的关系不过是“同事”，没什么私交，聊起天来也很是生分。夏瑞漫因为跟苏菲是邻居，关系就亲密多了，遇到写作上的问题还能互相请教。

苏菲和夏瑞漫每周去开会，选择自己感兴趣的选题，然后写稿、交稿。她们以为这就是报社运作的全部内容了，直到有一次妮可拉和她们谈话。

妮可拉性格开朗，但夏瑞漫和苏菲跟她并没有太深入的交往。有一天开完会，夏瑞漫和苏菲向她咨询报道活动的车费是否可以报销，三人便在教室多留了一会儿。正准备离开的时候，妮可拉突然冒出一句，下个星期的竞选千万要投给约翰。

《水獭报》的竞选跟别的社团有点不一样，可能是工作量太大的关系，愿意干满一年的编辑并不多。所以《水獭报》并不只在学年的末尾组织竞选，而是只要有编辑辞职，就必须得来一次竞选。评论版块的主编内森由于大三课业的压力，考虑再三后，决定提前退出。目前要竞选评论版块主编的有两人，一个是妮可拉说的约翰，另一个是杰夫，而空缺的位置只有一个。

夏瑞漫和苏菲跟两人都不熟。在《水獭报》，除了新闻版块每周要开会以外，别的版块的编辑都只用邮件跟撰稿人联系。虽然跟竞选人没什么私交，但夏瑞漫和苏菲本来都打算投票给杰夫。杰夫的文章几乎每周都出现在评论版块，他总能敏锐地观察到学校最需要改进的问题，他的文字幽默，也引人思考。约翰也是勤奋的投稿者，可他的文章和杰夫比就差得远了，说的不过是大家早就讨论过多次的话题。

所以，夏瑞漫和苏菲听到妮可拉的话后，异口同声地问："为什么？"

本以为妮可拉会给出什么建设性的意见，没想到她只是说："我特别讨厌杰夫，如果他当选，我们是不可能在同一个办公室工作的。"

夏瑞漫和苏菲继续刚才的问题："为什么？"

"你们知道他这个人有多骄傲吗，他觉得评论版是最好的，总说新闻版很无聊，根本就没人看。他还喜欢跟别人说我不好，有时甚至当着我的面……"

妮可拉讲了很久，夏瑞漫和苏菲只是安静地听着。妮可拉说完后，两人都没有被她自以为强有力的说辞说服，但也不好当面争辩什么，只是敷衍地"嗯嗯"了几声。

在回宿舍的路上，夏瑞漫问苏菲是否会投给约翰，苏菲说她会根据竞选当天他们的表现来决定。夏瑞漫说她也会那么做，但在心里已暗暗决定要投给杰夫。夏瑞漫不认为在台上五分钟的演讲和问答环节能全面地反映一个人的能力和态度。好听的宣言谁不会说，讲话结巴的那个人，说不定才是最好的人选。

这次的竞选，杰夫还是输了。虽然落选的不是自己，夏瑞漫比自己输了还要沮丧。她觉得杰夫在竞选中表现得很好，认定杰夫失败的唯一原因就是妮可拉，除了她和苏菲，妮可拉一定还对许多人进行了游说。很多人本来就不介意谁当选，既然妮可拉开口了，投给约翰也无妨。这是夏瑞漫第一次真正感受到，有能力不一定可以成功，会“玩政治”才是王道。

（七）

Skype[1]

以前，最让夏瑞漫引以为豪的便是自己适应新环境的速度。可这回过了好多个星期，她才慢慢习惯大学的生活。就这样忙活了一阵子，夏瑞漫想起已经有一段时间没听到五晓小的声音了。她这才发现，虽然身边有了很多新朋友，但有好多话她一直封存在心里，好像这些话太珍贵，在这个世界上只能说给一个人听。

通讯录里存入的姓名越来越多，社交网络里的好友每周都在增加，但那种找不到一个人分享当下情绪的感受却没有远去。五晓小不再只是一枚快捷键就能联系到的距离，夏瑞漫躲在被子里哭的时候，那一头的五晓小睡得正香。时差成为两人之间难以逾越的阻隔。夏瑞漫通常会选择最简单的应对方法，把情绪压在心里。然而，分享和倾诉的念头越来越强烈，夏瑞漫无法再忍受了，她和五

1　Skype：即时通信软件，可以语音对话，也可以拨打国内国际电话，并且可以实现呼叫转移、短信发送等功能。用 Skype 拨打固话和手机以及发送手机短信价格低廉。Skype 用户之间的语音、视频通话免费。

晓小约定在Skype上见。

夏瑞漫跟五晓小约好了Skype的时间，不久后，房间里终于又充满了那个熟悉的声音。

“听得见吗？听得见吗？”夏瑞漫一边对着摄像头挥手一边问。

“听得见，听得见！”五晓小比夏瑞漫还兴奋，好像她是第一个使用网络电话的人似的。

“我这段时间也想找你来着，有些事想问你。”五晓小继续说。

“好啊，问吧问吧！”夏瑞漫喜欢别人问她问题，这让她有种被重视的感觉。

“你最近怎么样啊？上次在QQ上你说功课很多，现在适应一些了吗？”五晓小没有直奔主题。

“事情还是很多！我觉得还是没有完全适应这种一个人的生活。”

“一个人的生活？”

“上了大学以后，这种自己是孤立的个体而非集体中的一员的感受越来越强烈。那句话说得很对，‘小学是一个班的小学，初中是一群人的初中，高中是几个人的高中，而大学，是一个人的大学’。除了住我隔壁的几个邻居外，我和同系最要好的朋友最多一个星期见两三次面。上大学前，我从没发现跟一个人保持朋友关系还需要额外花时间相处，以前每天一起上课下课，自然而然就有感情了。

“现在的话，如果不有意识地保持短信问候或约出来吃饭，很快就生疏了。跟初中高中不一样，在大学校园里不再能随处看到熟悉的面孔，我有时候觉得自己像一匹孤独的狼，一个人吃饭上课到处走走停停，也一个人看书写字思考问题。初中高中的时候，迫不及待地想逃开老师、学校和家长的管束。可到了大学，虽然三天不回宿舍警告都不会收到一个，但也有些无所适从，我甚至开始怀念衣食住行全被人管，出校门都要找老师签字的生活。”

夏瑞漫一和五晓小聊起天来话就变得特别多，好像堵住泉眼多年的石头突然被冲开了一样。

“我想，等到毕业以后，这种感受会更强烈吧。我在国内，目前感觉还好，可能是因为还有室友和班级制的关系。”五晓小这么一说夏瑞漫才发现，她愿意倾诉的对象不一定要是跟她经历相同的人。

“我常在想，没错，虽然表面来看，的确没有人是一座孤岛，因为再孤僻的人也需要与人接触。但与此同时，又没有人能逃出成为一座四面环海的岛的宿命，因为我们一个人来，一个人生活，又一个人走。在这个世上，有人陪我们走过几十个春秋，有人和我们街头相遇街尾分别，相同的是他们不会永远在我们身边，不能帮我们解决每一个问题，不会了解我们的每一种心情。”夏瑞漫本不想太感伤，但这些话就这么自然而然地说出了口。

“是这样的，没错。但如果我们总是想着没有人能陪我们一辈子的话，就会越来越悲伤。每个人的生活本来就是由很多个不同的板块拼起来的，只要记住曾经得到的美好和正在绽放的美丽就行了。”

“嗯，可能吧。”

“你在大学交到了什么好朋友吗？”五晓小关心地问。

“有一些。虽然跟很多人比起来，我在大学的朋友圈并不太大，但对我来说已经完全够了，我也没有足够多的精力同时跟很多人保持联系。我对生命里遇到的每一个人都心存感激，但有的时候我又觉得，虽然表面上我离他们很近，内心深处却离得很远。

“此前我被问到，一生中，有几个我觉得不管过多少年都必须要保持联系的朋友。面对这看似简单的问题，我想了很久。我虽然从来不是那种在学校走两步就会见到熟人的人，但每个阶段的朋友也不算少，所以这个数字应该很大吧。我一直希望能给她一个具体的数字，却做不到。后来提问的人告诉我，在她问过的人里面，回答的最大数字是18，最小是1。不知道为什么，我只觉得那个给出‘18’回复的人很可悲。真奇怪，我不是应该羡慕或者佩服他吗？可能我根本就不相信一个人可以同时有那么多‘最好的朋友’，并认定他其实一个特别知心的好友都没有吧。或许真正可悲的人是我。”

“只能说每个人对‘一定要联系’的定义不同吧，有些人比较‘博爱’，刚认识一个人没多久，连话都没说几次，就认为对方是自己的好朋友；有些人却不轻易打开心扉。”五晓小说道。

“就是这种不同让我变成了一个怕付出太多的人。如果我认为我们是好朋友，而对方并不这么认为怎么办？我喜欢找平衡，这次我约了吃饭，下次我约了去看电影，再下次的见面就应该对方提出了吧。这种自己假想的平衡真有必要吗？可我为什么挣脱不了这副枷锁呢？”

“在所有的关系里，都没人愿意做一直付出却得不到回报的一方吧，我觉得你待人很真诚。在当今社会，人们会给自己加上一层保护膜也没什么错啦。对方是否把你当朋友，是否愿意把时间花在你身上，接触一段时间很容易感觉出来的。而且每个人与他人接触的方式不一样，在一段关系里扮演的角色也不一样，有些人喜欢当派对主办者，有些人喜欢当参与者，有些人只喜欢参加小型聚会，有些人照顾别人，有些人被人照顾。什么样的方式适合你，就用什么方式与人相处好了。”五晓小安慰她道。

“嗯。噢，问你个问题，如果这两者只能选其一，你会选哪个？你会选可以交流的还是可以一起生活的朋友或爱人？”夏瑞漫抛出一个问题。

“什么意思？”五晓小并不太理解她的问题。

“有一些人，他们人很好，很会替他人着想，有困难找他们一定会得到帮助，所以跟他们生活会比较舒服，也会因为他们的体贴而感动。但他们并不一定能理解你的想法，如果找他们倾吐心声，得到的总不是你想要的回答。跟他们可以一起生活，但无法有更深层次的交流。另外一些人，他们或许没那么容易相处，有自己的怪癖，并不那么平易近人。但你说起什么问题，分享什么观点，总能从他们那里得到共鸣。跟他们一起生活可能要更多地去迁就对方，但也会有更深层次的交流。”夏瑞漫解释道。

“这怎么让我想到了心灵与肉体。嗯，两者兼得当然最好。好难选哪。你会怎么选？”

“如果在我的生活中真的只能存在这两类人里的一类，我想我会选后者吧。不过这也确实是个艰难的决定，我实在不愿跟不懂体贴的人生活在一起。但当我满心激动地说起自己的想法，得到的却是不解，我又该有多憋屈。”

“听你的口气，这两类人，少了任意一类都像是少了空气和水，但有些人的朋友圈说不定充满了既不能与之共同生活，又不能与之交流的人。或许体贴者与共情者之中，你能拥有一种就该满足了。”

“或许吧。不过还好，就算体贴与共情兼得的人不在身边，我也能从不同的人身上获得空气和水。对了，你刚才说要问我什么?”夏瑞漫转变了话题。

“我也想出国留学，你觉得怎么样?”五晓小突然问。

“当然支持呀!”夏瑞漫一直对国内的大学教育颇有微词。

“你怎么突然想留学了?”夏瑞漫又问。

“高中的时候，我爸妈曾问过我想不想出国，当时出国留学的人也很多，但不知道为什么，我那时候挺想参加高考的，可能觉得那是必须要有的人生体验吧。我们家也并不是那么富裕，所以节省些也好。上大学后，一种前所未有的空虚感一直抓着我不放，我每天都不知道自己在干什么。想努力，却连努力的方向都找不到。大学开始没几周我就突然变得特别想去更大的世界闯荡，后悔当初没有早点走，现在再动念，可能年龄已经大了。”

这是夏瑞漫第一次听到五晓小表达想出国的强烈愿望。她本以为这些话五晓小会在最辛苦地备战高考时说，可是并没有。五晓小在暴风雨过后的平静里告诉夏瑞漫，她想再闯一闯，让生命在最该绽放的时候绽放。

“还不晚的，最大的代价就是多读一年，或者两年呗，这种例子多了。我这里还有个同学高考完了才来英国读 A-Level。我觉得宁可多花一两年，走你想走的路，也不要怕年龄大什么的而勉强自己做不喜欢的事。”夏瑞漫一心想五晓小也跨出国门。

“嗯，我已经在自学托福课程了。多读一年还好，多读两年我就觉得有点久了。而且我也不知道能否考上还说得过去的学校。”

“不试试又怎么知道呢？至少这样你就不会后悔啦。要不然你在国内读书的时候，肯定总是会想，要是当初我试过了又会怎么样呢？”

“这倒没错，我会试试的，反正平常也没太多事情可以做。”

“大学有那么糟吗？”

“怎么说呢，这是我第一次有种一眼就看到头的感觉，我接下来的四年就这样了，这让我很想逃。我本以为经历十二年的应试教育后，会无比享受这种清闲，其实不然。我像是一只困在笼中的鸟，我觉得每一天的时光都在拔走我本应该用来战斗的羽毛。”

“至少你已经有改变的想法啦，现在努力一点都不迟的。”

“也是，如果不满意现在的生活，就应该努力改变。”五晓小的声音突然提高了。

“如果真的出国留学，你想读什么专业呢？”

“我也不清楚呀。你知道的，我一直是个文科生，可是出国读文科的话，我的外语水平一定不够。中国人出去留学，好多都是读理工科或者经济学，我对这些又不是那么感兴趣。”

五晓小的苦恼也是夏瑞漫最关心的问题。到海外学习当然是件好事，但这对很多人来说也等于缩小了可选择专业的范围，甚至需要学习并不那么感兴趣的学科。可留在国内，很可能仍然会遇到五晓小这样的困境。

“你有什么建议吗？”五晓小又问。

“关于选学科，我觉得第一要选自己感兴趣的。我们选择上大学的主要原因应该是对知识的渴求，学习不该为任何人，只应该为自己。如果因为各种原因无法选择自己喜欢的专业，或者并没有对什么科目特别热衷的话，那最好选择人才最稀缺的、最能够回馈社会的领域，或者选自己最擅长的科目。所谓擅长，不是说因为之前学过、考试会考得特别好，而是能真正发挥你的学习能力和思考能力。”

“同学，你想的是挺好，但现在的人都很现实的。一门学科毕业就业率百分之四十，另外一门百分之百，你说大家选哪个？一个行业平均年收入一百万元，另外一个十万元，你说大家选哪个？”

“一个人的价值不是靠他挣多少钱衡量的，我们是否快乐也不是靠银行卡里的金额决定的。每年去海外留学的人数都不少，可又有多少人学到了最应该铭记在心的价值观。”每次讲到这些，夏瑞漫都有些激动。

“话是这么说没错，我们说别人容易，自己实践起来就没那么容易了。”

“唉，是的。我有时候会像个什么都不怕的勇士一样，想着我要勇敢地坚持下去，努力努力努力！又有很多时候，我是最软弱的士兵，不断地问，我行吗我行吗我行吗？”

“加油！我们一起努力吧！”

“好！本来应该是我鼓励你，怎么变成你鼓励我了？哈哈。”

夏瑞漫和五晓小聊了很久，好像说了一个世纪的话。房间里再次安静下来，打完电话的夏瑞漫很开心。原来这份快乐这样易得，又这样难得。

（八）

生命的奇迹

时间过得越来越快了，好像夏天的风才刚刚吹起，圣诞老人的脚步又已经临近。

伦敦街头到处挂起了彩灯，牛津街上的橱窗里洋溢着节日的色彩。连伍德兰兹的校园也一改往日严肃的学术气氛，支起一棵棵圣诞树，变得温馨、可爱起来。

直到乔提起还有两个星期他们大学生涯的第一个学期就要结束了，夏瑞漫才猛地发现九分之一的大学生活快过完了。开学没多久，乔就在门上贴了倒数还有多少天毕业的牌子，虽然数字大得吓人，但她说这样至少有个盼头。乔对学习历史的劲头并不是那么大，对伍德兰兹的评价也很一般，学校的排名与声望高，不等于能让学生开心满意。夏瑞漫对伍德兰兹也有些失望，觉得这所学校并不适合她。又或许是因为她还在怀念高中的日子，大学的课程对她来说太难了，她根本无暇感受和享受生活。就算这样，夏瑞漫跟乔也不一样，她祈求时间放慢脚步，不要让毕业那天来得太快，她还无法想象身份变成大学毕业生的自己。

对有些人来说，毕业后可以飞向广阔的天地；对更多人来说，毕业后跟着的是数不清的未知和无尽的迷惘。这两种感觉在夏瑞漫心里常交错出现。或许这是不可避免的，要进入广阔天地，就必然会面对未知，会感到迷惘。

不愿离开校园的夏瑞漫在“象牙塔”里过得并不轻松。上次跟梦梦通过电话后，她的学习状态还没有明显的改观，她也不愿再打扰梦梦。

对夏瑞漫来说，几乎每个周末都是在与书本搏斗中度过的。一个毫无新鲜事发生的周日下午，夏瑞漫发现自己在图书馆负一楼的电脑前已经坐了近三个小时，键盘旁边堆了四本厚薄不一的历史书。翻阅完第三本书，敲打了一千多字的笔记后，夏瑞漫依旧满脸沮丧地看着小论文的题目，一点头绪都没有。夏瑞漫抓耳挠腮，头发扯下一根又一根。问题问的是某次起义的原因，可书里说的全是起义的过程，内容详尽，就是没有夏瑞漫要找的重点。

夏瑞漫再次想起大学以前的历史学习生涯，那是一段多么美好的一去不复返的时光啊！在课上，老师跟学生一起阅读两三页纸的文字，读完后，大家一起讨论，讨论完了回家再看几页纸。那么一点内容还要反反复复嚼好几遍。最重要的是教科书这东西还存在。写小论文之前，老师说请阅读第几页到第几页，读完后小论文的大致思路也出来了。

现在可完全不是那么回事。讲师用一个小时把以前半个学期的内容都给说完了，剩下的就自个儿努力去吧。要写小论文的时候，夏瑞漫会先从有二十几本书的书单里挑四五本借回家看，然后发现两本讲得完全不着边际；一本细节太多，作者恨不得把主人公几点睡觉几点上厕所都记录下来，读了四五页纸后才终于拿着放大镜找到了一个值得记录下来的要点；最后两本实在太深奥，根本不知道里面说了些什么，光单词就查了一个小时。最关键的是有些专业术语连维基百科都没有收入，每到这时候夏瑞漫就会在心里暗骂："大哥大姐，你们就不能用一些人类可以读懂的词吗？"

坐在图书馆里的夏瑞漫觉得自己又浪费了三个小时，宝贵的三个小时。她看着周围奋笔疾书的战友，越想越沮丧。为什么会这么难？我是有多蠢？学这些的意义是什么？想着想着，书上的字变模糊了，眼泪顺着脸颊不断往下掉，落在纸上慢慢晕开。她赶紧边找纸巾边用食指把眼泪擦干，要是被别人看见就丢脸了。越是这么想，越是觉得图书馆里所有白晃晃的灯光都打在自己的脸上。拿到纸巾后她马上起身，低着头朝厕所的方向走去，夏瑞漫知道自己的眼泪是不会这么快就罢休的，不如在隔间里哭个痛快算了。她坐在马桶上，努力让自己不发出抽泣声，这已经是她第二次躲进图书馆的厕所里哭了。这样的日子什么时候才是个头哇？或许她根本不适合学历史，她太高估自己了。

每当眼前漆黑的时候，夏瑞漫都会努力用廖一梅的句子来鼓励自己，她记得廖一梅曾经这么写过："那些能预知的，经过权衡和算计的世俗生活对我毫无吸引力，我要的不是成功，而是看到生命的奇迹。而奇迹，是不会在容易的道路上绽放的。也许，在所有不被看好，无人尝试的错误的选择背后，会有不曾见到的可能，不曾设计的未知。未知让人恐惧，引人好奇，也因此证明你的勇气，成就你的自信。在每个死胡同的尽头，都有另一个维度的天空，在无路可走时迫使你腾空而起，那就是奇迹啦。”[1] 夏瑞漫想看到生命的奇迹，可她不知道这奇迹需要经历多少年的孕育，她也不知道自己是否能积蓄足够让自己腾空而起的能量。可是，唾手可得的又怎么能被称为奇迹呢？

躲在厕所里哭总不是长久之策，虽然她希望能就这么一直躲下去，躲到海枯石烂。但现实总在不断对她招手，流眼泪并不能让小论文题目消失。其实在课程最难，学得最辛苦的时候，虽然嘴上抱怨不断，夏瑞漫的内心深处却在快乐地跳舞。而在困难全被扫除之后，空虚感便会扛着武器来进攻。所以很快夏瑞漫就对自己说，流泪就流泪吧，因为有一部分的她正在放声大笑。

当夏瑞漫正在努力缓慢前行的时候，蕾切尔老师飞速进步。第一堂课的情景大家还历历在目，年轻的老师紧张得把二分之一的音节都吞进了肚里，因为讲得太快，不得不提早十五分钟下课，据知情人士说她下课后还伤心得躲进厕所掉眼泪。可过了几周，大家渐渐开始忘记她不过是临时代课的博士生，甚至很多教授讲课都不如她生动、吸引人，上她课的人数也从第二、三、四周的低谷重回第一周的高峰。不过话又说回来，研究水平跟教学能力往往没什么关联，看到上课的教授是个名家也不必太激动，名教授说的话可能只有他自己能听得懂。

蕾切尔惊人的进步速度让她成为很多同学茶余饭后谈论的对象，毕竟这是很多人第一次亲眼见证一个“老师”的迅速成长。

可惜生活中永远不会只存在正面的例子。夏瑞漫和劳伦的另一

1　出自廖一梅《像我这样笨拙地生活》，中信出版社，2011 年 11 月。

门课“战争与社会”的老师是个土耳其人，他的英语不差，但“紧张”是他无法跨过的坎。虽然只是面对十几个学生，他也会因为忘记一个特定用语而急得满头大汗，好像台下的学生都是即将宣布裁决结果的法官。

乔常开玩笑说：“我们的学费不过是在图书馆里买了个可以借书、读书的座位。”

这时夏瑞漫总会在一旁猛点头，她觉得每一个可以从这个校门走出去的学生都应该被授予“自学达人”的称号。

但萨缪尔会义正词严地反驳：“老师教的是方法和态度，不是死知识。拥有了前两者，图书馆以及整个世界都是等待被打开的知识宝库。如果只有后者，那它便会在成长的道路上，随着时间的流逝，变得越来越不值一提。”萨缪尔说话总像打过草稿，果然是当政客的好苗子。

夏瑞漫本以为可以平平稳稳过完最后两周，没想到又出状况了，这回还是“买一送一”——就在她因为发烧烧到39.7摄氏度去医院的路上，一不留神踩在一个完全不该出现在人行道的网球上。扭到脚和发烧一样，那种令人厌恶的疼痛是对生理和心理的双重折磨。生病的人特别脆弱，身心都是。健康时总觉得自己能撑起一片天，生病时连拿起杯子的力气都没有。

夏瑞漫躺在被子里静养时，麦琪正忙着报暑期实习。很多人都要等到大二才开始操这份心，但像麦琪这种早早做准备的也不少，像夏瑞漫这种，连关于申请实习和找工作的讲座都没听过的，就少之又少了。高盛、摩根士丹利、摩根大通这些大牌公司当然在麦琪的申请名单中，为了提高成功率，她同时也申请了一些不那么知名的公司。谁都知道进入高盛投行部门难于登天，可谁都不愿因此放弃搏一搏的机会。

麦琪为实习的事忙得焦头烂额，如果把她的眉毛拧成的大麻花拿到街上去卖，一定能卖个好价钱。夏瑞漫见过那种视《金融时报》[1]为全球第一美女／帅哥的人，将它捧在手上后，必须全神贯注地盯上两个小时，此时不论外面的世界如何变化，他们都不会移开双眼。麦琪绝对不是他们之中的一员，买《金融时报》对她来说只是一种心理安慰。她总对自己说："至少我把钱花在与金融有关的产品上了，至少我快速扫过前两版的标题了，兴趣是靠培养的，而培养的过程可能是缓慢的。"

夏瑞漫见麦琪对投行好像没太大的热情，在一次午餐时随口问了句："你为什么要申请投行啊？"

她本以为会得到一个经过思考的答案，没想到麦琪只是耸耸肩说："不知道。"

"不知道？"夏瑞漫努力掩饰自己的惊讶。

"对呀，我也没有一个确切的答案。可能是看大家都报这个，就也申请一下。而且投行的工作工资很高不是吗，人都是现实的，一日三餐、房租、买衣服的钱、旅游的钱总不能一直问父母要吧。"麦琪的回答很直接。

"但听说投行很累呀，挣了钱，连花的时间都没有。"夏瑞漫对投行的了解并不多，关于它的信息都是从爱看《金融时报》的朋友那里听来的。她认为自己不幸遗传了老爸毫无商业头脑的基因，

---

1 《金融时报》（*Financial Times*），英国报纸，注重经济新闻的报道与评论。于1888年创刊，在伦敦出版。

在这个全民关注经济的社会里，他们家族要兴旺发达是没什么希望了。

“任何工作都有利有弊嘛，拿那么高工资，能轻松吗？说实话我也不是完全冲着钱，是真不知道以后干什么好，就先随大流了。”

“学精算不是可以当精算师吗？”夏瑞漫问。

“是可以呀，不过我不想，每天对着一堆数字算，好无聊哇。”

“好吧。投行可能也挺有意思的。”夏瑞漫心里判定麦琪没主见，可再想想，自己又能好到哪里去呢。很多时候，她也不知道自己到底有多喜欢历史，到底能坚持多久曾经的梦想，到底有多少奋不顾身的勇气。

在剩下的午餐时间里，两人没再继续聊关于实习和工作的事。虽然谈话内容转向了电影和圣诞节促销，直到午餐结束，麦琪额头上的麻花还是没解开。

（九）

仙踪林

“瑞漫！这里这里！”不管周围有多少人，一见到夏瑞漫，夏妈妈一定会激动地大叫一声，然后再一边原地跳动，一边发出“呀呀呀”的声音。夏爸爸则在一旁使劲地挥手，挥手动作之大，惹得两旁的人左躲右闪。刚开始夏瑞漫还觉得尴尬，后来觉得这也挺好，于是自己也使劲朝他们挥挥手。

第一个学期结束，夏瑞漫回家了。

“来，抱一个。”夏爸爸不知道从哪部美剧上看到外国人见面时总要拥抱，几天没见夏瑞漫和夏妈妈都要抱一抱。夏爸爸说，女儿都送到国外去了，国外的风俗习惯也得学一学。夏瑞漫自己倒还真没这个习惯，她觉得挥挥手什么的就挺好。

夏妈妈拉起女儿的手，“来来来，给妈妈看看，变样子没有？”上下打量了一番后，认真地说，“变胖了。”夏瑞漫一听，两行无形的泪唰唰流下：“老妈，您能别总这么直戳痛处吗？”

对英文几乎一窍不通的夏妈妈有个怪癖，喜欢让女儿跟自己说英语。夏瑞漫是千百个不愿意：“你这等于让我对着一堵墙自言自语。”但夏妈妈总有办法缠到夏瑞漫实在招架不住，只得答应。夏妈妈一听到从夏瑞漫嘴里吐出的英语单词，就笑得合不拢嘴。夏瑞漫也笑了：“你又不知道我在说什么，乐个什么劲？我其实说得可差了。”夏妈妈不在乎：“只要是我听不懂的语言就好，怎么样都好。”

从机场回家的路上，夏妈妈继续家族的“光荣传统”，让夏瑞漫说几句英语来听听。夏瑞漫本来就讨厌有些国人说话硬要蹦英语单词，这回是坚决不同意。夏妈妈继续死缠烂打的招数，夏瑞漫虽然守住了阵地，但还是保证回家以后一定说。

回国除了与家人团聚，最让夏瑞漫开心的就是能见到五晓小了。还好五晓小的大学就在省内，所以元旦假期她也会回家，要不然就会像其他朋友一样，夏瑞漫只有等到暑假才能见到了。

五晓小十二月三十一日回深圳，和夏瑞漫约好晚上在“仙踪林”见面。

和往常一样，五晓小迟到了一会儿。不过这回平时永远准点的夏瑞漫也没久等，她特意晚到了十五分钟。

“来啦！”夏瑞漫放下手中的书，向匆匆赶来的五晓小打招呼。

“不好意思，我又来晚了。我每次一要出门，我妈就突然让我干这干那的。”虽然五晓小常迟到，但每次迟到都会道歉。不论是不是出于真心，只要迟到的人表面上认真地道了歉，夏瑞漫因等待而生的闷火便会立刻消散。

“没事，我也没来多久。”

“啊，饿死了。吃什么好呢？什么都想吃怎么办！”五晓小边说，还边咂咂嘴。

夏瑞漫和五晓小不同，翻了好几遍菜单才勉强选出一道。五晓小嘴上说很难决定，其实早就想好了，“仙踪林”的菜单她倒背如流。

“你最近怎么样？”夏瑞漫问。点好菜后两人才开始真正的对话。

“出国的事已经开始准备了，我决定去美国读社区大学。”

“社区大学是怎样的？”夏瑞漫对美国的教育系统了解不多。

“社区大学比一般大学好进些，在那里读两年后可以转去别的学校，毕业证书拿转去的那所学校的。”

“那还不错呀。这样的话你也不过相当于多读了一年而已。想好去哪所学校了吗？”

“我爸的一个朋友推荐了一所。在加州那边。”

“到时候转到 UC[1] 也不错。”

“嗯，那个朋友就说那所学校大部分都是转去 UC 的。”

见夏瑞漫没接话，五晓小顿了顿又说：“真期待呀。现在的课业就是个负担，当初就不该选经济，实在不适合我。那时候看大家都选这个，我爸妈也希望我学，就选了。”

“那你去美国想学什么？”夏瑞漫问。

“专业的话，还不确定。到美国刚开始是什么专业都能选的，所以我打算什么都接触接触，然后再看看对什么感兴趣。”

“这样挺好。在英国，到大学基本就只上专业内的课了。”

1　即加利福尼亚大学（University of California），是美国加利福尼亚州拥有十个校区的大学系统。

“哇，看上去好好喝。”服务员端上了饮品，五晓小马上就吸了一大口，然后露出十分满足的样子。每次来“仙踪林”五晓小都点相同的饮料，每次喝都像第一次喝那般惊喜。

两人继续聊着，菜很快就上来了。夏瑞漫觉得“仙踪林”的饭菜实在平平无奇，五晓小却很认真地一口一口品尝。

“你如果出国了，你妈会不会很不舍得？”夏瑞漫已经吃完了自己的那份。

“现在应该还好吧，毕竟我也这么大了。况且，即使在国内读大学也没法常回家。倒是你妈当时应该很舍不得才对，毕竟你那时还小。”说完这句，五晓小把最后一口饭送进嘴里。

“现在想想十六岁真挺小的，不过当时不觉得。那时的我认为自己已经是大人了，一人能撑起一整片天！”夏瑞漫喝了一口饮料继续说，“有人问，太早出去留学，离开家，会不会跟父母感情生疏了。其实我反而是出国后对父母的感情更深了，甚至更加依赖父母了。或许是因为人总是特别渴望自己没有的，每天可以回家的时候老想多去外面看看，想家却不能回的时候只希望能跟父母多黏一会儿。”

“也可能是离开家后才发现最关心你的、对你最好的是父母？”

“真的！再好的朋友还是比不上家人。我只有在家的时候才觉得有个依靠。你读大学后也有这种感受了？”

“嗯。虽然学校还是在广东，但刚开始还真的不太习惯。同学们来自全国各地，大家的成长背景很不一样，生活习惯自然也不一样。”

夏瑞漫见一个服务员路过，告诉她埋单。五晓小又继续说：“以前我爸妈帮我做什么，我都觉得理所当然，现在才发现很多事情只有父母会做，只有父母会不求回报地不停付出。”

“是呀，我心里清楚爸妈的好，但嘴上实在说不出任何肉麻的话。逢年过节全家一起吃饭，加上舅舅舅妈姑姑婶婶之类的亲戚，敬酒的时候别人都说得可好了，我的嘴就特别笨，啥都说不出。”夏瑞漫道。

“你用行动表现出对他们的好就行了。我是能说些我爸妈爱听的话的，不过敬酒我也不行，在饭桌上最怕的就是敬酒。唉，中国的敬酒习俗我适应不来，也不能喝酒。我就这点‘出息’了。”

很快，服务员拿来账单，五晓小抢着付钱，说道：“这顿我请吧。”夏瑞漫也没跟五晓小客气，把拿出的钱包重新放回包里：“那下次我来。”

见时间还早，五晓小说想去麦当劳吃麦旋风，这也是她的最爱。而且以五晓小的饭量，刚刚吃的最多算是前菜。五晓小每次说去麦当劳吃冰激凌，总会再点上两个双层吉士汉堡、一个苹果派作陪。夏瑞漫实在羡慕五晓小这种光吃不长肉的体质，而她自己是既抵挡不住美食的诱惑，也阻挡不住肥肉的生长。

五晓小认为美食之所以美味是因为有人可以分享，所以每次都坚持让夏瑞漫跟她一起吃，每次夏瑞漫试图拒绝，说“我还是算了，现在已经十点多了”时，五晓小总会搬出她的名言：“你只活一次！”

五晓小找男朋友有一个标准，就是得吃得多，至少不能比她吃得少。她的男朋友刘凯的确非常符合要求，快一米九的个头，每餐都要吃三碗饭。夏瑞漫总跟五晓小说：“你可千万别跟刘凯分手了，现在找个吃饭多的男人还真不容易，他们动不动就连一碗饭都吃不完。”

麦当劳里的人不多，新年前夜大家应该都去高档餐厅了，或者集中在可以倒数跨年的广场附近。角落里坐着一对情侣，还有一桌是一家三口，小男孩正高声说着电影里警察是如何制伏坏人的。

“你爸妈怎么过新年？”夏瑞漫问。她知道五晓小的爸妈虽然已经年近半百，但对生活依旧充满热情。五爸爸至今还会在五妈妈生日的时候在家里到处摆满玫瑰，点上蜡烛。

“他们去海边过周末了。唉，可怜的我。”

“你爸是在十二月三十一日向你妈求婚的，对吧？”

“对呀，所以每年这个时候都是他们的结婚纪念日。我非常怀疑我爸当时早有预谋，这样每年他们过纪念日的时候都有假期。”

“说到父母的感情，我前两天跟李风吃饭，他跟我说他爸爸在外面有情人呢。”李风是夏瑞漫和五晓小的初中同学，因为座位坐得近，关系比较好。

“他妈妈知道不？”五晓小问。

“他说应该不知道。你怎么这么镇定？”夏瑞漫以为这会是个爆炸性新闻。

五晓小摆出一副见怪不怪的样子。

“是吗？可我也只是听说过而已，我知道的家庭都没有发生过这种事。”

“我刚听到的时候也无法接受，后来就习惯了。”

“身为女生不能这么快就认输哇！这要是成为社会的主流思想可怎么办！”夏瑞漫还真着急了。

“这世上好男人还是有的，我们找老公的时候把眼睛睁大点就行了。”

五晓小的话没让夏瑞漫振奋多少，她长叹一口气，道：“希望几年后依然是好男人占大多数。”

“其实也不光是男人，现在很多女性也是如此。她们想要的很明确，主要是物质方面的满足。”五晓小回复说。

“让我跟一个完全不喜欢的人每天生活在同一个屋檐下，这太痛苦了，多少钱都不值得这么大的牺牲。”

“精神和物质兼得那当然最好，但如果精神和物质只能选其一，在这个物价不断上涨的社会，选择后者一定有错吗？人们变得越来越物质，这该怪谁呢？”

就这样聊着聊着，五晓小一看表，竟已经零点过五分了。“呀，新年已经到了。我们的跨年过得是不是太无聊了？现在肯定有好多人在外面狂欢呢。”

“不会无聊哇，这样挺好。”夏瑞漫说。

“嗯，挺好。”夏瑞漫吸完最后一口可乐，像是自言自语地又重复道。

（十）

彭坷

新学期一开始，乔就提议大家周末一起出去玩。说到“出去”，乔还没征集各方意见，夏瑞漫早已知道终点站肯定是夜店。如果是中国人的聚会，KTV通常会是首选场所。很可惜，夏瑞漫对两者都不喜欢，但每次有人邀约，还是会例行公事般参加。她常为自己对这些活动不感兴趣而懊恼，毕竟它们是课余时间的重要交友机会。可有什么办法呢，她改变不了环境，也改变不了自己。

这次大家果然还是决定去夜店。被选中的是在皮卡迪利广场附近的“老虎，老虎”（Tiger Tiger）。夏瑞漫始终无法理解夜店的吸引力。刺耳的音乐，昏暗的、不断闪烁的灯光，酒精与荷尔蒙的味道，这些都不能让她兴奋。但她仍会在人群里随着音乐扭动身子，虽然有点僵硬，至少不会扫大家的兴，甚至大部分人都觉得她玩得很开心，所以下次还会叫上她，她也会照样赴约。

如果说在夜店里她最喜欢做什么，那应该就是观察周围的人了。夏瑞漫常常一边偷偷望着角落里一看就知道不是情侣，却把舌头伸进对方嘴里的男女，一边想他们天亮以后又会是怎样的人。是穿名贵西装上班的老板、送外卖的伙计，还是做事认真仔细的财务？想着想着，夏瑞漫好像突然明白了夜店的吸引力，只有在这里，人们才能脱掉白天的所有枷锁，把人性中最本质却又不得不努力隐藏的一面显露出来。走进这里的一刹那，人与人之间那层看不见的网突然不见了，不认识的人可以毫无顾忌地畅快谈天，陌生人突然变成了亲密的朋友。这种变化在这里发生并且只留在这里。

周五的晚上很快来临，它对所有伦敦人来说都有一层与众不同的含义。不管功课还有多少没做完，不管周六是否要加班，不管周一的重要演讲是否准备好了，所有的工作在这个晚上都应该停止，这是一周中最好的时光，这是卸下所有枷锁的时刻。夜色才刚刚降临，整个城市已经换上了新装，与白天完全不同的气氛很快弥散开来。走在街巷里的人们无一不感觉到今夜的不同。每一个街头酒吧的门前都站满了手拿啤酒欢快谈天的人，每一张曾经随处可见的忧郁脸庞都装上了灿烂的笑容。

夏瑞漫跟乔、罗莎和劳伦约好在自己的房间先集合，然后再一起去酒吧找男生们。先在酒吧喝酒，然后转场去夜店。就跟初中的时候去上厕所都要结伴而行一样，大学的女生们也要三三两两一起赴约。聚会当天晚上也不各自回家，而是醉醺醺地挤在一个房间里，睡觉是次要的，聊八卦才是正经事。

罗莎第一个到，比约定的时间还早五分钟，这和夏瑞漫预想的一样。罗莎是那种每节课都早早跨着包站在教室门口等的人，劳伦永远踩着点出现，而乔往往是老师开讲五分钟后才低着头溜进来。果然，第二个到的是劳伦。半个小时后，乔才打电话来问从地铁站出来后具体要怎么走。大家早就料到了这点，“迟到半个小时”在乔的辞典里和“准点到达”是同义词，所以在告诉乔约定的时间时，她们提早了半个小时。

乔出现时，桌上的伏特加已被罗莎消灭了四分之一，这是罗莎一贯的作风。她一进入夏瑞漫的房间，就从袋子里拿出早准备好的伏特加和芒果汁。她担心夏瑞漫没那么多杯子，连纸杯子都买了。对真正的酒鬼来说，任何地方都能成为喝酒场所。夏瑞漫和劳伦都想等到了酒吧再放开肚子畅饮，所以只是做做样子；罗莎倒也不需要人陪，一人自饮自酌也挺欢乐。

劳伦最近买了好几件适合去夜店穿的衣服。人最怕两件事：没有选择和选择太多。劳伦在家对着镜子瞅了半天也没做出最后选择，干脆把三件全都带上，让夏瑞漫她们帮忙看看。结果乔、罗莎和夏瑞漫每个人喜欢的衣服都不一样，最后劳伦不得不让三人用石头剪刀布的方式来帮自己做选择。

女生们迈出家门总是艰难的，乔到了以后，不知道又过了多久，四人才终于出门了。虽然已到传统意义上的就寝时间，街上还是人头攒动，随处可见蹬着八厘米高跟鞋，身着贴身短裙的长腿美女，伦敦城里比白天的任何时候都要热闹。四人中罗莎和劳伦穿了高跟鞋，夏瑞漫和乔则以一贯的平底鞋风格出场。夏瑞漫自从脚底板在舞池受过细高跟的非人折磨后，就放弃了只用脚掌着地跳舞的念头；乔则说自己的平衡能力不好，穿高跟鞋一定会摔跤。

夏瑞漫一行人到达约定的酒吧“白狮”（The White Lion）时，萨缪尔、肖恩等人早就到了。萨缪尔虽然不是亚洲人却满脸亚洲红，他开心地跟大家一一打招呼。在吧台排队的肖恩买好酒后也走了过来。

“你们几点来的?”乔问道。

“比你们早半个小时吧。”萨缪尔说。

“你们一起来的?”乔接着问。

“不是，但刚好在门口遇见。我们来的时候，汤姆他们已经来了。”回答的还是萨缪尔。

大家又有一搭没一搭地聊了几句，话题很快就转向了学术。只要有萨缪尔和肖恩在，这是必然的结果。不过这不是专属于他们的“习惯”，很多伍德兰兹的学生有这个“通病”。刚走进伍德兰兹的派对，似乎和一般的聚会也没什么区别：一小群一小群的人围在一起，手里拿着啤酒，面带笑容地聊着天。走近一听，却发现大家竟然都在讨论如何写申请实习的简历还有下周要交的小论文题目。

夏瑞漫曾尝试改变这种局面，但都失败了。结果要不就是令人尴尬的沉默，要不就是短暂的八卦后又回到原先的话题。没办法，他们讨论这些学术问题，不仅仅是因为老师在课堂上的提问，也因为这是他们真正想要钻研的领域。

“你们觉得今天弗格森的演讲怎么样?”刚才一直没说话的肖恩突然问。他指的是“大英帝国史”的课。来讲课的是一位世界知名教授，开学以来，整个教室第一次坐满了人。

“非常好，不仅他的观点我很赞同，他也是我见过的最好的演讲者。”萨缪尔有一肚子话要说，其实他不用开口大家都知道他的立场会是什么。没等别人开口，萨缪尔接着说：“我理解为什么人们总把英国殖民说成是一种残酷和不人道的行为，但也不能说英国的统治没给当地带去任何好处。他们带去先进的科技、医疗设施、法制、自由市场等等。至少英国人到了以后，很多殖民地的人生活其实比以前好了。”

“多亏了伟大的英国人，原殖民地今天是如此的‘发达’。”乔讽刺道。大家都知道，爱尔兰人和英格兰人有世仇。

“而且我觉得弗格森向我们展示的数据都像是经过精心挑选的，不知道有没有代表性。”肖恩补充说。

萨缪尔从不畏惧表达自己的观点，他知道除他以外的四人都是左派人士，不过如果一个人足够相信自己的观点，就算所有人都站在自己的对立面也没什么可怕的。萨缪尔当然不会就此罢休：“我都说了是相对之前而言。英国离开它大部分的殖民地已经几十年了，不能将殖民地现在的落后全都归咎于英国吧。”

“不管怎么样，这是原则问题，建立殖民地本身就是不对的，本就不应该有所谓的‘好’帝国和‘坏’帝国这种分别存在。”夏瑞漫也加入了乔的阵营。

“我只是客观地看这个问题，用事实和数据说话，而不是站在道德的高度……”

这场争论持续了许久，直到其他人来通知转场。脱下学者的衣袍，大家又嘻嘻哈哈地闹作一团。

接近午夜的皮卡迪利广场熙熙攘攘，巨幅的液晶广告屏上闪烁着国际连锁品牌的名字。相爱之神安忒洛斯的雕像沐浴在洒满人造灯光的夜色中，他张开双翼单脚站立，一手持弓，一手做出射箭的姿势。夏瑞漫忍不住驻足仰望，不知怎么的，竟觉得那箭是射向自己的。

一进“老虎，老虎”的门，音量调到最大的快节奏乐曲让夏瑞漫有种想逃的冲动。而对站在她旁边的罗莎来说，门里就是极乐世界。寄存好手提包和大衣后，夏瑞漫跟着酒后迫不及待地要扭动身躯的友人们，来到拥挤程度不亚于旺季时八达岭长城的舞池。跟大家跳了几首歌后，夏瑞漫被夹在不同人的胳膊、大腿、后背、胸部、屁股中间，有点喘不过气来，她跟朋友们打了招呼便出门呼吸新鲜空气——满是烟味的新鲜空气。这里有不少人一边吸烟一边小憩。不知道他们中是否有人也是为了逃离室内的拥挤人群。

“你也来了?”听到声音，夏瑞漫抬起了头。出现在她头顶斜上方的是一张不太熟悉的面孔，她努力搜索记忆，才想起这个男生叫彭坷，是他们学校的研究生。夏瑞漫和彭坷第一次见面还是在迎新周的时候，两人都参加了中国学联组织的聚餐活动，刚好彭坷坐在夏瑞漫的左边。但他们并没有深入的交谈，当时夏瑞漫在跟坐在右边的老乡聊天，而彭坷则对左边的大眼美女更有兴趣。再者，夏瑞漫在迎新周中见到太多新面孔，听到太多新名字，除了后来还有联系的两三个人，其他人的名字大多都忘了。

周围的人好像都很喜欢彭坷这个人，夏瑞漫常在麦琪和其他中国人的对话中听到这个名字。如果一个人总被他人提及，她会猜这个人要么张扬，要么圆滑，她并不喜欢张扬和圆滑的人。

“嘿！好巧哇！”在这种地方见到彭坷真是再正常不过了，夏瑞漫心想。不过，他竟然是独自来的，这让她有点好奇。

“你也来夜店？以前都不知道。”说着他和夏瑞漫一样蹲了下来。

“偶尔吧，跟朋友一起出来放松放松。”夏瑞漫不喜欢和不熟悉的人单独对话，要不断地找话题，真累。她从舞厅里出来只是想一个人静静。但她当然没有挪位，这样太不礼貌，她也找不到什么离开的理由。

“我出来抽会儿烟。我这烟可能是得抽一辈子了。”

“这种事谁都说不准，说不定哪天你爱的人叫你戒烟呢？”

“哈哈，这一听就是没烟瘾的人想出的台词。”

“圣诞节回家了吗？”夏瑞漫不想再在烟的问题上跟他纠缠下去。

“回了，公司里有很多事情要处理。”彭坷并未多加解释，好像已经默认全世界的人都知道他有个公司一样。

“公司？”夏瑞漫其实从麦琪她们那听说过彭坷在国内有公司的事，但她看不惯自以为是的人，所以假装不知道。

“大学毕业后，我跟一个朋友在国内开了家旅行社。你知道徒步背包旅行吗？现在不是越来越火吗？我们公司专门从事这种旅行的行程和路线设计。”

“这么年轻就创业，真不简单哪。那你怎么又来读书了？”

“我现在学的是企业管理，希望学到的东西以后能帮助公司发展。而且我又想念当学生的日子了，现在还可以继续读读书，以后会更忙，年纪大了后也更难再提起精神当全职学生啦。”

“公司事务就是那个朋友在打理？”本来问彭坷公司的事只是出于礼貌，慢慢地，夏瑞漫还真的产生了兴趣。

“对，我在这边学习之余也会帮忙，毕竟现在很多工作都不需要在一个固定的地点做了。”

“也是，设计路线之类的有电脑就行了。”

“对呀。”

“你喜欢你的工作吗?”夏瑞漫问。

“喜欢。我真的很幸运。这年头能找到工作就不错了，做一份自己喜欢的工作那更是难上加难，做的工作不仅是自己喜欢的，还能挣到可观的收入，那基本就是天方夜谭，所以我很感恩。”彭坷的表情很真挚。

“这个世界上幸运的人其实很多，但真正知道自己是幸运儿的人很少。”听了彭坷的话，夏瑞漫对他的印象突然有了改观。

“所以你呢？你以后想干什么?”

夏瑞漫知道这不过是跟不太熟的人聊天时经常用来打破沉默的问题。她不知道彭坷是真的感兴趣还是找不到话题了。

“我还不知道，等毕业了再说吧。”夏瑞漫曾经会很坚定很自豪地告诉别人自己的梦想，可近些日子，她越发不愿意随随便便跟人提及这个话题。因为说出来，就多了一个十年后问你“当初的梦想实现了吗”的人；不愿意说也因为变得不那么坚定了，她开始不清楚自己到底想要什么了，她开始怀疑，开始彷徨。

“不说这个了，说点别的吧。”夏瑞漫说。

“也对，大周五晚上的应该说点轻松的。”

那什么是轻松的呢？两人都陷入了沉思，一阵无话可说的尴尬迅速蔓延开来。夏瑞漫实在后悔提出了换话题的想法，两个没什么深交的人也就只能谈谈正经事了。

“我发现伍德兰兹的人都有个毛病，不说学习和工作，就不知道该说什么了。”夏瑞漫说。很多时候，打破尴尬的最好方法就是说说当下的状态。

“哈哈，你也发现这点了。”

“你们俩进去不?”乔的出现救了他们。

听到“俩”这个字，夏瑞漫十分惊讶，指了指乔，又指了指彭坷，问:“你们认识?”

“一次偶然的机会认识的，那天下课的时候街上很挤，我不小心用手肘狠狠地顶了他的腰。我觉得特不好意思，当时又刚好是吃饭的点儿，就说请他吃饭。后来就熟络起来了。”乔连口气都没喘地把故事讲完了。

“那我是得从明天起每天在街上用手肘戳人吗?两年后肯定朋友遍天下。”这种认识朋友的方式，夏瑞漫以前还真没听过。

“走，要进去吗?”彭坷问。夏瑞漫这才想起乔冒出来的原因。

“嗯，好。”

夏瑞漫跟着乔回到同伴的身旁，他们已经换了个房间，音乐还是一样嘈杂，灯光依然昏暗，空气中照旧弥漫着荷尔蒙的气息。彭坷并没有去找其他的朋友，而是一直在乔和夏瑞漫的身边。其他人看到彭坷也不惊讶，原来他们以前也打过照面。

夏瑞漫很快融入人群，也跳了起来，这首歌她还算喜欢。彭坷一直在离夏瑞漫不远的地方跳着。慢慢地，她能感觉到他的身体在一点点地向她靠近，她并没在意，在夜店和异性有身体接触再正常不过了。

他把手搭在了她的肩上，并用力把她的身体靠向自己。他们就这样一起继续随着音乐扭动身体。她没有多想什么，周围也有好几对“非情侣”拉着手抱在一起跳舞，毕竟到了这里，所有的束缚和枷锁都已经卸掉了。就这样又过了两首歌，夏瑞漫突然感觉到他的手不知道什么时候从她的肩膀移到了她的腰上，然后慢慢钻进了她的衣服，接着是他和她的肌肤的不断摩擦。夏瑞漫并没有阻止这一切，她知道这已经超出男女普通朋友之间会在夜店做的事情的范畴。她对旁边这个男人也没有什么特别的好感，在半个小时前甚至连他的名字和长相都不太记得，可她为什么没有逃开？是对接触异性的渴望？是对自己短暂的放纵？还是她低估了自己对彭坷的喜欢程度？

就这样又一首歌结束了，新的一首开始了。他的手指一直往下滑，这回她一把抓住了他的手，示意他停止。彭坷的手重新回到了她的肩上。她扫了一眼在旁边的乔和罗莎，希望她们什么也没注意到。

过了一会儿，彭坷对着大家做了个喝水的动作，示意自己去吧台买点酒，并问大家有没有什么想要的。罗莎说她要一杯金汤力，其他人都摇了摇头。彭坷对罗莎点头示意后便转身离开，离开的同时也拉了拉夏瑞漫的手指，让她一起来。

一离开大家的视线，彭坷就牵住了夏瑞漫的手，夏瑞漫并没有躲开。吧台人很多，两人只好站在层层人墙后面等着。彭坷松开夏瑞漫的手，把她搂在怀里，然后不知怎么的，他们的舌头已经缠在了一起。夏瑞漫虽然从始至终没有拒绝彭坷，但也没有心跳加速的感觉，甚至跟他亲吻的时候，脑子里想的还是吧台的人怎么这么多，什么时候才能买到酒。

好不容易挤到了最前面，彭坷帮罗莎要了金汤力，给自己和夏瑞漫分别点了伏特加加可乐和苹果酒。等服务生倒酒的时候，彭坷在夏瑞漫耳边小声说："今晚跟我走吧。"夏瑞漫听了一惊，她完全没想到彭坷会这么快直切主题，这也是第一次有不熟的男性跟她提出这个要求。夏瑞漫本能地直摇头：“不可能。”彭坷也没有继续追问。

拿到酒后，他们直接回了舞池，这时时针已经指向了数字“2”。夏瑞漫早就累了，可又不想当第一个说走的人。还好没过一会儿，劳伦就在她耳边问要不要过十分钟回家。这不像是劳伦平时的作风，但正合夏瑞漫的意，她满眼感激地看着劳伦直说好。十分钟后，四个女生准备一起离开，劳伦快要无法驾驭脚下昨天才买的细高跟了，而罗莎实在醉得有些不像样子。

第二天早晨，夏瑞漫还是九点多就睁开了眼，她不习惯太晚起，不管睡得多迟也不会十点以后还赖在床上。跟普通人的作息更相似的罗莎、劳伦和乔还睡得很沉。乔本来是和夏瑞漫还有罗莎一起挤在床上的，但地方实在太小，加上她睡觉又不老实，等夏瑞漫醒来的时候，乔正在床沿边上大声打鼾，半边身子悬在床外。罗莎迷迷糊糊中感觉自己身旁有人挤了过来，总想把乔推开，可惜乔如磐石般连身子都不转一下。

夏瑞漫的肚子咕咕直叫，冰箱里压根儿找不到能当早餐的食物，她只好轻手轻脚地换好衣服出门买早餐。街上的人很少，不过天气是难得的晴朗。夏瑞漫边走边想着昨晚发生的事，她很庆幸自己没有答应彭坷的要求，要是真的发生了什么，那会是多么糟糕！夏瑞漫觉得这件事证明她是个有原则的人，并暗自为自己骄傲。这在当今社会多不容易呀。想到这儿，夏瑞漫的心情大好，脚步也变得轻快起来。

（十一）

小辣椒

“听说了吗听说了吗?”周一中午吃饭的时候，乔一见到夏瑞漫就激动地问。

“没呀，什么事?”一定又是什么无关紧要的八卦，夏瑞漫早就了解乔喜欢大惊小怪的性格，所以只是假装感兴趣地问了一句。

“索尼娅和罗伯特周五那天晚上那啥了!”

“这你也知道?”夏瑞漫不得不说这回乔的“新闻”还是很有价值的。她从来没想过这两个人能牵扯到一起。索尼娅，俄罗斯人，长得还行，虽然不能说是大众情人型美女，但至少看着顺眼，加上化妆技巧不错，有那么一股与众不同的韵味。她不仅性格外向，做事还很高调，在学校认识不少人。

罗伯特简直就是索尼娅的对立面，他话不多，喜欢安静地一个人待着，除了他的室友，几乎不太跟其他人接触，是数学系极少数的几个英国人之一。夏瑞漫一直觉得罗伯特是喜欢女孩子都不敢主动追的类型，更别说一夜情了。真是真人不露相啊!

“索尼娅回宿舍后把这事跟她的室友说了，我跟她的室友关系不错，刚好又约好周日一起吃饭，她就告诉我了。”

“可是为什么会是他们俩呢？他们以前话都没说过几句吧？”

“酒精的作用吧。”

“说得也是，不过我觉得也没什么啦，各取所需嘛。”

“周五晚上，他们可不是唯一的一对喔，弗兰和彭坷也……”

“真的吗？他们俩之前也完全看不出哇。”夏瑞漫故作镇定，肚子里却像有千万只蝴蝶不停地拍动翅膀。

“彭坷就是个花花公子。弗兰我以前倒以为她很矜持的，所以说人不可貌相啊。”

夏瑞漫没接话，乔顿了顿又说：“对了，那天你跟彭坷倒是走得挺近的。”

“彭坷这种人不是跟谁都自来熟吗？我们也就那天才真正认识。”乔会这么说，夏瑞漫倒不惊讶，长眼睛的都能看出点什么吧。

“你小心点别让自己受伤就行了。”

“你跟他更熟吧，怎么我和他说两句话都不行。”夏瑞漫知道乔是为自己好，而且只是随口一说，没别的意思。可她自己也不知道为什么突然一股火就上来了。

“你明白我的意思，和彭坷做普通朋友，做好朋友都没问题，他是个好人。但你也知道，他现在并不想因为任何一个人束缚了自己其他的选择。”

“我知道的，再说了，我对他一点超出朋友的好感都没有。我跟他到底算不算朋友我都不确定呢。”

夏瑞漫也不知道自己是怎么了，自从听了乔告诉她的消息后，一整个下午都心神不宁的。她对彭坷的确是一点感觉都没有哇，那他跟谁上床又关她什么事？在“老虎，老虎”发生的事就应该留在那里，大家都明白的，谁也别动真感情。

在夏瑞漫看来，她现在的心情不仅有原本属于自己的东西突然被别人抢走的愤懑，更多的是失落。到头来她一点也不特别，只不过是又一个可以轻轻松松被搞定的女生。彭坷会找上她，根本不是因为她有什么吸引人的地方，只不过是在寻找猎物的时候，她刚好出现在他的视线范围内。心里又堵又闷的同时，夏瑞漫也暗自庆幸，还好她没有答应彭坷的要求，要不然，她会是多么的廉价！但跟他接吻已经够糟的了！

人心真奇妙，夏瑞漫想，上午她还能安心过自己的生活，把两天前的事完全抛到脑后，现在却不淡定了。最关键的是，什么都没改变，除了她发现当天晚上那个人带了另外一个女生回家，而这件事跟她一丁点关系都没有。他不是她的老公，不是她的男朋友，不是她的旧情人，不是她的老朋友，他只不过是一个讲过几句无关痛痒的话的陌生人。再说了，她能两天完全不去想在“老虎，老虎”发生的事，说明她并没有因为那天晚上的亲密而对彭坷产生感情。难道是那种自己没得到（主动放弃也包括在内）别人也休想占有的想法在作怪？天哪，这也太可怕了吧。

到了晚上，夏瑞漫还是在想彭坷的事情，其实已经没什么可以想的了，只是她的心里还是异常的堵。作业完全做不进去，所以很快就放弃了。找了一部很久以前的电视剧来看，可她只是在盯着屏幕上晃动的人头发呆罢了。夏瑞漫还在揣测自己奇怪心情的源头，难道是她对自己的选择后悔了？拒绝彭坷只是本能的反应，她觉得跟不太熟的人发生关系是不对的，是她从来都没想过的，是她不能触碰的底线。可一觉醒来却发现其他人都在这么做，没有任何良心不安。这么想着想着，她突然觉得自己像是浪费了什么天大的机会一样，她又没有男朋友，寻求一下纯粹属于肉体的满足有错吗？不需要爱而产生的激情、没有承诺牵绊的抚摸、不用依偎的洒脱，这些都是她从来没经历过的。

后来不知道怎么的，她觉得自己脑子一定是被门挤了，这就是思考过度又或者是思考还不够的结果，她在网上给彭坷发了一条信息。大概意思就是她也不明白为什么，自从知道了他和弗兰的事情后，心里很不是滋味。难道这就是所谓的“一定要告诉对方你真正的感受”吗？可人家这话都是用来鼓励真心的告白，她凑哪门子热闹哇。夏瑞漫自己也不太清楚给彭坷留言的目的是什么，她到底在期待发生什么？或许她已经知道答案了，只是还不愿意承认罢了。

“看你魂不守舍的，你没事吧？”不知道什么时候，麦琪已经站在了夏瑞漫的身后。

“我敲过门的呀，而且敲了不止一下。”见夏瑞漫一脸被吓到的表情，麦琪赶紧说。

“不好意思呀，我可能看电视剧看得太入神了。我没事。找我做什么？”

“大周一的你在这里看电视剧？！不像你的做派呀。你不是说有小论文要下周交吗，都准备好啦？”

“还没，不过书已经看了一些了。不知道为什么这次一开学就要交小论文，不过还好，这次的题目不算太难。”

“那就好。我上周完全不在状态，周末又去诺丁汉找我表哥了，所以这几天要努力一下。说到电视剧，你在看什么呢？”

“老到掉渣的剧，主要今天没什么心情学习，干脆放松一下。”

“我看这剧的确是够老了，你也看得下去？对了，我来是想问你明年想不想一起租房子。”

“噢，好哇！”夏瑞漫虽然还完全没想过这个问题，不过有人来邀请当然很开心，这样以后就不用想找室友的问题了。跟找房子本身比起来，找室友是件更麻烦的事，而麦琪绝对是当室友的上上人选。

伦敦伍德兰兹学院只给大一学生提供住宿，接下来的两年要自己在外面租房子。所以每到学年末的时候，总能听到许多抱怨找房不易、室友临时变卦的声音，不过像麦琪这么早就开始操心的人还真的不多。

麦琪见夏瑞漫这么爽快地答应了，开心地说：“那我最近有时间就看看有什么合适的房源。不过也有可能三居室的房子会比较好找，如果找不到好的两居室，我们到时候再拉上一个人？”

“行啊，没问题。”

“那我就先回去继续学习了。”

麦琪一走，夏瑞漫马上重新登录人人网看彭坷回复了没有。可惜显示是否有新动态的小白框是空的。明知道这么短时间内收到回应的概率很低，她还是不免感到一阵失望。夏瑞漫不想骗自己，她知道自己隐隐期待的回复是什么。但她又有那么一点希望不要再和彭坷有任何接触，那样的话，等一两个星期后她慢慢忘记，这件事就可以告一段落了。

看着桌上还没动过的书，没有学习的负罪感慢慢蹿上心头，不过她无法控制自己的情绪，连看电视剧都无法入神，更别说啃几百页的书了。反正也没什么事可做，她便早早洗漱，换了睡衣钻进被窝，希望明天乌云就可以散去。

第二天早上一睁眼，夏瑞漫的脑子还是被和昨天一样的内容占据。她想做的第一件事情就是查留言，但为了避免再失望，她打算晚一点登录。今天早上九点有课，平常她最讨厌的就是周二这天，不仅一起床就要准备上课，还得很晚才回来。早上九点到十点一节，下午五点到六点一节，中间全空，这课是人排的吗？可今天夏瑞漫倒是很庆幸有这堂九点的课，这至少给了她早早打起精神的理由，也让她有一段不去想那些困扰她的事情的时间、一个喘息的机会。还好在“世界近代史”的班里，她认识的人不多，比较熟的也只有肖恩而已。肖恩跟乔不一样，他不喜欢过问他人的私事。而面对乔的时候，夏瑞漫觉得自己好像一眼就被看穿了一般。乔那时肯定在心里暗暗笑自己吧，多么笨拙的掩饰。

伦敦城的天气真是说变就变，昨天还阳光刺眼，今天就刮风下雨一齐上。可能是天气的缘故，来上课的人很少，连老师都迟到了两分钟。班上的活跃分子基本都缺勤了，原本发言最积极的肖恩又不知怎么的，一副心不在焉的状态，整堂课竟然变成了夏瑞漫和老师的单独对话。在课上从来都是等待他人打破沉默的她，今天却变成了那个打破沉默的人。她心里暗暗庆幸上周提前完成了任务，要是拖到昨天的话，今天的课恐怕要变成大眼瞪小眼比赛了。

虽然夏瑞漫一般都会乖乖完成规定书目的阅读，但她在“世界近代史”的课上并不积极。班里能滔滔不绝的人很多，像是上这门课的人都由老师特意挑选过似的。夏瑞漫开始还会努力插上几句话，后来她不想费那个心了，只是静静地听别人发言。今天，老师没想到夏瑞漫也有能说会道的一面，很满意她在课上的表现，鼓励她以后继续现在的状态。

“吃点东西去不？我还没吃早餐呢。”肖恩的肚子上课时就不停地叫了。

“走哇，饿死了。我们每次下课好像都是这一句。”夏瑞漫也没吃早餐。

还是在同样的街头小饭馆，今天肖恩却决定跟夏瑞漫说说家里的事。肖恩是乔的反面，乔可以对一个刚认识三分钟的“朋友”把家族史事无巨细地娓娓道来，肖恩却从不主动提起自己的事。

“我好担心我姐姐。”肖恩很少露出这样忧伤的神情。小饭馆里的人跟往常一样少，来吃早餐的人流早已离去，吃午餐的又还没到。端上两人的英式早餐后，连老板娘都不见了踪影。

“你姐姐怎么了?”夏瑞漫知道肖恩有个刚从牛津大学毕业的姐姐。

“我姐姐得抑郁症有几年时间了，我刚知道的时候真的吃了一惊。她的情绪有时候的确不稳定，但被贴上了这个标签，性质就不一样了。我偷偷哭过几次，那时候也还小，不知道如何面对，但后来渐渐明白必须面对事实。我父母那一阵子都很忙，他们不在的时候我必须扛起照顾姐姐的责任。渐渐地我变坚强了很多，姐姐的情况也有所好转。”说到这儿肖恩顿了顿，喝了口茶，继续说，“可我昨天看她的博客[1]，又发现了好多负面的文字。她喜欢写诗，那是她

1　英语 blog（weblog 的缩写）的音译。也可译为“网络日志”。指按时间顺序排列的、简短且经常更新的一组文章或影像所构成的网页。

与世界交流的方式。”

“是怎么样的诗？”夏瑞漫问。

“等会儿啊，”肖恩从包里找出电脑，“你听——

我坐在巨大的枝形吊灯下，
周围一片漆黑。
我可能瞎了，
又或者世界选择从我身边逃开。
桌上的药瓶在向我招手，
用它的微弱的荧光来引诱我，
向黑暗宣战。
别傻了，我轻轻对药瓶说。
药瓶像俘虏一样被我捏在手中，慢慢倾斜。
千百颗珍珠与地板触碰弹奏出最清脆的乐曲。
那不是我的歌声，
属于我的是刀片撕裂皮肤演绎的小夜曲。

“我不想读了，大概什么感觉你懂吧。类似的还有很多。”

“天哪，这也太消极了。那你后来给她打过电话吗？”

“打过，但我没提诗的事。她不想别人看到，此前她有另外一个博客，我们知道后她就换了地址。不过有一次她用家里电脑，忘记删记录，又被我发现了。我问她最近怎么样，她说还行。你知道的，一般别人问我们怎么样，我们哪怕很不开心，也会敷衍地说还不错。”

"可你是她的家人哪。"

"就因为是家人，才更要隐藏啊。"

"说得也是。"夏瑞漫从没见过肖恩如此焦急，她很想抹去他的忧伤，可她除了聆听，什么都做不了，她甚至不知道该说些什么来安慰他。

"现在就很烦，我想帮她，但又不能说出来我知道她的事。我觉得自己像是站在河边看着姐姐在水里挣扎，心里是那么想跳下去救她，却不会游泳。"

又聊了几句后，肖恩换了话题，他不是那种希望别人分担他的烦恼的人，有什么事总自己扛着。这次或许是实在忍不住了，才跟夏瑞漫絮叨了两句。烦心事闷在心里跟憋屎没什么区别，有的人功力强，有的人功力弱，但总归要排出来的，可我们常常就算憋到内伤也要强忍。人一生真实地活着的时间少，努力伪装的时间多——假装忘却、不在乎和强颜欢笑是人类最常用的保护色。可这真的是一种保护吗？

和肖恩分开后，夏瑞漫的心情和上课前大不相同。这段对话就像是上帝送来的，告诉她："你那点破事算什么呀。"就算如此，夏瑞漫还是迫不及待地拿出手机。等待屏幕加载的时候，夏瑞漫已经感觉到了自己的心跳。"我是多么愚蠢。"夏瑞漫心想。彭坷回复她了，留言不长，她也无法从中揣测出彭坷的想法和心情。彭坷的留言说："那过两天一起出来吃个晚饭呗，这是我的手机号。"

夏瑞漫把彭坷的手机号存进了手机里，名字用的是他的姓名的拼音首字母。她找了个咖啡厅坐下来，盯着刚打开的信息发送界面，琢磨该对彭坷说些什么好。还是应该晚点回他呢？那样不会显得自己很主动。唉，算了，就这样吧。

“Hi，彭坷？我是夏瑞漫。”这样就行了吧？要不要加个表情什么的？显得活泼点。哎呀，不就发个短信嘛，你纠结个什么劲啊，真没出息。夏瑞漫也不想想那么多了，大拇指一使劲，按下了发送键。

手机很快就响了，彭坷回答说：“Hello！起来了？什么时候有时间？”

“我这两天都有空，你呢？”

“我也是，那今天晚上去‘小辣椒’吃个饭？”

“行，没问题。六点半，‘小辣椒’门口见？”

“嗯，晚上见。”

她和彭坷的第二次单独见面的时间就这么敲定了。夏瑞漫很清楚自己将要做什么，可她到现在也不知道这是否真的是她想要的，推着她前进的是一只无形的大手，而非她的理智。

傍晚六点二十五分，夏瑞漫准时站在“小辣椒”的门前，彭坷还没来。她站在门口的盆栽旁边仔细地盯着络绎不绝的人群，希望能从中认出那张一直未从她脑海里消失的脸。八分钟后，彭坷出现了，他身穿黑色的皮衣，搭配一条厚围巾，脚下蹬一对刚没过脚踝的靴子。他很快看到了夏瑞漫，笑着向她挥手并示意一起进门。夏瑞漫点点头，向彭坷走了过去。

“喝点什么？”彭坷向夏瑞漫重复了一遍服务员的问题。

“嗯，王老吉，谢谢。”

“一瓶王老吉，一瓶可乐，谢谢。”彭坷对服务员说。

因为两人都常来“小辣椒”，很快就点好了菜。

“你这几天都干什么了？”夏瑞漫问。她本以为再见面会有些尴尬，但气氛比想象中的好。

“就跟平常一样，学习加工作，剩下的时间睡觉。你呢？”

“也就是上课。最近天气好冷，出门都需要巨大的勇气。”夏瑞漫心想，对面这个男人现在是怎么看她的呢？应该就是一个外表假装矜持，其实很好上钩的女生吧。

“你本科学的是什么？”夏瑞漫怕彭坷不好接话，就又问道。她暗暗庆幸，还好双方的这些基本信息之前还没完全了解清楚，与陌生的“熟人”对话是最尴尬的。工作、学业、家庭背景这类的情况互相已经了解，当然没有再问一次的必要，但双方又没有什么可以深入交谈的共同话题。

“地理。”

“是嘛，学地理的人不多呢，大家都是学经济呀会计呀，都觉着这样出去好找工作。其实我想也不完全是那么回事。地理我也挺喜欢的，但我对人文地理比较感兴趣。山谷的形成、岩石的种类这些，我总要花很长时间才能记住。”

“其实我也是，所以我才开了个旅游公司。你喜欢旅游的话也可以找我们公司呀，我们不会带你去长城、东方明珠塔、白金汉宫这些寻常地方的，一定是可以给你惊喜的地方。”

“我看你挺适合去做销售的嘛，你们公司以后广告费都能省了。这种类型的旅行我也喜欢，不过，出发前自己寻找目的地、设计路线、比较交通和酒店的价钱等也是我旅程的一部分，这会让我觉得每一次旅行都是充满惊喜的探险。我不愿意别人什么都设计好了之后告诉我该怎么玩。但你们的客户群还是很大的，而且我也喜欢你们的概念，毕竟跟别的旅行社有所不同。”

“那像你这种‘独立旅行家’还是少一点比较好。如果五年以后我们公司倒闭了，我会来找你要补偿费的。”

“哈哈，我怕到时候是你钱多得花不出去，来求我收下个几百万，否则卡就要爆了。然后我会勉为其难地当一次你的‘救命恩人’。”

“你想象力可真丰富。不过，到时候生意做得不错，我还真要请你吃饭，因为都是借你吉言。”

“那我以后应该每见一个人就说：‘先生，我看你面相不错，几年内必定能大赚一笔。’这样我饭钱就不愁了。”

“哈哈，你现在还学什么习呀，去当算命小姐吧。对了，我还没问你呢，你是学什么的呀？”

“我就是学算命的呀，还辅修星座。来，我看看你的掌纹。”

“原来遇到了一位大师呀，刚才失敬之处还请见谅。我最近不知道为什么特别背，大师有什么指点？”

“想知道，先给两百块。”

“我看你就是个小骗子。”

“哈哈，好啦，我是学历史的。”

“哇，少见哪，你每天要读很多书吧。”

“嗯，都习惯了。但我觉得我看的课外书少了很多。有时候已经盯着专业课的书一天了，实在不想再看任何跟文字有关的东西。”

“你喜欢就好，让一个不喜欢阅读的人学历史、文学这类的学科，那就要命了。”

“那是，所以选自己喜欢的专业很重要，这毕竟是你往后三年或四年里要日日夜夜面对的东西。如果只是为学习而学习，多么悲催呀。”

“照你这么说，这世界上悲催的人太多了。其实大学还好，毕竟就那么三四年，工作可是几十年的事。可就有那么多人干了一辈子自己根本不喜欢的事。”

“那还有不少人跟自己不爱的人生活了一辈子呢。”

“在这三个方面都能找到自己心中所爱的话，那样的人真是太幸福了。”

“你不是前两步都做到了，就差第三步了，遇到机会不要放过呀。”

“道理谁不知道，说起来简单，做起来难哪。”

两个人就这么边聊天边吃饭，时间一下子就过去了。夏瑞漫觉得和彭坷聊天还挺开心的，虽然也没说什么太深入的东西，但至少他的谈吐没有任何让她不舒服的地方。怎么说他也还算是一个有为好青年。让夏瑞漫最担心的尴尬也没有发生。看着盘子里的菜一点点变少，夏瑞漫也知道两人都在回避一个问题，那个让他们此时此刻坐在一起吃饭的理由。要是到走的时候都没有人提起这个问题会怎么样呢？夏瑞漫想。说不定他们接触的目的就从为了简单的欢娱到成为朋友甚至男女朋友了。但彭坷大概是用下半身思考的，还是不要想太多的好。

“饭后你有什么安排吗？”彭坷还是问出了那个一直悬在空中的问题。

“没有，你呢。”夏瑞漫不禁觉得他们的婉转迂回挺可笑，大家都心知肚明了，还要一直掩着藏着。约吃饭能大大方方地约，约别的怎么就不能了。

“行，那我知道这附近有个挺好也不太贵的地方。”

“嗯。”

“今天‘小辣椒’的菜比平常的辣，你觉得不？”

“辣子鸡是出奇的辣，其他我觉得还好。”夏瑞漫说。尴尬的三十秒终于结束了。从经济学的角度来讲，他们完成这件事情的效率是极低的。本来一个小时都不用就能完成的事情，他们要从最无关紧要的吃饭做起，这跟写作业之前总要打两盘网络游戏或看几集《老友记》有什么区别？

“那我们叫埋单？”彭坷问。

“好的。”夏瑞漫点头说。

他们俩都下意识地转头找服务员。视线范围内竟然一个服务员都没有，像是都故意藏了起来等待这尴尬的一刻发生。夏瑞漫和彭坷谁也没说话，都继续假装很努力地找人。这就好像舞台上第一场表演已经落幕，可第二场的演员还没准备好，台下的观众只好不耐烦地等待着。

终于解决了这摊子事，彭坷把夏瑞漫带到餐馆附近的小酒店，途中没太多的交流。

办理入住手续时夏瑞漫很不自在，成双成对来酒店的男女每天都有，但她还是觉得自己像是光着身子站在圆形舞台中间，全世界的人都用审判的目光盯着她。夏瑞漫看了一眼身旁的彭坷，他倒是很放松的样子。“他应该常来吧，说不定前台都认识他了。”夏瑞漫想。

拿到房卡后，彭坷马上就往电梯的方向走去。夏瑞漫犹豫片刻，也跟了上去。

（十二）

生日会

夏瑞漫知道，自己一直都在等那两个字母出现在手机屏幕上。可已经过了四天了，还是没有任何彭坷再次出现在她生命里的迹象。或许她应该主动一点？不行，一定要矜持再矜持。就算联系了又能说什么呢？他们可能连朋友都不是吧。她对彭坷到底是怎样一种感情呢？

一个星期后彭坷终于又联系她了，问她要不要来参加他的生日派对，就在下周末。夏瑞漫本希望能有一个单独的约会，但彭坷能邀请她去生日会，至少说明他还没有完全忘记她。不过他应该叫了很多人吧，乔和麦琪应该也会去，故意不叫她也有点说不过去。夏瑞漫努力让自己不要过多地揣测彭坷会这么做的原因，她知道这是女人最容易犯的错误，这种错误可能是致命的。

放下手机后，夏瑞漫准备去厨房找点东西吃，正巧撞见麦琪。她脸涨得通红，汗顺着脸颊往下滴。

“哎哟妈呀，累死我了。”麦琪一见到夏瑞漫就直喊。

“你不会是去健身房了吧?”夏瑞漫从来没见麦琪运动过，不知道她今天怎么来了兴致。

“是的，佩服我吧。现在可是冬天哪，冬天哪。”

“你又不是去泰晤士河里游泳，有什么好骄傲的。”

“怎么样吧，你今天做什么运动了吗?”

“也就你这种八百年没运动过的人跑一次步就激动成这样。”

“嘿嘿。”

“对了，彭坷跟你说他生日会的事了吗?”夏瑞漫早就想问，但一直憋着。一见到麦琪就提，未免显得太心急了。

“嗯，刚收到他短信了。你也去吧?”麦琪并没想太多。

“去的。”夏瑞漫边回答边想，为什么别人是收到短信，他却特意给她打了个电话过来呢?“夏瑞漫!不要想太多!”她在脑子里对着自己叫道。

“行，那我们到时候一起去吧。太好了，回来也能有个伴。你跟彭坷变熟了真是件好事。就这么说定了，那我先去洗个澡啦。”

“去吧去吧，臭死了。”

“哪有!”

夏瑞漫觉得自己很没出息，整个星期都在琢磨到底穿什么好。是穿那条到膝盖，有白色小圆领的红裙子?好像有点太夏天了。还是穿短裤衬衫黑丝袜?这貌似不是她的风格。或者那条紧身的黑裙子?这样能显出身材，但颜色可能单一了些。总之，要穿得好看，但又不能让彭坷觉得她过于重视和他见面的机会，可区分两者的是一条很细很细的线。所以到当天晚上她还没决定要穿什么，最后，此前的那三件她都没选，而是翻出了一条斜肩蓝裙子。

跟其他大部分的生日会一样，彭珂告诉大家晚上十点在中国城的一个 KTV 见。夏瑞漫对唱 K 之类的活动从来兴致不高，也不喜欢人特别多的聚会。但这次她却格外期待，虽然她并不愿承认。

九点四十五分的时候，麦琪来敲夏瑞漫的门。麦琪的妆比平常还要浓，假睫毛浓密得都快把半个眼睛遮住了。她穿了一条低胸的紧身短裙，脚上的高跟鞋能有八厘米。麦琪本身就漂亮，腿也细长，加上这一身打扮，更引人注目了。看看面前的大美人，夏瑞漫感觉自己就是个未发育完全的小女孩，本来也算精心的打扮一下子显得黯淡无光。不过她也顾不了这么多了，边夸麦琪今晚真漂亮，边拿上小手提包准备一起出发。

她们俩到的时候，KTV 的包间里已经来了一些人，孙燕姿的《遇见》飘荡在空气里，唱歌的女生夏瑞漫没见过，长相跟歌声都很甜美。其他人正忙着与认识的、不认识的人聊天。彭珂从远处瞧见刚走进门的夏瑞漫和麦琪，便从一群聊得正欢的朋友中抽身起来。

“真谢谢你们今天能来。”

“谢啥，生日快乐！”麦琪说。

“生日快乐！”夏瑞漫赶紧也补上一句。

“谢谢谢谢。来，我给你们介绍一下。”彭珂把夏瑞漫和麦琪领到房间的另一头，把刚才在聊天的朋友介绍给他们。

打完一轮招呼后，大家就算是认识了。但其实谁也没记住谁的名字，昏暗的灯光下连脸都没看清楚。

夏瑞漫明白，彭珂作为寿星需要照顾每一个到场的人，可还是会希望彭珂能对她有点跟别人不一样的表示。这到目前为止还没有发生，他们连眼神的交流也不过那么一两次。看着彭珂四处忙碌的背影，夏瑞漫不禁有些失望。转眼间麦琪已经跟周边的人打得火热，她和夏瑞漫的桌子旁一下子就坐满了准备玩色子和喝酒的人。

麦琪还没喝多少就已经兴奋了，拉了个长得帅的跟她一队。夏瑞漫只得跟旁边一个刚认识的女生一队。夏瑞漫一向无法理解猜点数到底有什么意思，但为了合群也只得跟着大家一起大叫。喝了几圈后，夏瑞漫看着麦琪到处飞舞的四肢，心想她今晚八成又要当搬运工。刚好跟麦琪相反，酒精在夏瑞漫体内很难产生任何化学反应，不让她兴奋，也难让她醉倒。所以每次聚会结束，她总是负责运送“伤兵”的那几个人之一。

弗兰也来了，她起初在另外一桌玩，见到夏瑞漫后便来打招呼。

说起夏瑞漫和弗兰的关系，她们俩算是朋友，但私下交谈的次数并不多。每次对话都是人际关系公式的运用，最近忙吗，作业做了吗，周末干什么呀，假期什么安排呢，诸如此类。

弗兰跟夏瑞漫并不是一个系的，但弗兰出于兴趣选了一门本系外的历史课，有一节恰好跟夏瑞漫同班。弗兰主修数学，虽然喜欢历史，但学起来还是觉得吃力，有时候便会来找夏瑞漫请教问题。夏瑞漫跟同系的人比基本没什么优势，但跟外系的人比可就不一样了。所以夏瑞漫很喜欢弗兰来问她问题，让她提前过了过当教授回答学生问题的瘾。

弗兰显然不知道彭珂跟夏瑞漫之间的事，还是像往常一样跟她攀谈。但夏瑞漫已无法像以前一样面对弗兰，越努力掩饰自己的不自在，舌头越笨拙。她也不清楚心里混杂的情绪到底是什么，内疚？妒忌？不安？她的整个胸腔像是填满了混凝土。每当这个时候，她就想走到户外去透透气。

在KTV门口，夏瑞漫和弗兰继续有一搭没一搭地聊着。门口蹲坐着一些烟民，这回夏瑞漫没能看到彭坷的身影。

“圣诞节回家了吗?”弗兰问。开学已经三周了，这个问题仍是打开话匣的工具。

“回了。你呢?”

“没。我在星巴克找了份兼职，挣点外快。不花父母的钱感觉真是好。”

“那肯定的。我总担心打工的话时间会不够用，其实时间都是靠挤出来的，手上的事情越多，效率就越高。”

“对的！闲的时候，我写一份作业的过程中可以上十几次人人网和脸书（Facebook）。”

“我也没好到哪里去。”

“你怎么认识彭坷的?”弗兰不过是无心地问了一句，夏瑞漫的胃就无法控制地收缩了一下。

“噢，朋友介绍认识的，住我旁边的一个女孩跟她很熟。你呢?”

“去夜店的时候见过几次，后来就变得比较熟。”弗兰比夏瑞漫诚实多了。

“彭坷的确很爱去夜店。”接着是一阵沉默。弗兰赶紧掏出一支烟来点上，夏瑞漫假装看向别处。

那句“生日快乐”之后，夏瑞漫再次跟彭坷说话已经是散场的时候。那时的彭坷已不太清醒了，他大概只能模糊地看到夏瑞漫的身形。夏瑞漫扶着麦琪，礼貌性地跟在场的人说“再见”。半靠在夏瑞漫身上的麦琪刚迈出没两步，就又蹲在路边吐了起来。听着麦琪的呕吐声，夏瑞漫的内脏也在翻滚。

（十三）

登上头版的文章

“喂？”夏瑞漫没想到彭坷会给她打电话。以彭坷前两天对她的态度来看，她以为他们之间不会再有过多的交集。她已经是被尝过的果子，丢弃也不可惜。

“没打扰到你吧？”

“没有。什么事呀？”

“也没什么特别的事。我生日的时候玩得还可以吧？我那天喝得有点多，样子一定很难看。也没跟你多说话，怪不好意思的。人实在太多，照顾不过来。”

“没关系，没关系，我当然知道你每个人都要照顾到啦。那天玩得挺开心的，还是得谢谢邀请。”

“客气什么。你最近有时间吗？什么时候再出来聚聚呗。”

“好啊，你什么时候方便？”理智告诉夏瑞漫不应该再跟彭坷单独见面了，但她还是无法控制地答应了彭坷的邀请。

“我想想啊，这周有点忙，下周五怎么样？马特·达蒙那部新电影下周是不是要上映了？一起看吧。”

“对对，我也想看，超爱他的。”

“那就到时候再联系吧。我得准备出门去图书馆了。”

“好的，拜拜，到时候见。”

夏瑞漫的心情很复杂，她还是无法说出对彭坷到底是怎样的感情。或许她已经慢慢喜欢上他了，可这喜欢是多么危险。或许她只不过是想找个人温暖寂寞的心灵和身体。自己一直信奉的“宁缺毋滥”的宗旨怎么这么快就被抛到了脑后？那只无形的手还在推着她不断向前，它的力气是那样大，让她无力抵抗，又或者她根本没试图抵抗。

虽然彭坷的脸总时不时来打扰夏瑞漫的思绪，但生活还得继续。新学期开学后，夏瑞漫接了一个调查型的稿子，和主编妮可拉一起，这个星期终于把资料收集得差不多了，周末之前得把她那部分的稿子发过去。这是夏瑞漫第一次报道学校活动以外的内容，调查性报道才最能吸引读者，也是决定新闻版块价值的关键。

福特森教授是伍德兰兹今年的访问教授，因为其极高的知名度、鲜明的个性和常引发争议的言论，从他到伍德兰兹的第一天起，他就是同学、老师和媒体讨论的中心。妮可拉不知道从哪里听来传闻，说福特森的年薪高得吓人，是普通老师的几倍。当时学校的财政问题正慢慢浮出水面，所以相关内容的关注度都很高。不仅如此，福特森在学校出现的次数好像并不多，有同学抱怨说根本找不到他的公共讲座。经常邀请来自世界各地的名家演讲，是伍德兰兹为之骄傲的特色之一，在不大的校园里，每晚都有好几个不同的讲座在同时进行。

就福特森的情况，夏瑞漫和妮可拉展开了调查。夏瑞漫给所有能找到的关联人士都发了邮件，有的耐心解答，有的答应面谈，有的表示不便接受采访，更多的没有理会邮件。夏瑞漫有时因为调查完全没有进展而沮丧，有时因为得到了新的情报而高兴一整天，有时因为功课太多无暇推进调查而苦恼。不管怎样，几个星期后，终于完成了报道。

这篇文章和福特森教授的照片一起被放在报纸的第一版，这也是夏瑞漫的第一个头版报道。看着自己小小的名字，夏瑞漫很是高兴。这是她到目前为止最得意的作品。正当夏瑞漫在房间里一遍遍欣赏报纸时，妮可拉来了电话。

“瑞漫，跟你说，福特森看了文章后气死了。都不知道他从哪里知道的我的号码，直接给我打了电话。”

“啊，我们什么地方写错了？”

“他说我们写的他工资的数字跟他真实的工资差了十万八千里，根本没那么高。”

“可是两个信息来源都这么说呀。而且我们有写‘根据某某人士’，也没说这就是事实。”

“但既然我们报出来了，就间接地认可了这个数字，而且他说这些内容白纸黑字刊登出来，非常影响他的声誉。你知道的，他本来就不好对付。”

“此前我在《卫报》上看过一篇他的采访，他说自己‘疾恶如仇’呢。他对于我们说他不常出现在学校肯定也极其不满吧。”

“你说呢？最关键的是，他偏偏这个星期有两场演讲。这日子选得真‘好’。”

“好吧。此前他是真的没有讲座呀，我都查过的。”

“他说明天下午两点要在办公室见我们。”

“不是吧，肯定会被骂死。”

“被骂也得去呀。咱们早点先在星巴克见吧，商量商量对策。”

“好的，明天见。”

挂了电话，夏瑞漫不想再多看那篇文章一眼，不过还是要硬着头皮读，这次的心情截然不同。夏瑞漫觉得又委屈又内疚，她可以理解福特森的心情，如果真如他所说，文章报道不属实，他肯定会很生气。但两位“知情人士”透露的数字都一样，她又有什么理由不相信他们呢？当然，也有可能是福特森在隐藏事实。就在夏瑞漫试图这么安慰自己时，妮可拉给她转来了经济系发的邮件，邮件上说《水獭报》关于福特森的报道不属实。看完邮件，又看看摊在桌上的报纸，夏瑞漫丧气地想，原本引以为豪的“大作”不过是一堆谎话罢了。

夏瑞漫和妮可拉算准了时间，两点整敲响福特森办公室的门。福特森没来开门，只是在里面说了声“进来”。夏瑞漫的心怦怦直跳，声音大得好似其他人都能听得一清二楚。福特森听到开门声，慢慢把椅子转过来，一点假装先寒暄几句的打算都没有。

两人跟福特森问好并做了简单的自我介绍，又努力挤出一点笑容。福特森只是哼了一声，然后拿起桌上的报纸，直接把它扔进了垃圾桶。这一幕他一定在脑子里演练了很多遍。夏瑞漫和妮可拉没指望福特森态度友好，但也没料到他会来这么一出，一时间不知道说什么好。

福特森也没等她们开口，说道：“你们也知道《水獭报》在学校的影响力，所以你们对写下的每一句话才更要负责！我告诉你们，你们这篇报道不仅过于主观，而且有很多不真实的内容。这是诽谤！我不知道你们的信息是从哪里弄来的，但很多是错的。我对我在这里的收入没什么好隐瞒的，如果你们写的是正确的，就算我再怎么不希望你们写，我也无话可说。”

“福特森教授，这次的事情实在抱歉。我们在下一期的报纸上，一定会登出更正和道歉信。”妮可拉躬身回复。

“你们报纸登更正和道歉信也不是一次两次了吧。登出去的文章就像泼出去的水，是收不回来的。就算之后再怎么试图弥补，也没办法完全抹去造成的影响。道歉是肯定要的，此外我也不想再拿你们怎么样了，但希望你们以后做事要更加严谨才是。引用任何人提供的信息，都要再三琢磨消息来源是否可靠。”福特森的语气平和了一些，但怒火还没完全消去。

“嗯，我们以后一定会更加注意的。”

“这次的事情实在不好意思。”

“你们走吧。”福特森挥了挥手，没多看她们一眼。一看这么快就被释放，夏瑞漫和妮可拉也没再多说什么，赶紧溜了出来。

虽然福特森只是严厉地说了她们俩几句，夏瑞漫的心里还是不好受。妮可拉说之前还有人因为一篇文章要起诉主编。夏瑞漫曾经想当记者，觉得那是很酷的职业。奔波在大街小巷的他们，不仅把资讯及时传播给大众，更重要的是，他们揭露世界不为人知的丑恶，让坏人无处可躲，多么像大英雄蝙蝠侠呀！可有时候伸张正义和散播谣言之间只有一条很细很细的线。记者们或许被看成揭露真相的信使，可真相又是什么？做到不失公允又谈何容易，一篇不带一句个人评论的文章可以主观到让你无法想象，只需调动句子的位置就能马上改变立场，谁又可以完全抛弃个人价值判断地写文章呢？

这篇文章见报，夏瑞漫第一次在学校里听到别人讨论她的文章，这本该令她非常高兴。但她现在脑子里只有福特森因生气而深陷的皱纹。真实却无聊乏味的新闻和虚假但有轰动性的新闻之间，夏瑞漫还是想选前者。

转眼到了周五，因为“福特森事件”，夏瑞漫竟然整个星期都没多想跟彭坷见面的事。她对那部电影其实期待不高，那不属于她喜欢的类型，当时不过是随口说说。

和往常一样，夏瑞漫早到了五分钟，她已经不记得上一次被人等是什么时候的事了。没想到彭坷没过两分钟也到了，这年头早到这种事情，夏瑞漫总觉得只有自己才会干。这回见面和第一次单独吃饭不一样，紧张和生疏感少了许多，彭坷很自然地牵起夏瑞漫的手。有那么一瞬间，夏瑞漫以为自己找到了归宿。放眼望去，到处都是来看电影的情侣，在别人眼里，他们跟其他甜蜜的恋人应该没什么两样。

夏瑞漫努力想集中注意力看电影，却一直分神；彭坷倒是看得很认真，不时还会自言自语地嘟囔两句。夏瑞漫本应该像其他人一样享受美妙的约会，但不确定性带来的不安总是在不远处徘徊。

“你觉得好看吗？”灯光一亮起，彭坷便问。

“还不错，马特·达蒙好帅呀。”其实整部片子看下来，夏瑞漫也就记得马特·达蒙的脸了。网上的评分挺高，所以说好看应该是不会错的。

“我也觉得好爽。他的戏我好久没看了，对他的印象还停留在《心灵捕手》，那时他还是稚嫩的孩子呀。”

“啊，《心灵捕手》是我的最爱。”

彭坷和夏瑞漫聊着聊着就走出了电影院。彭坷在路上竟遇到了一个老朋友，两人很是兴奋，互问家常一段时间后，才想起还有两个人被干晾着大眼对小眼。彭坷的那位朋友赶忙介绍说：“这是我女朋友，叫菲菲。”

“嘿。”菲菲的声音酥酥的。

“这位是夏瑞漫，我们一个学校的。这是张林，我的一个好朋友。”彭坷连忙接下来介绍。

“你好。”夏瑞漫说。

张林笑着对她点了点头，然后又对彭坷说：“哥们儿，咱们今晚就去喝几杯怎么样？”

“今晚不太方便。明天？”

“明天我就离开伦敦了！”

“啊，这么快？”彭坷面露难色，不过没想太久又说，“行啊，没问题。”

张林见彭坷同意了，脸颊上的肉把眼睛挤得更小了，说道：“那我先送我女朋友回家，你的电话号码给我，待会电联？”

“好的。”

与张林和菲菲分开后，彭坷觉得十分不好意思，不停地说他跟张林小时候关系有多么多么的铁。夏瑞漫虽然有些失望，但想想如果她这时候在街上遇到一个多年没见的好姐们儿，也必须重友轻色。但话又说回来，彭坷决定抛下她之前的思考时间实在很短。

“不如这样，张林他们肯定还得一会儿，我们先去你宿舍坐坐吧。你宿舍不是离这儿挺近的。”彭坷“灵机一动”。

“对，那走这边。正好你也没去过。”夏瑞漫不知道是否该为这个提议感到开心，但那只大手又出现了。如果此时彭坷只是牵着她的手，在街上散散步、聊聊天，她是否会更幸福些？应该会吧。女人跟男人果然是不同的生物，又或许彭坷不过是把这个位子留给了别人。

（十四）

麦琪的竞选

第二个学期比第一个学期过得还快，只是这次学生即将面临的不是无作业无烦恼的圣诞假期，而是需要昏天黑地复习的复活节假期。和很多人一样，对夏瑞漫来说，“要放假啦”不再是一件让人欣喜的事情。说这四个字的时候，声调不再上扬，而是低沉的叹息。

在放假前还有一件必须完成的大事，每个学生都多多少少被这件事影响着，它是话题的中心、人们谈论的焦点，它就是每年一次的竞选。大到学生会的主席，小到只有十几个会员的社团的活动策划负责人，想得到任何位置都要在台上台下“争取民心”。

社团活动是许多伍德兰兹学院学生生活的重要组成部分，从活动参与者变成活动组织者也是很多大一学生在过去一年里努力的目标。就算不参加竞选，作为竞选人的好友或同学，大家也会全力投入到拉票活动中去。

“瑞漫，下周四有时间吗？我打算竞选统计社的财务主管。”对社团活动一向积极的麦琪怎么会放弃这次机会。

“周四几点？”这已经是夏瑞漫收到的第四封投票“邀请信”了。罗莎打算竞选历史社的副主席，隔壁英泰混血的贝姬要竞选金融社的对外关系主管，而萨缪尔更是野心勃勃地准备把保守党社团主席这个职位收入囊中。

“下午四点。刚好竞选完了一起吃晚饭。”

“好哇，如果你选上了，我就请你！”

“不是应该我请吗？我请我请啦。怎么就说到请吃饭了，我连演讲稿都没写呢，希望别有太多人参选。”麦琪面露紧张之情。

“你一定没问题的啦。”夏瑞漫给她鼓劲，虽然她根本不知道麦琪是否“一定没问题”。这句话被她列为世上最假的话之一，但每到这种时候，她还是条件反射似的脱口而出。

“你有什么别的朋友，叫他们一起来呀，人越多越好，谢谢啦！”

“好，我看能叫几个，不过我认识的人也没有那么多。”

“没事没事，多一个是一个。你打算竞选《水獭报》里的职位吗？”

关于这个问题，夏瑞漫已经纠结了好几个星期。有时候突然下定决心一定要试试看，没过多久又开始担心学业是否兼顾得过来，想着还是老老实实当跟班，又过了一会儿觉得还是得竞选，时间是靠挤出来的，而且机会多难得呀。

“嗯，打算。”这是夏瑞漫给麦琪的答案。

“新闻主编？”

“嗯嗯。唉，不过选上好难啊。”

“我也觉得，不过试试也好。”麦琪没有用“你一定能行的”那一招，看来此事要成的可能性之低，让麦琪连假装对夏瑞漫充满信心的想法都没有。

“对呀，要发扬奥林匹克精神，重在参与嘛。”嘴上是那么说，但哪怕有那么一点点希望，谁又不希望能赢呢。

“你什么时候竞选？要我帮忙去投票吗？”

“《水獭报》不接受非社团成员的投票。”

“理论上来说，每个社团都不接受吧，但根本没人查，所以大家都把各方亲朋好友拉上了。所谓的选举，不过是人气大比拼。”麦琪的最后一句话夏瑞漫十分同意。

“《水獭报》不允许呀，进去听可以，但投票的时候会一个一个查 ID 的。”

“这么夸张！”

“对呀，我们之前有过竞选，确实是这样的。学校里也就《水獭报》这么弄。不过也好，反正比谁认识的人多我更比不过。这样还不用到处求人。”

“说得也是。我这次如果选上了，还不知道欠多少个人情呢。”

“哎哟，这也不是什么大事嘛，大家反正闲着也是闲着。”

这么聊了几句后，夏瑞漫和麦琪就各自回了房间，开始着手准备竞选的事情。每个社团的竞选方式大同小异，无非是竞选者上台做一个五分钟的演讲，告诉大家自己有什么能力，为什么认为自己能胜任和选上后有什么打算。接下来是台下听众提问时间，竞选者一一回答每个问题，这也是夏瑞漫最担心的环节。演讲稿一遍写不好写个十遍，稿子一遍背不下来背个十遍，总不至于表现太差。但回答问题可就说不准了，谁知道台下的未来大记者们能问出什么刁钻的问题。夏瑞漫之前看过《水獭报》的竞选，台下的各位真是一点面子都不给，还好台上的人反应一个比一个快。当时在台下的夏瑞漫一边佩服各位竞选者，一边想，要是自己在台上，一定会颜面全无。

问答环节结束后便是投票时间，各个社团的投票方式不一样。有的请竞选同学在门外等候，然后举手投票；有的要求投票者在小纸条上写下名字后，由唱票的方式揭晓结果。《水獭报》用的不是一人一票制，而是排序复选制。通过排序复选制，投票者可以按喜欢程度用数字为竞选者排序，相当于一人投出多票。因为计算得票数的过程比较麻烦，竞选者不会马上知道结果。

学生会的竞选是阵仗最大的，现在校园里到处都是发传单的候选人。他们把自己的名字用粉笔写在水泥地上，把海报贴在任何目光可及之处，也在脸书上宣传自己主张的政策。学生会干部不仅风光，还能拿到一笔不菲的工资，与此同时当然还有应尽的责任。每个岗位的竞选者并不多，但一旦决定竞选，个个都拼了老命，不仅自己暂时置学业而不顾，还要动员所有亲朋好友一起冲锋陷阵。

在夏瑞漫看来，谁上台都无所谓，大家提出的理念也都大同小异，说到底还是看谁认识的人多。不过她也无暇过多地顾及学生会的竞选，她要做好一切准备，让自己登台的时候不出丑。关于到底是否能赢，她尽量不去想。所谓希望越大，失望越大，夏瑞漫不断告诉自己，努力过就行了。但就算这样，竞选成功后开心地打电话告诉爸妈的情景总时不时浮现在她的脑海里。就算不断告诉自己，努力过就行了，但没选上的话，失望总会有的。什么重在参与，什么友谊第一，比赛第二，都是用来安慰失败者的话。

夏瑞漫曾问过妮可拉参加竞选的候选人情况，但妮可拉说，正式名单公布之前，不能透露别人的信息。夏瑞漫最关心的是苏菲的情况，她是既希望苏菲参加竞选，又不希望她参加。跟新闻组里的其他人比起来，夏瑞漫当然最希望可以跟苏菲合作，但前提是她们俩都选上。名额有限，苏菲又是个强有力的竞争对手，如果她不参加，夏瑞漫觉得自己的胜算还会大那么一点点。

夏瑞漫实在按捺不住好奇心，直接去苏菲的房间打算问问她的想法。苏菲刚好在，听了夏瑞漫的问题，一皱眉说，她想了好久还没做出决定，并征求夏瑞漫的意见。夏瑞漫本来也就想得到一个“参加”或者“不参加”的答案，没想到自己突然变成了苏菲的参谋，这机会得好好利用。

“你为什么不想参加竞选哪？”夏瑞漫问。

“觉得事情有点多，你看看妮可拉和维韦克，常常凌晨两点还在发邮件。但我还是挺想锻炼一下的。你要竞选吗？”

“嗯，我要呢。”

“啊，我不知道到底参不参加。”苏菲扯着头发，一副不知如何是好的表情。

“如果时间是唯一让你犹豫不决的原因的话，我觉得你应该参加竞选。时间都是挤出来的嘛，然后你可能会发现，在同样的时间里，其实可以完成比以前多很多的事情。”说完这话，夏瑞漫暗骂自己果然是个死脑筋，连减少对手数量这么简单的招数都不会用，以后进入社会一定是第一批“中弹身亡”的。

“嗯，你说得对！我决定了！”苏菲拉起夏瑞漫的手。夏瑞漫都不记得上一次自己的意见被这么爽快地接受是什么时候了，但这可不一定值得庆祝。

周四很快就到了，麦琪早就召集了一大批人来给她加油鼓劲。不算太小的教室竟然坐不下了，这让负责订教室的同学都有些不好意思，他怎么也没想到能有这么多人来参与他们社团的选举，社团总共的成员还没有这么多呢。

财务主管的竞选被排在第二位，第一个竞选的职位是主席，参选者两名。第一个上台演讲的人叫鲍比，长得圆圆的，从里到外透出的气质可用四个字形容——憨厚老实。他的演讲稿倒是背得挺熟，就是太紧张，手指捏着衬衫的一角不停地搓。夏瑞漫在台下看着，真恨不得上去把鲍比的手给绑起来，可她自己也有这毛病，一紧张就摸头发。每次上台前她都会在心里默念一百次“手别乱动”，但一开口说话，心跳速度一加快，啥都不记得了。

和鲍比竞争的人叫迈克尔，他来自中国台湾，长得很帅。用麦琪的话来说就是，这张脸简直是神的杰作。他刚从座位上站起来，教室里就响起一阵阵窃窃私语。坐在第一排的麦琪还特意回头向夏瑞漫使劲眨眼睛，手放在胸前做出流口水的样子。夏瑞漫对麦琪点点头表示非常理解。原来麦琪那么想竞选成功还有这么一层意思，夏瑞漫边想边忍不住笑出了声。

迈克尔并不徒有外表，讲起话来还挺有演讲者的风范的。最重要的是帅哥的演讲内容，他光是以前组织过的活动就列举了十项，这还不包括他得过的学术奖项、工作经验、实习经验等。为了在五分钟内把自己所有的成就都说一遍，迈克尔同学一定在家练了好长时间的绕口令，要不然怎么可能以如此快的速度吐字清楚地把这么一长溜名单念出来。迈克尔的演讲结束后，麦琪再次一脸兴奋地回头示意夏瑞漫。夏瑞漫终于明白麦琪这一年为统计社拼死拼活都是为了什么了。

几轮问题过后，投票时间到了。瞄一眼现场的男女比例，就不难预测出投票的结果，那些纤纤玉手怎么会不在迈克尔这个名字被念出后举起呢。再说了，大部分到场的女性都是麦琪的支援团，怎会亲手将朋友的终极爱慕对象推离她身边呢。夏瑞漫倒是一百个希望投给“小胖子”，他怎么看怎么讨喜。除了参加活动的清单没迈克尔的长、演讲时有点小动作外，他对社团现存问题的分析和对以后计划的阐述都不比迈克尔差。不过夏瑞漫还是决定把票投给迈克尔，要不然实在无颜面对麦琪。

投票结果出来，迈克尔以压倒性优势成为下一年的统计社主席。看着黯然失神的鲍比，夏瑞漫真想过去抱抱他。每次看到失败者落寞的眼神，夏瑞漫总会跟着一起悲伤一会儿，哪怕获胜者是她支持的人或团队也一样。如果竞争过后每个人都是赢家该有多好，可惜世上没有这种规则，而且如果没有输赢，应该就不会再有努力拼搏的参赛者了。

迈克尔赢了后麦琪满身是劲，帅哥给予的力量是巨大的。麦琪的对手是个长了张娃娃脸的小个子，夏瑞漫乍一看还以为是初中生走错门了。不过这姑娘个子虽小，嗓门可不小，一上台便深吸一口气，一嗓子震耳欲聋:“大家好，我叫露西。”露西要是去中国军训，肯定特受教官喜欢。麦琪走的路线完全不同，她决定展示自己知性女子的一面，毕竟心思缜密是作为财务主管不可缺少的品质。不过麦琪大可不必担心投票结果，因为大半个教室都被她带来的人塞满了。除非大伙决定集体叛变，麦琪早就胜券在握。

从演讲到回答问题，麦琪和露西的表现都不相上下，接下来只等“充满悬念”的结局大揭晓。麦琪还算是没有白交朋友，大家都对她“忠心耿耿”。事先她保证赢了后请客的作用一定不小，举一下手就能蹭顿饭的美差谁不干。票数统计结果一出来，一个属于微胖界的男生就开心地用汉语叫了句:“太好啦！晚饭有着落啦!”

麦琪的竞选圆满落幕，夏瑞漫的将在第二天进行。不过明天的竞选归竞选，今晚的饭局还是得去，正好减减压。再说了，身为麦琪的好邻居，不能连这个面子都不给。

麦琪已经在中国城最大的餐馆订了大包厢，所有帮她投票的人都必须参加。夏瑞漫打趣地问麦琪，是不是等她哪天跟迈克尔好上了，还得请他们再吃一顿。麦琪一听脸竟然红了，说:“如果真成了，请你们吃十顿都成。”“你说的，千万不能反悔!”夏瑞漫见麦琪如此爽快，马上将撮合麦琪和迈克尔列为明年要做的大事之一。

来吃饭的人里，夏瑞漫认识的并不多。她认识的中国人基本都是麦琪介绍的，而麦琪的交友圈像海一样大，像天一样广，夏瑞漫认识的那几个不过是海里的一滴水。对夏瑞漫来说，在这次庆功会上，跟大部分其他场合一样，认识的人有多少不是关键，有没有一个认识的人才是重点。只身一人出席和有一个要好的朋友在场之间有天壤之别，但认识一个人和认识十个人之间的区别就没有那么大了。

还没走进包房，夏瑞漫的心脏就怦怦直跳，这是她每次见到陌生人之前的自然生理反应。房间里已经来了不少人，和预计的一样，大部分都是不熟悉的面孔。还好此时弗兰出现在了夏瑞漫的视线内。

夏瑞漫刚想去跟弗兰打个招呼，弗兰就先过来了。夏瑞漫便也笑盈盈地迎上去："嘿，你也来啦。"再定睛一看，怎么感觉有杀气，她赶忙收起笑容。

"又是你呀。"弗兰的这四个字说出来，语调至少拐了五个弯，酸得让人牙疼。夏瑞漫不知道接什么。弗兰瞥了她一眼，又道："你'男朋友'彭坷呢？"夏瑞漫一听"彭珂"这两个字，心脏马上抽搐了两下，她竟然已经忘了彭坷跟弗兰的事。

"啊？你在说什么呀？"虽然明知道狡辩已经没有用，但还是得装一下。

"我觉得你这事做得真不要脸。"听到弗兰尖刻的话，夏瑞漫还是没应声，她实在不知道说什么好，脑子嗡嗡直叫。

"我跟彭坷的事我也没遮遮掩掩的，很多人都知道，包括你。知道，你还跟他那什么。"弗兰的声音又提高了些，全然不顾旁边有好几个假装在聊天，其实伸长了耳朵的人。夏瑞漫继续沉默，她知道自己理亏。

"不说话？你不会以为你赢了吧？你觉得他会对你动心？别天真了。你们的事我都听说了。后来他还不是一样来找我。"听了弗兰的话，夏瑞漫真恨不得找个地缝钻进去。身旁的甲乙丙丁不自觉地离夏瑞漫和弗兰越来越近。

弗兰刚想继续，她和夏瑞漫同时看到了从门外进来的熟悉身影。彭坷还真是有活动必出席，这社交圈子怎么就这么小，想躲都躲不了。彭坷也看到了夏瑞漫和弗兰，见她们俩都不太友好地盯着他看，立刻感到情况不妙。不过他还是挤出笑脸跟两人打招呼，但并没有走向她们，而是朝另一群人走去，没再回头。

夏瑞漫无法再在这里待下去，房间里晃动的人头和此起彼伏的谈话声都让她感到窒息。她没再多看谁一眼就冲了出去，甚至没跟麦琪打声招呼，她感觉身后的所有人都看着她的背影放声大笑，面目古怪狰狞。

外面的天已经黑了，冷风吹在脸上让夏瑞漫感觉舒服了些。她的脑子一片混乱，但努力让自己不去想这些事情，因为回家后还有演讲稿要准备。

（十五）

夏瑞漫的竞选

《水獭报》的竞选时间是晚上六点半，这意味着夏瑞漫还有一天的时间准备，也意味着她还得紧张一天。这一天过得又快又慢，不管她是否愿意，六点半她准时坐在了竞选教室里，苏菲坐在她的左边。教室里的人很多，比夏瑞漫去过的任何一次竞选现场的人都多。新闻主编的竞选排在第三位进行，总共有四人竞选两个主编职位，当选的概率是百分之五十。

当体育和评论版主编的候选人在台上努力拉票时，夏瑞漫什么也没听进去，只看见一张一合的嘴唇，只听见自己的心脏越跳越快。属于她的时刻终于来了。她走上台去，“怦、怦、怦”，重金属音乐的鼓声都没她的心跳这么响。可一站到台上，看着台下几十双圆溜溜的眼睛，夏瑞漫突然不紧张了，竟觉得这一切是这么的美妙，此前所有的准备，都像是为了这一刻的绽放。不管结果如何，至少她知道，她曾经有站在这里的勇气。

“大家好，我叫瑞漫。从开学的第一天起，就是新闻组的积极分子。在过去的一年里，我几乎每一周都为《水獭报》撰写至少一篇文章。我是一个值得信任的人和可以让人放心的工作者。新闻不会在特定的时间发生，所以我们常常因为周六、周日才出现的大新闻而赶稿。这种时候，每当新闻主编们来找我，不论多忙，我都会交出高质量的稿件……如果能够当选，我会做以下几件事情：一，增加调查性文章数量；二，给新闻组的成员提供更多的指导和帮助；三，吸引更多国际学生加入……”

时间过得比想象中快，铃摇了两下，夏瑞漫才把要说的话说完。

每个人发言的内容其实都差不多，无非是讲自己以前做的工作多么的多，能力多么的强，连提出的改革方案都大同小异。能分出高下的其实不是演讲内容，而是演讲水平。夏瑞漫觉得自己发挥得并不算太差，这种可以背稿子的讲话不太容易搞砸。她认为自己的表现在另外两个竞选者——汤姆和瑞安之上，但在苏菲之下。

汤姆是个好心的大高个儿，平时总是笑眯眯的。有这么两种人，第一种虽然自己没什么本事，但凭一张嘴能把所有人忽悠得团团转；另一种虽然勤劳肯干，工作做得到位，却无法在台上用语言展示自己的全部能力。可怜的汤姆属于后者。每次一上台，他总会无法控制地念稿，但其实稿子的内容早就背熟了。上台发言最忌讳与台下听众毫无眼神交流地读稿子，但如果读得顺溜，还能勉强过关，可汤姆染上了一上台就结巴的毛病。他知道演讲时看稿子不好，所以总是试图把视线移开，但眼睛一瞅听众，到嘴边的话就会忘了，不得不再次拿起稿子。重新找到刚才念到的那一行还需要点时间，为了填充这尴尬的几秒沉默，他只得不断发出“呃呃呃”声。

夏瑞漫听着都为汤姆捏一把汗，毕竟他平时说话可是很流利的。

瑞安的情况跟汤姆不同，瑞安在台上展现的就是真实的自己，可惜真实的他并不讨喜。要了解这一点不需要与他有太多的接触，他的一言一行都表露无遗。高而瘦的身躯，微弓的背，蓬乱的鬈发，飘忽不定的眼神，严重的外八步伐，讲话小声又没有礼貌。大家都说以貌取人不好，可人们通常又爱以貌取人，还好这次的貌和人没有太大的区别。

闯过了第一关，夏瑞漫将面对她最害怕的挑战——台下听众提问。害怕是因为充满不确定性，她可以准备一百道可能出现的问题，但真正出现的，可能是那第一百零一道。她只能求老天保佑，让问题不要太难，自己的脑子能转快一点。

“假设这么一种情况，现在是周日下午，你在《水獭报》的办公室里，突然发现稿子不够用，你自己的手头还有编辑工作没做完，版面当天晚上十点就要发给印刷公司了，你怎么办？”问问题的是报社的总摄影师贾斯汀，他是《水獭报》元老级人物，从大一加入《水獭报》起，到现在已经近三年了。贾斯汀每次竞选必参加，每次必提三个以上的问题，问题的形式还基本一样，都是以“假设这么一种情况”开头。

汤姆第一个回答，他想了两秒钟，说道：“我会先发邮件给新闻组里的同学，我想那时候我已经拥有一群愿意在最后关头挺身而出的好帮手。今年我也收到过这种求救的邮件。如果我有时间，一定会写上一篇文章，所以别人也应该会吧。”在台上站久了，加上无稿可念，汤姆终于可以流畅地说上几句话了。

第二个回答的夏瑞漫想说点不一样的，但一时间也想不出更好的办法，只得用不同的表述方式把汤姆的话又说了一遍。

苏菲的回答也大同小异。

瑞安是最后一个：“如他们所说，的确可以群发邮件。同时，向其他在办公室里的编辑求助也是一个好办法，这样不仅方便，他们写出的东西也不太需要做大幅度改动，节约时间。每周每个版块的完成速度都不太一样，有时候一个版块很快就完成了，这时候这个版块的编辑就可以帮助完成其他工作量大的版块。这些是我跟其他主编平时沟通时了解到的。”

听到瑞安一副自以为是的口气，夏瑞漫不禁在心里骂道：“这不公平！”

“好，下一个问题。”主持人说道。他话音还未落，长长短短、肤色各异的胳膊已经在半空中举起。看到这场面，夏瑞漫欲哭无泪，把这些问题都回答完天都要亮了吧，只希望他们想问的问题都差不多。

“如果这周的活动很多，版面放不下这么多内容，你会用什么样的标准来决定放哪些内容呢？”问话的是现任学生会主席，她不能投票，不过可以来旁观竞选过程，也可以提问题。

这回轮到夏瑞漫第一个回答，这也是她最害怕的时候。如果题目刁钻，会连反应的时间都没有。不过还好，这个问题她能对付：“首先是以文章的重要性来决定。所谓重要性就是它的新闻价值，比如读者是否感兴趣。在此基础上，我会希望做到新闻多样性，照顾到校园里的不同群体。如果本期已经有一篇报道的内容与因巴勒斯坦、以色列社团的活动而引起的争论有关，在有其他活动也需要报道的情况下，我会尽量避免再放这方面的文章。除非要做占据好几个版面的专题。”

夏瑞漫停了几秒钟，又补充道：“当然，具体还是要依当时的情况而定。我希望报纸内容能够尽可能多地涉及不同学生群体的关注点。”夏瑞漫的回答结束后，苏菲、汤姆和瑞安也做了回答，内容也无非是那几条，参加活动的人数、关注度、内容可读性等等。

接下来的时间过得又慢又快，一方面夏瑞漫希望赶紧结束问答，另一方面竟然开始有点享受这个过程，有些期待下一个问题会是什么，自己可以给出怎样的回答。

“跟另外三位竞选者比，我们为什么要选你呢？你有什么优势？”

“你觉得可以让活动组织者写关于自己组织的活动的稿子吗？”

“文章标题对于报纸来说非常重要，各种报纸对于标题的选择也不一样，你们会怎样取标题？不如当场来说几个。”

“如果遇到写作水平很差却又特别积极的同学，你会怎么办？”

“你们觉得新闻主编最重要的职责是什么？”

……

终于，因为时间关系，新闻主编的竞选者们得以再次回到自己的位子上。接下来的发言夏瑞漫听得认真多了，自己还问了几个问题。被炮轰了这么多问题后，怎么也得“报报仇”。

等待结果的时间总是最难熬的，却也是最美妙的，那是充满期待和一切皆有可能的幸福。因为投票方式，竞选结束后要花一点时间来统计票数，大家转移到学校的酒吧，等待消息。

夏瑞漫和苏菲站在一起聊天，两人心里都明白，如果结果是一个人选上了，一个人没选上，一起回家的那段路会走得无比尴尬。

最好的结果当然是大家都选上。当然，如果都落选，至少回家的时候可以一起骂骂脏话。

只见统计员从远处走来，谈话声渐渐变小，一种奇怪的、不该属于酒吧的气氛突然弥漫在空气中。夏瑞漫和苏菲谁也没说“你一定行的”这句话，因为她们都知道，这世上没有“一定”的事情，何必自欺欺人呢。从门边的位置开始，他先是走向了体育主编的几位竞选者，低语几声，只见有人欢喜有人愁。一点一点地，统计员接近夏瑞漫和苏菲了，然后说了句“恭喜”。夏瑞漫和苏菲谁也没敢接话，因为不知道这句“恭喜”是送给谁的。“我是对你们两个人说的，你们都选上了。”统计员又补了一句。

“真的？谢谢！”

“谢谢！”

还有什么比这更让人高兴的吗？夏瑞漫和苏菲从未发现从学校到宿舍的这条路可以走得令人如此心旷神怡。

（十六）

一个人生活的勇气

麦琪请客吃饭那天之后，彭坷并没有像上次生日会一样马上联系夏瑞漫。夏瑞漫不清楚她走后发生了什么，她连向麦琪打听的欲望都没有。

复活节假期开始没多久，彭坷又开始给夏瑞漫发短信，约她出来见见，全然没提跟弗兰有关的事。夏瑞漫本想拒绝，从中国城的餐厅出来的时候，她就做了不再联系彭坷的决定。她想，对于彭坷来说，自己就是鸡肋，食之可能无味，但弃之又可惜，所以何必再继续呢。可后来不知怎么的，还是回了一句，“好，什么时候？”

自从开始放假，夏瑞漫已经独处了好多天。麦琪因为圣诞节没回家，好几个星期前就唠叨着想复活节快点到来。星期五放假，星期六一大早她就去机场了。萨缪尔和肖恩他们回家更加方便，有的订的是周五晚上的火车，干脆直接带着大旅行箱来上课。乔的家虽然在伦敦，但在郊区，见起面来也不那么方便。

所以复活节假期一开始，夏瑞漫就过着两点一线的单调生活。

刚开始的几天，一个人奔波在图书馆和宿舍的清静日子让她觉得舒心，没有任何人与事来打搅，可供对话的只有书本而已。但时间久了（所谓的“久”也就那么五六天罢了），享受安宁的心态渐渐远去，随之而来的，是对出双入对的男男女女的格外关注。或许这就是为什么夏瑞漫把自己发的誓抛到了脑后。爱的力量可能强大，寂寞释放出的能量也不小，多少人因为耐不住寂寞而迷失自我。

与彭坷再次见面时，夏瑞漫没问关于弗兰的事，一是不知道如何开口，二是怕听到刺耳的答案，三是觉得其实也没什么可问的。夏瑞漫还是不清楚应该如何看待她和彭坷的关系。客观来说，男未娶女未嫁，你情我愿，既不杀人也不放火，没什么不对。像任何成功经营的关系一样，双方在清楚潜在条约的情况下，以对等的身份履行责任和参与面对面的交流活动。

只是，像很多关系那样，夏瑞漫和彭坷的关系或许不那么平等。彭坷能潇洒地以欲望为目的与夏瑞漫接触，完事以后继续正常地生活；而夏瑞漫呢，她明白游戏规则，做跟彭坷一样的事情，却无法像彭坷那样洒脱。她知道趁早抽身才是上上策，可又无法跳下正高速向前的火车。

他们一周会碰上一两次，每次都是彭坷发来短信。来信内容非常简短，目的只有一个，约定见面时间。连礼貌性的“最近怎么样啊？”都不再出现，他应该根本不关心，所以何必浪费精力。夏瑞漫曾试图建议不如今晚就只聊聊天散散步吧。彭坷虽然嘴上说好，却从来没有真正重视过她的建议。夏瑞漫只得作罢。

最终，让夏瑞漫决定结束这段“恋情”（暂且这么叫吧）的，是一个再普通不过的场景。那天她和往常一样早早到了图书馆，随着新学期的开学日一天天临近，图书馆的座位也越来越满。就算早上八点钟到，也无法感受到方圆几米内无一人的空旷感。那天坐在夏瑞漫对面的是一对情侣，夏瑞漫到时，看架势他们已经埋头苦学一段时间了。虽然两人都在低头写字，却不难看出两人的关系，可能是因为桌上杂乱的书本都大胆地过了“三八线”，也可能是他们脸上的神情和身体的姿势散发出了这样的信息。一直到中午吃饭的时间，对面的情侣都没说一句话，只各自起身去过一次厕所。快一点钟的时候，女生放下笔，揉揉太阳穴，又打了个哈欠，一副学累了的样子。男生好像感觉出了女生的心思，也停下笔，转头轻声问:“走吗?”女生使劲点头。简单整理桌面后，男生女生一前一后离开了学习区。

夏瑞漫像观众一样观看这一系列动作的发生，突然发现，她想要的不过是一个每天陪她来图书馆，坐在她身旁认真写字的人罢了。对的人没出现就慢慢等吧，何必一定要马上填满空缺的位子。如果连一个人生活的勇气都没有，那就什么都没有了吧。

（十七）

最后三小时

对于考试，夏瑞漫又爱又恨。她不愿为了考试而学习，考试也从不是她的强项，考完试后号啕大哭是常有的事。但她又不得不承认，考试确实是帮助学习的工具。很多时候，只有经过了备战考试这个阶段，才算把该搞懂的弄会了，把该记住的背下来了。

对夏瑞漫来说，考试前的复习就像牛吃草一样，此前囫囵吞枣咽下去的东西又翻出来咀嚼，她也像牛一样享受这个过程——知识在脑中溶解消化的过程。她想她并不仅仅是为了考试而风雨无阻地去图书馆，而是真心想把那些丢掉的知识再捡回来。这让考试变得有趣多了。

复习的时候，夏瑞漫爱听汪峰的几首歌：

也许迷途的惆怅会扯碎我的脚步
可我相信未来会给我一双梦想的翅膀
虽然失败的苦痛已让我遍体鳞伤

可我坚信光明就在远方
……

我想要怒放的生命
就像飞翔在辽阔天空
就像穿行在无边的旷野
拥有挣脱一切的力量
我想要怒放的生命
就像矗立在彩虹之巅
就像穿行在璀璨的星河
拥有超越平凡的力量
……

夏瑞漫多想看到前方的光明，多想拥有怒放的生命，多想得到超越平凡的力量。这些还未到来之前，她只能让歌声灌满耳朵。到底什么是怒放的生命呢？在书案前学习算吗？

一个上午的学习过后，夏瑞漫常跟历史系的朋友们约在一起吃午饭。虽然短信里说是为了放松心情，以便下午继续奋战，但吃饭时讨论的话题总是绕不开考试的内容。

“你们都选哪些主题复习呀？”乔问。乔的学习计划永远比别人慢半拍，大家早就定好主题了。

“世界近代史还是大英帝国史？”肖恩问乔。这两门基本每个人都学。肖恩是大家的移动字典，他看书从来不记笔记，不是因为懒，是因为过目不忘。如果上课前没时间看书，大家总会打电话找肖恩求救，肖恩的回答根据时间的多少可长达一个小时，也可短至三分钟。他能把书里的内容准确无误地复述出来，也可以用最精准的语言概括全文。考试的时候，大家都希望能借来肖恩的笔记，看看这样的神人是如何学习的。可惜他每次都只是淡淡地回答：“我考试复习也不做笔记。”

备考期间，夏瑞漫很矛盾，既想二十四小时黏着肖恩，又觉得或许暂时远离他比较好。肖恩一开口，就让夏瑞漫原本在控制范围内的考试压力突然如泰山压顶。人与人之间再努力也无法改变的差距让她陷入自卑的深渊。

“世界近代史。大英帝国史最后考，我打算考完别的以后再复习。”乔答道。

“我复习古巴导弹危机、纳粹德国、冷战的开始，还有一战和二战。”肖恩说。

“我选的跟你差不多呀！”罗莎抢在乔之前兴奋地说，心想，这下有不懂的地方有人可以问了。

“对冷战的开始，你是怎么看的？”乔想了想后问。

肖恩会怎么回答，夏瑞漫不知道，但她小声跟罗莎打赌说，萨缪尔肯定会在肖恩之前开口，而且肯定说苏联要承担全部责任。萨缪尔亲美的政治观点在他的历史观里也清晰可见。

果然如夏瑞漫所料，萨缪尔答道：“我同意传统历史学家的观点，苏联应该比美国承担更多的责任，即使不是全部责任。从一开始，美国就认识到苏联需要一些支配权。而苏联却固执贪心，看不到权力的边界，不愿适当地放松对他国的管制。因此，美国没有别的办法，只能采取更激进的方法。”

萨缪尔想了想，又继续说:“这从美国本身的战略变化就可以看得很清楚了。在二战快结束和刚结束的时候，很多美国民众都持有不要过多介入国际事务的想法，所以这个时候政府也害怕因为过多地帮助西欧、抗衡苏联而失去支持率。当时美国采取的方法是‘教育’苏联，试图告诉苏联统治全世界没什么好处。最开始的时候，连美国中央情报局都没把苏联的威胁看得那么严重。美国对苏联的态度更多是防御型的。”

“那请问你怎么看乔治·凯南的长电报[1]和马歇尔计划[2]？你不会说这些是温和的举措吧。”乔的口气里带着少许讽刺，她和萨缪尔的观点永远大相径庭。

萨缪尔早有准备，好像早就知道乔会这么问似的。“我的话还没说完嘛。美国后来的动作只能说是没有办法的办法，必须对苏联的所作所为做出回应。苏联早就向东欧各国伸出爪子，而且斯大林的目标可是全世界！”

1　乔治·凯南（George Kennan, 1904—2005），美国外交家、历史学家。1946年2月22日，乔治·凯南向华盛顿政府发了一份长电报，深入分析了苏联的内外政策并提出应对苏联的长期战略。主要对策有：发展强大的军事实力威慑苏联；通过宣传使民众了解苏联问题，走出无知的恐慌；加强自身建设，保持社会的健康活力等。这份电报明确把苏联当成敌人，显示了遏制苏联共产主义发展的思想。

2　“马歇尔计划”又名“欧洲复兴方案”，指第二次世界大战后初期美国“援助欧洲复兴”的计划。计划的主要内容为美国拨款“援助”西欧各国“复兴”战后经济，但受援助的各国必须购买一定数量的美国货，撤除关税壁垒，取消或放松外汇限制，保障美国私人投资和开发的权利等。

“光看马歇尔计划的话，美国援助西欧，用伦德斯塔德[1]的话来说，它是‘被邀请的帝国’，不像苏联，统治是靠打压和武力。而西欧国家，它们怎么可能不欢迎美国的经济援助呢。”肖恩插了一句。

夏瑞漫无法苟同萨缪尔的观点和肖恩刚才的话，便也加入了论战：“话是这么说没错，但是，第一，虽然西欧的确需要大量的美国贷款来重建被战争摧毁的国家，但这并不代表美国没有私心。世界上没有免费的午餐，美国这么做无非是用钱来‘贿赂’其他国家罢了；第二，就算美国这么做纯粹是为了帮助西欧国家恢复经济建设，在苏联的眼里，这就是为了发展帝国。作为美国的死对头，苏联会这么看一点也不奇怪，这也不是没有根据的幻想。

“噢，对，还有萨缪尔你刚刚说苏联的统治是靠打压和武力，也不完全见得吧。我觉得我们不要以已经知道后来发生了什么的姿态去看历史，也不要用现在的价值观去衡量当时的局势。虽然在二十世纪九十年代初，苏联解体了，但在二战刚结束的时候谁又可以肯定地说到底是苏联好还是美国好呢。”

萨缪尔没打算这么快就妥协，他张了张嘴，但没发出声音，像是还在组织语言。倒是劳伦先开口了：“一个巴掌拍不响，认为只是苏联或者美国有责任都失之偏颇。说到底这是两种不同意识形态的撞击，两国互相之间都毫无信任。再无心的举动，在对方看来都可能是极大的威胁。真正的意图不重要，你的行为是如何被理解和

---

1 盖尔·伦德斯塔德（Geir Lundestad，1945— ），挪威史学家。他提出美国是“被邀请的帝国”这一说法，认为二战后美国受西欧国家的邀请，领导北大西洋公约组织和西方资本主义阵营，对抗以苏联为首的社会主义阵营。

被诠释的才是改变历史进程的关键。”

“我并没有说美国一点责任都没有，而是苏联应该承担更多的责任。在一件事情里，有可能一方为主动方，一方为被动方，这么说没有什么不合理吧。再说你讲到的另一个问题，当本身善意或者无害的举动被错误地理解了，是做出动作的一方为后果负责，还是因为自己错误的理解而做出不必要回应的一方负责呢？我想应该是后者吧。”萨缪尔的话很明显在暗指美国是被动的一方。

“一个国家的崛起自然会给邻国和世界上其他的国家造成威胁，这种威胁可能只是心理上的，但是客观因素导致的，其他国家感到不安全是可以理解的。哪怕崛起的国家无任何侵害他国利益的想法，但因为它强大，就有责任以口头承诺和实际行动来做出安抚。就像修正学派[1]所主张的，因为二战后的美国比苏联强大许多，美国应该承担更多的责任。”肖恩说，这回他站在了萨缪尔的对立面。

“这我不同意，一个国家的强大靠的是改革和自身诸多方面的努力。在它没有做出侵犯其他国家利益的动作的时候，这就可以看作是和平的崛起。一个国家强大并不意味它就要做出妥协，如果他国无法产生信任感，那是它们的事。马歇尔计划是美国经济实力的一种显现，但与此同时计划本身是和平的、被欢迎的，所以不应该被看作是侵略，也不该被看成对苏联的威胁。”萨缪尔继续反驳。

像这样的讨论时常发生。本来中午吃饭是为了暂时逃离书海，给大脑一个缓冲的时间，谁知道每次吃完饭后大脑因转动频率过

1　修正学派（Revisionism）是冷战研究领域的学术流派之一，出现于20世纪60年代至70年代。他们认为冷战并非源于共产主义扩张，而是美国式帝国主义扩张的结果。——作者注

高，更累了。但这种讨论也以另外一种形式刺激着大脑，使得大脑更加活跃。

第一场考试很快来了，然后是第二场、第三场……

“三个小时二十分钟后我们就解放了！”乔对一起站在考试教室门口等待的夏瑞漫说。

“这将是漫长的三个小时。”夏瑞漫长叹一口气。

“三个小时听上去长，其实考起来一下子就过去了。”乔的话又将夏瑞漫带回了五天前的噩梦。

所有的历史考试都是用三个小时写三篇小论文，也就是说考生最好将写一篇小论文的时间严格控制在一个小时内。可夏瑞漫写前两篇写得太入神，直到还剩三十五分钟的时候才发现还有一篇小论文在焦急地等着。

“唉，我上一门是废了。”夏瑞漫已经跟乔抱怨过不下五次。

“行了，你别想了，三十五分钟也能出精品的。况且事已至此，好好考完最后一门，然后我们就可以开开心心过暑假了！”一说到暑假，乔的双眼就变得格外闪亮。

没过多久，萨缪尔、肖恩、罗莎和劳伦也相继出现，与劳伦一同步入走廊的还有头发已花白的监考老师。

“加油！”

“加油！”

“祝你们好运。”

“我就不跟你说了，因为你不需要运气。”

“最后三个小时了！”

“哈哈！”

中篇

（十八）

动物世界

“安吉尔（Angel）应该还有两个小时就到了。”麦琪对夏瑞漫说。夏瑞漫“嗯”了一声，表示知道了，准备开始收拾乱得无处落脚的房间。

麦琪和夏瑞漫搬进新公寓三四天了，大部分东西已经置办齐全。她们在离学校不远的地方找了房子，两人都不希望每天坐地铁上下学。但伦敦市中心的房价高昂，为了省钱，夏瑞漫和麦琪决定三人住两房的公寓，客厅也住人，而安吉尔便是麦琪找来的第三人。安吉尔是经济系的，大一的时候跟麦琪上过同一门课，又都是上海人，因此成了朋友。两人一次聊天的时候刚好谈到租房的问题，麦琪便邀请安吉尔一起合租。夏瑞漫还从未见过安吉尔。

夏瑞漫刚弯下腰来捡散落在地上的书，门铃就响了。看来麦琪的估计一点也不准确。

麦琪赶忙去开门，夏瑞漫站在走廊里。

“你不是说飞机下午两点到吗？怎么这么快就到了？”麦琪一

向对自己的记忆力特别有自信。

“我说十二点到哇？你一定记错了。”安吉尔边说边把箱子拖进自己的房间。房间很小，摆了一张一米宽的床和一个小桌子后就只能站进两个人。

放好箱子后，安吉尔转身见到站在门外的夏瑞漫，便主动自我介绍说：“我叫马彤，你就是瑞漫吧？”

“马桶？”夏瑞漫不想第一次见面就这样无理，但她确信安吉尔刚才的确是这么说的。

“不是马桶，是马彤，红彤彤的彤。很多人第一次都会听错。叫我彤彤就好了。”安吉尔看上去平易近人，像是个容易相处的人。不过安吉尔这个名字实在不适合她，她不仅长得高，而且有些壮，像是可以生擒几个大汉。

“噢！彤彤。可麦琪一直都告诉我你叫安吉尔呀。”夏瑞漫道。

麦琪赶忙插话：“马彤是你的中文名吧？此前你都是用英文名字呀。”她可不想一天犯两个错误。如果真一直叫错别人的名字，该多不好意思呀。

“我英文名叫安吉尔，但现在不想用了，还是叫本名好。而且安吉尔这名字太矫情，根本不适合我，虽然说我的中文名也不怎么好听。不过我宁愿当马桶，也不要叫什么天使。”

“那你当初为什么起这名字？”夏瑞漫不解。

“外教起的。老师给班里同学取英语名字的时候，是按照座位从前往后的顺序，我长得高，坐最后一排，是最后一个被起名字的。我非常怀疑外教想了五十几个名字后，大脑都快转不动了，然后就给了我这么个名字。我也没多想，当时我连安吉尔是什么意思都不知道。”夏瑞漫和麦琪听后点了点头，然后一致决定以后还是叫彤彤的大名，“马桶”。说完又咯咯地笑起来。

虽然夏瑞漫租的公寓小得可怜，不过她有一个可以度周末的“郊区”别墅。乔、劳伦、罗莎、肖恩和萨缪尔在伦敦二区一起租了个大别墅，不仅人人都可以享受大床，每人要交的房租还比夏瑞漫的便宜一点。大房子也是办派对的好场所，他们打算一开学就办个庆祝迁入新居的派对。

大学的第二年对夏瑞漫来说是值得期待的，主要有两个原因，一是她要当新闻主编了，二是又有新的课程了。夏瑞漫选了一门“东亚近代史”，作为中国人，夏瑞漫至今还未真正系统地学过中国近代历史，说来也实在惭愧。

报社的工作在学期还没开始的时候就已经开始，因为第一期报纸得在迎新周之前印刷出来，用于在“活动市集”上招揽新成员。

走进《水獭报》的办公室之前夏瑞漫很紧张，在这以前她只去过一次，是参加一个临时会议。《水獭报》的办公室不算小，但因为摆满了桌椅和电脑，供走动的地方很狭小。办公室里的人比夏瑞漫想象中多，毕竟还有两三天就到迎新周了，大家都不敢松懈。夏瑞漫本以为自己到早了，看来并非如此。

听到门开的声音，几个人抬头瞄了一眼夏瑞漫的方向，视线马上又回到电脑屏幕上，而更多的人连头都没抬。夏瑞漫有些失望，脑海里期待的大家争先恐后和她聊天的场景并没有出现。她见苏菲旁边有个空座位，就默默地坐了过去。

“我现在要干什么？”夏瑞漫小声问苏菲。

“这里有一份新闻清单。”苏菲把一张纸推到夏瑞漫面前。她显然对夏瑞漫的迟到有所不满。

夏瑞漫把单子拿过来看，上面写了八九个跟学校有关的新闻主题。看到许多工作已经做好了，夏瑞漫对苏菲道歉：“不好意思来晚了，我以为下午来就可以了。”

“噢，没关系。”苏菲脸上有了笑容。夏瑞漫还是不知道该从何开始，只得再次向苏菲请教。成功竞选成为总编辑的妮可拉已把基本流程告诉了苏菲，苏菲比刚才有耐心多了，对夏瑞漫说：“你先打开文档，我们写文章都在这里写，写完就直接存在这儿。”

“密码是多少？”

“密码是 satireisdead[1]，中间没空格，全部小写。”

“satireisdead？谁设的？”

“我也不知道。好，进去以后就能看到以前所有的文章了。我们还有一个邮箱，以后发邮件就从这个邮箱发。先写文章吧，软件那些我也不太会用，到时候再问妮可拉他们。”

“这次的文章就我们两个人写？”

“还有两位去年的‘老人’说愿意帮忙，不过他们还有别的社团的事要准备，只能写一篇。所以大部分还是得自己写。”苏菲说完拍拍夏瑞漫的肩膀。

“好吧，希望到时候能多招些人。还好现在还没开学，没什么其他的事情做。”夏瑞漫对苏菲笑笑，赶紧着手准备有关的资料。

两个星期后，办公室里的气氛已大变。因为聊天声从不间断，夏瑞漫不得不戴上耳机来隔除噪声。艾哈迈德是一切噪声的最终来

---

1 中文直译为“讽刺已死”。

源。艾哈迈德是报纸的版面设计师，每周的工作并不多，只需要负责头版的设计，然后在每个版块做好各自的排版后检查是否有差错。一般来说，艾哈迈德的工作在大家的工作进入尾声时才开始，但他总是第一个来办公室。夏瑞漫没见过像艾哈迈德这样同时兼顾如此多的事情又看上去如此清闲的人。他除了是《水獭报》的设计师，还是辩论社的社长和橄榄球社的队长。即使参加这么多的活动，艾哈迈德不仅保持各科全一等（First）的成绩[1]，还有时间在周末的下午悠闲地喝上几杯咖啡。夏瑞漫觉得艾哈迈德在各方面都算得上是完人，除了有一个缺点，那就是嘴巴太能说。

有一次艾哈迈德正跟往常一样滔滔不绝地说的时候，坐在办公室另一边的夏瑞漫突然脱口而出："你自己一个人的时候也这么多话吗？"说这话之前夏瑞漫并没多想，本想着开个玩笑，但话一出口就感觉不太妙。再一想这其实也不是一句玩笑。艾哈迈德的声音戛然而止，尴尬的气氛迅速扩散，然后凝结。

苏菲见艾哈迈德脸色变了，马上说："她是开玩笑的，她是开玩笑的。"

"对呀，我开玩笑的啦。"夏瑞漫也赶忙接话。艾哈迈德对他们笑笑，表示根本没在意夏瑞漫的话。

此后，艾哈迈德仍是《水獭报》办公室里的脱口秀演员，他跟夏瑞漫如以前一样聊天，可夏瑞漫心里总是觉得怪怪的。

当了新闻主编后，夏瑞漫更加深切地体会到"领导"实在难当。她不得不承认，她更愿意被人使唤，而不是使唤别人。在去年的很

1　在英国大学成绩的统计方式里，First 为一等荣誉（一等成绩），就是最高的等级。——作者注

多个周末里，她并不是每次都欣然地接受妮可拉和维韦克临时派下来的工作。有时候，她需要牺牲睡觉、做作业以及与朋友相处的时间来写稿子。现在夏瑞漫发现，分配任务并不比完成任务简单，尤其是在最后一刻才发出去的任务。虽然每次妮可拉和维韦克告诉她又有一个临时稿件要写的时候，她明白他们的苦衷，可让她把同样的任务交给别人的时候，她无法不内疚。

好在夏瑞漫的搭档跟她性格截然相反，苏菲是天生当领导的料子，很享受管理团队的过程。她也的确做得好，了解每个人的长处与短处，知道什么样的文章适合什么样的人，她有亲和力又有淡淡的威严，让人甘愿为她努力写稿。

报社的工作占去了夏瑞漫许多的时间，她本以为这意味着不得不放弃一些课内书目的阅读，等到考前再花时间弥补，没想到她现在只需要花比去年少得多的时间来完成同样的学习，这让她自己都有些吃惊。

《水獭报》的第二期刊登了麦琪的文章。这是麦琪第一次给《水獭报》写文章，她动笔倒不是因为夏瑞漫当上了新闻主编，文章也不是写给新闻版块的。麦琪觉得自己简历的内容太单一，所以打算给报纸写篇文章，以充实简历。麦琪写了一篇关于暑期实习的文章，她的英语口语欠佳，但写作能力不差，内容有新意，又能代表一部分人的声音，所以文章被登在社会版块的第一条。文章大致是这样的：

因为学习和课外活动的关系，我已许久没跟家人一起旅游了。这次的非洲之旅时间虽然不长，但应该算是整个假期的高潮。我们在肯尼亚狩猎的时候，我第一次在现实中经历野生动物王国的美妙与残酷。一头母狮子正虎视眈眈地盯着一头悠闲吃草的羚羊，随时准备扑过去。年幼的表妹第一次停止说话，屏住呼吸等待随时可能发生的精彩一幕。

我们真的目睹了一个生命死亡的全过程，看到了血肉模糊的画面。家人们在同情羚羊悲惨命运的同时，又忍不住佩服狮子的勇猛，然后又感叹说大自然是多么无情，只有适者才能生存。听着他们的讨论，我坐在一旁不住地想："刚才的这一切我一定在哪里见过。"仔细一想我明白了，这画面源自我几天前才刚刚结束的实习经历。

拿到实习通知书的那一刻，我很兴奋，甚至隐隐约约地看到幸运女神降临。在投行每天最多只能睡三个小时的传言我也早有耳闻，但并没太在意，什么都无法抑制我的期待和开心。不过后来我发现，这种开心不完全源自我对这份工作的喜爱，也不是对接触新事物的渴望，更多的是源于可以在著名公司实习的虚荣心。每次告诉别人我拿到这个公司的实习通知书的时候，"你好厉害呀""你太棒了"之类的话总会不绝于耳。

但从走进公司大门的那一刻起，我便发现我根本没做好心理准备。我将面对的是一片广袤得看不到边的草原，草原上的动物们表面上正心无旁骛地吃草，其实每时每刻都机警地观察着周围的变化，见到机会便进攻，受到袭击则要防御。在这点上，人和动物没什么区别，我们都是为了生存而活动于世间。动物四处奔跑，并非因为它们是热爱运动的长跑选手。在投行没日没夜工作的人们呢，或许有那么几个是为了理想，也有那么几个是因为热爱，但大部分不过是为了混口饭吃，为了吃得比别人好一点，穿得比别人漂亮一点，住得比别人大一点，出行比别人舒适一点。我这头刚出生的牛犊当然也怕虎，所以只能小心又小心，努力再努力。

动物和人另一个相似的地方是我们都是群居动物，更准确地说是我们的成功常取决于我们认识谁。走过某个高层领导办公室的时候我听到这样一段对话。一个人说："这个空出来的部门主管的位子是给彼得·斯汀还是蕾切尔·史密斯呢？两个人都是很不错的人选呢。"另一个人说："还是斯汀吧，他爸爸是我们大股东的密友。再说了，蕾切尔两年前结的婚，估计过不了多久就要休产假。"后来没过多久，彼得·斯汀就升了职。

在工作中人们当然需要合作，和同事也好，和其他公司也罢，我们不能永远一人单干。动物们也是如此。母狮子很少单独攻击长颈鹿之类的体形庞大的猎物，它们选择集体行动，这样才能置敌人于无法反抗的境地。大象也是群居动物，由母象带领象群长年迁徙，从不丢下群体里的成员。人所谓的群居与合作又不那么一样，有功劳可分的时候，大家感情比铁还坚硬；遇到危机和失败的时候，突然之间你就只能孤军奋战。

动物和投资银行家还有一点不同。有的动物早起捕猎夜晚睡觉，有的白天睡觉晚上活动，说到底万物的生长都遵循着自然的规律。可投资银行家们却非如此。坐在我左边的女士一个星期里只睡了十个小时，坐在我右边的先生因为睡眠严重不足和咖啡因摄入过量，手止不住地颤抖，而我自己也已经一整个周末没踏出公司一步了。这种不要命的劲头，我以前也只在人们为家庭、爱人和理想奋斗的时候见过，可问起我的同事们时，他们竟也不知道自己是为了什么。

我想我以后很可能也会成为一名这样的银行家，你们可能也会。经过这次实习，至少下一次再踏入这片野生的草原时，我会有所准备。

（十九）

手心的温度

乔他们之前计划的暖新居派对因为各种原因拖了又拖，到第四周的周末才办。虽然不是房子的主人，夏瑞漫还是很自觉地早到了两个小时来帮忙。说是帮忙，夏瑞漫把大部分时间都花在了偷吃刚做好的小点心上。跟贤妻良母型的乔比，夏瑞漫觉得自己就像是还没长大的孩子。乔说她会做这些都是因为父亲去世，母亲工作又忙，几年来都是由她照顾妹妹。乔的家庭本身就不富裕，可以想象父亲的突然病逝对她是多么沉重的打击。但乔从未表现出忧愁的一面，她反而是大家的开心果，是在别人沮丧时，用笑脸为他们打气的人。

为了不让自己再吃厨房的东西，夏瑞漫转移阵地，去客厅陪正在扫地的劳伦。劳伦一边将地上的头发扫进簸箕一边抱怨说："现在收拾这么干净，不过是为了让它一个小时后变得更脏而已！明天早上还得再收拾一遍！"劳伦不喜欢家庭式派对，至少不喜欢在自己家里弄，她觉得前面的准备工作和结束后的清理工作都是自寻烦恼，去餐馆、酒吧或者夜店都比这轻松得多。乔则不一样，她喜欢这种自己在家像主人一样招待客人的感觉。

“我最不喜欢打扫卫生了！”劳伦又用汉语向夏瑞漫表达了跟刚才相同的意思。

“你的中文课上得怎么样了？”夏瑞漫同样用汉语问。虽然都是中国人，这还是劳伦和夏瑞漫第一次用汉语交流。劳伦今年选了中文作为一门课程。语言的课程总共有五个等级，劳伦上的是第四等，程度中等偏上。夏瑞漫本以为劳伦是为了拿一个轻松的高分才选中文，她想，虽然劳伦从小在国际学校上学，但也不至于需要在外国学中文吧。没想到劳伦却几次向夏瑞漫抱怨中文好难。

“我口语还可以，毕竟跟父母沟通还有上街买东西什么的都要说普通话。但读和写真的不行，除了小时候爸妈教过我写汉字之外，就没再写过。”劳伦有很纯正的中国北方口音，只是语速比常人慢些。

“你认字还行吧？毕竟也得看菜单什么的。”夏瑞漫想，劳伦如果生在中国、长在中国，但不认识汉字的话——什么样的奇葩家庭会培养出这样的小孩呢？

“字我当然认识，只是我很少读中文的书和学术性文章，所以比较有深度的文章读起来就有些困难。我是觉得有需要才去学中文的啦，要不然简直是浪费时间。”

“你爸妈当时怎么没给你在外面报个中文补习班？”

“他们觉得学好英语最重要，毕竟是世界通用语言。”

“那你爸妈现在肯定很满足了，你英语说得这么好。”

“可能吧，我也不清楚。可现在老外都开始学中文了！我们班的同学个个都比我牛，惭愧呀。”

夏瑞漫和劳伦正聊着，门铃响了。乔赶忙从厨房跑出来，边跑边嘟哝着：“谁呀，这么早。”来人是本和他带来的新朋友爱德华。本是偏激分子，他的想法在去年大英帝国史的课堂上就可见一斑。

“嘿，本！”乔有些惊奇地说。她不记得邀请过本，本应该是从别的朋友那里听说，又自认为和大家关系还不错，就不请自来了。

“你怎么来得这么早？”夏瑞漫问。她和劳伦也走了出来。“不是说不欢迎啊，只是好奇而已。”夏瑞漫怕本误会，又赶忙加了句。本并没介意夏瑞漫的话，说道：“另外一个饭局刚散，又懒得再回家，所以就直接来了。你们还没准备好？我可以帮忙。”

“不用不用，基本弄好了。你先去沙发那坐会儿吧，别人可能还得有一会儿才到。”乔说。

“噢，对了，这是我的一个朋友，叫爱德华。他来伦敦找我过周末，就顺便一起。”本突然想起干杵在一旁的爱德华。大家相继跟爱德华打招呼，介绍自己。

“你们都住这里吗？”爱德华问。

“不，我不住这儿。”夏瑞漫摆摆手说。

“还有两个男生，他们出去买酒了，应该快回来了。另外一个女生，我也不确定她去哪儿了，应该在家里的。”乔补充道，像是在回答爱德华的问题，又像是在对本解释其他三人不在场的原因。

陆陆续续地，客厅和走廊都站满了人，有少部分夏瑞漫认识，大部分她看着眼熟但叫不出名字，还有一部分她从来没见过。乔、劳伦和萨缪尔跟每个客人攀谈，而夏瑞漫、罗莎和肖恩则站在一个角落聊天。

“你们两个主人要不要去跟别人聊会儿？”夏瑞漫说。

“反正大部分都是乔叫来的朋友，我在学校也就跟你们比较熟。”肖恩这么一说，夏瑞漫想想还真没怎么见过肖恩跟别人打交道。乔则恰恰相反，她在校园里每走几米就能见到熟人。

“以色列和巴勒斯坦的事真是气死我了！”夏瑞漫看见一个戴头巾的穆斯林姑娘，这让她又想起了巴以问题。自从上“阿拉伯—以色列冲突”这门课以来，她就没少生气。有时候她告诉自己，以后也要为解决冲突出一份力；有时候又丧气地想，这个问题太复杂，过度参与只会让她折寿十年。

刚接触、了解一个问题的时候，第一次看到世界的不公的时候，人们总会义愤填膺、情绪激动。这让我们无法用更客观的眼光看待问题，用更理智的头脑分析问题，用更平和的心态讨论问题；但当我们渐渐习惯一个问题的存在，我们不仅变得更客观、冷静，也变得有些麻木了。

“唉，我也很生气。”罗莎说。

“我不明白为什么有人可以在抢占了别人的土地后，还义正词严地说这本就是属于他们的，并且不知满足地索要更多。”夏瑞漫道。

“最关键的是他们还能找到支持者。美国总是无原则、无条件地支持以色列。”罗莎又说。

“你对这事怎么看？”夏瑞漫问肖恩。一来是的确想了解他的看法，二来也是想找到与自己看法相同的声音，希望得到更多的肯定。

没想到肖恩却说道："我比较支持以色列。"

"什么？为什么？"没等肖恩把话说完，夏瑞漫就激动地问。她一直认为肖恩应该是支持巴勒斯坦的。

肖恩并没有像夏瑞漫一样大叫，而是平和地回答："其实也不能说是支持，应该说我可以理解以色列的所作所为。二战后，这个流亡千年的民族终于有了一个家。二战的时候他们经受了太多的苦难，对以色列来说，最重要的就是安全保障，保证这个国家能不受侵害地继续生存下去。而这种安全感也是最难得到的，它被好几个阿拉伯国家包围，巴勒斯坦武装分子又常常对其发动袭击。一个国家想要保护自己并没有错。"

"我同意犹太人在二战的时候很惨，他们之前的遭遇也令人同情，但这不代表他们有抢别人土地的权利。就算犹太人曾经生活在巴勒斯坦地区的土地上，这已经是很多年前的事了呀！再说了，这种说法根本没有坚实的历史根据。犹太复国主义者凭什么为了自己建国就把别人驱逐出去。要建设好自己的家园，也不能建立在伤害他人的基础上。发展恐怖组织确实不对，但同时巴勒斯坦的民众已无其他方法。我的朋友曾对一个把哈马斯[1]和以色列的对抗比作野蛮和文明的冲突的人说：'要是你生活在加沙或者西岸，你也可能变成哈马斯的一员。'当然，我绝对反对哈马斯，他们的行动对冲突双方都没有任何好处，但我那个朋友的话也不无道理。你认为不来点狠的，以色列会妥协？"夏瑞漫有些激动了。

罗莎刚想开口再帮腔，只见萨缪尔正向他们走来，便没多说

1 "巴勒斯坦伊斯兰抵抗运动"的简称，是一个兼具宗教性和政治性的组织，主张暴力斗争，它们的终极目标是建立以耶路撒冷为首都的独立的巴勒斯坦国。

话。夏瑞漫和肖恩也看到了萨缪尔，刚才的对话戛然而止。

“你们刚才说什么呢？怎么突然这么安静？”萨缪尔已站在肖恩和罗莎之间。

“啊，没什么没什么。”夏瑞漫想就这么搪塞过去。只可惜她撒谎的功力实在很弱，从眼神到肢体动作都出卖了她。

“到底是什么？有什么不能说的。”萨缪尔并不罢休。

“我们在讨论巴以问题。”肖恩边说边看着夏瑞漫和罗莎，他的眼神在说，这有什么好遮遮掩掩的。

肖恩的话一出口，萨缪尔便明白了夏瑞漫为什么迅速说“没什么没什么”。他说：“你们不用顾及我，我喜欢听不同观点。你们想聊什么就继续聊呀。”

夏瑞漫犹豫片刻，还是把她和罗莎刚才的话重复了一遍。

萨缪尔听后，说：“很多人或许很难理解犹太人的所作所为，认为抢占‘别人’的土地就是强盗行为。可很多犹太人真的觉得那些土地是他们的，是上帝赠予他们的，他们从小就听父母这么说。”

“难道借用上帝之名就可以为所欲为吗？”夏瑞漫问。

“这确实是个棘手的问题，僵持的时间越来越长，两方都不肯让步。哪怕有不少人希望以和平或者妥协的方式解决问题，激进组织还是不肯就此罢休，导致这令人心痛的局面永远无法得到解决。比如说哈马斯提出的主张，以色列永远不会同意，他们的行为只是让情况变得更糟罢了。”萨缪尔说完后，有些失神地盯着远处。

夏瑞漫每次听到又有多少人无辜牺牲的消息，都会愤怒地想，如果真有上帝，是什么样的上帝才会允许世间发生这样多的苦难。

萨缪尔曾跟她说过他去西岸的经历，他看到许多住在西岸的难民仍把一九四八年之前的房门钥匙挂在门口，希望有一天能再次回家。听到这里，夏瑞漫潸然泪下。当年，住在巴勒斯坦的人以为他们的离开只是为了暂时躲避四处乱飞的子弹，战争结束后就能回家。可谁知道这一走就是几十年，甚至可能是几百年或者永远。

就这样聊着聊着，夏瑞漫发现房子里脑袋清醒的人越来越少，走路不稳、满脸通红、说话语无伦次的人越来越多。夏瑞漫也才突然意识到，他们总在最该放松的场合讨论最严肃的话题。

在接下来的时间里，刚刚围在一起聊天，或者说交换对历史事件和国际事务看法的四个人分散开来。萨缪尔又开始继续他跟每一组人的聊天、碰杯的活动，罗莎不知怎么跟爱德华聊起了天，夏瑞漫和肖恩则坐到了门口的台阶上。

罗莎刚跟爱德华聊起来的时候，惊喜地觉得遇上了个志同道合的兄弟。两人都是倾欧洲分子，一直支持英国跟欧洲国家进行更紧密的合作。过了一会儿，罗莎又发现她跟爱德华也并不那么志同道合。爱德华满脸严肃地说，政府应该向富人征收百分之百的税。罗莎虽然是左派人士，支持高福利社会，但她也不赞同完全剥夺富人的财产，也没想过身边有人会真的希望执行这样的方案。开始罗莎以为爱德华一定是在开玩笑，但看着爱德华毫无笑意的脸，她发现其实不然。那在爱德华看来，这个贫富差距极其悬殊的世界是不是很荒谬呢，是不是就像一个巨大的笑话呢？

坐在门口的台阶上，肖恩在吸烟。他以前只在社交场合应付几根，现在却烟不离手。肖恩说是在姐姐病情加重的时候上的瘾，他找不到可以倾诉的人，也不愿向别人倒苦水。那次课后跟夏瑞漫说了自己姐姐的情况后，肖恩有好几个晚上都想给夏瑞漫打电话，却始终没有付诸行动。无人陪伴，无人分担，只能不停地吸烟，后来就戒不掉了。

有一句没一句地聊了一会儿后，夏瑞漫和肖恩就这么安静地并排坐着，偶尔能听到从屋里传来的喧闹声。两人谁也没试图去找新的话题，都沉浸在自己的世界里。就这样不知道过了多久，肖恩突然说："我想跟你说个事。"

"说吧。"

肖恩吸了口烟，道："你知道的，我姐姐得抑郁症有一段时间了，我以前周末不太忙的话都会去照顾她。她在冬天的时候一度让我特别担心，但在放暑假之前情况有所好转。我一边学习一边照顾姐姐两年了，其间当然她也常有情绪的波动，但还是能应付的，我也一直都以为自己很坚强。

"放暑假以后，有一天，姐姐突然拿起刀子，在我面前几次试图自杀。她前两天明明还好好的。好在那时我在场，要不然后果不堪设想。当时我吓坏了，我想我这辈子都没有这么害怕过，那把刀子没有刺进她的身体，却在我的心脏上面"捅"了几百次。

"这事过后，爸爸妈妈都在家里待了几天，姐姐慢慢恢复了平静。那段时间我常去外面漫无目的地游荡，但见到太阳就躲，也不知道为什么。还好，此后姐姐没再试图做傻事。

"三个星期后，我们一家坐飞机去美国旅游，这是早就定好的。在飞机上，我突然觉得心跳得特别特别快，快到我以为自己马上就要窒息而死。飞机一落地他们就赶紧把我送到急诊室，可医生检查过后说我的心脏一点问题都没有，再强壮不过了。出问题的不是我的身体，是我的脑子，我的心理。"

肖恩像是在讲别人的故事一般，平静地说完了自己的经历。虽然只是几个月前的事，从肖恩的口中说出来，却像是父辈们的遭遇似的。夏瑞漫却无法像肖恩这般镇定，惊呼："天哪！怎么会这样？"

"别担心我，真的。"肖恩口气依旧平静。但夏瑞漫又怎么可能不担心。

"那你后来还有什么症状吗？"夏瑞漫问，心里多么希望答案是否定的。

肖恩回答道："后来我就开始接受治疗了，每个周末我都会去看医生。情况不好的时候我好几个晚上睡不着觉，黑眼圈大得吓人，我自己照镜子都觉得瘆得慌，所以我都不太出门。"

"真的吗？太惨了，你现在状态如何？"

"说到现在——刚刚忘记说了，开学后，我发现医生说得真的没错，我的记忆力退化了好多。学习吃力了，容易分心，最重要的是看过的书很快就忘记了。"

"不会这么严重吧？"

"我的短期记忆真的差了很多，不过还好这才刚开学，希望快到考试的时候能好一点。"

"一定会好起来的！"夏瑞漫说。但其实她又怎么知道肖恩一定会好起来呢。

"我真的没大碍了，别担心。这不是我告诉你的目的。我觉得不能把什么事都藏在心里，久了没病也憋出病了。朋友家人问你最近怎么样，你总说不错不错，其实压根就不是'不错'，这不是骗人嘛。"

“你能这么想真是太好了。”夏瑞漫嘴上这么说，心里却想，肖恩能把暑假初期的事情告诉她，是因为最痛苦的阶段已经过去了，因为他已经可以展现不在意病魔的坚强一面。就算这样，夏瑞漫还是情不自禁地去握肖恩的手，这是她第一次主动握住一个人的手，只为了给他力量。可她发现，肖恩手心的温度给了她更多的力量。

（二十）

山顶和山腰

每次回家，夏瑞漫总能听见马彤在房间看电视剧的声音。跟需要把每天的时间塞满的夏瑞漫和麦琪比起来，马彤简直像是来自另外一个星球的生物。麦琪除了忙着统计社团的财务情况，又揽了个慈善机构的活，每天琢磨如何筹钱。她最近还跟暗恋许久的迈克尔成功牵手，回家吃饭的日子便更少了。还好夏瑞漫跟马彤处得挺好，两人每天共进晚餐时总是很愉悦。马彤不仅日子过得悠闲，也是三个人之中最快乐的一个。

夏瑞漫这次听着电视剧中人物的声音有些耳熟，走进马彤的房间一看，原来她在看《老友记》。马彤很少看老片子，经夏瑞漫多次推荐后，在实在没什么东西可看的情况下，打算扫几眼《老友记》。这一看一发不可收拾，每天晚上夏瑞漫都要伴着马彤的笑声写作业。

“你带外卖回来了？”马彤看见夏瑞漫手里拎着的袋子。

夏瑞漫点头说：“对对，等会儿一起吃吧。”

“好！等我看完这一集，还有两分钟。好期待呀！”马彤夸张的表情像是看到了一桌满汉全席。她跟夏瑞漫一样，父母好不容易才把孩子送出国读书，所以两人每两周才吃一次中国菜的外卖，其他时间都买些便宜的菜自己做。但两人的厨艺都很一般，经常不是多放了盐就是少放了水，所以这一顿外卖对她们而言，的确就跟满汉全席差不多。

“唉，今天白天待在图书馆有点闲，就把《社交网络》给看了，看完心情郁闷。”夏瑞漫一边把饭盒从塑料袋里拿出来，一边说。

“讲脸书创始人扎克伯格的那个？挺好看的呀，有什么好郁闷的？”马彤不解。

“扎克伯格在大学的时候已经创立脸书了，我却至今一事无成。真的是什么作为都没有！”夏瑞漫长叹一口气。

马彤显然觉得夏瑞漫是在自寻苦恼，宽慰她道：“同学，不带这么比的呀。这世界上有几个扎克伯格？你二十岁的时候没做成什么大事就因此郁闷，那些四五十岁还在小公司做基层员工的人，不都得跳楼自杀？那些连大学都没考上的人不都要得抑郁症？”

“道理我是明白，可我就是忍不住和人比。”

“不是每个人都能成为世界首富，不是每个人都能得诺贝尔奖，也不是每个人都能获奥斯卡奖的。要取得能流芳百世的成就，必须得有天时、地利、人和，三者缺一不可。有的时候有些人不管怎么努力就是达不到大师的水准。拿做生意来说吧，有句话怎么说来着？‘小财靠勤，中财靠德，大财靠命。’努力过后还是没成大事怎么办？不能天天在家哭吧，生活还得继续，那就学会知足呗，别总跟别人比。”别看马彤每天看电视剧，说起人生观来，还头头是道的。

夏瑞漫若有所思地点点头，表示同意马彤说的话。马彤见夏瑞漫捧场，又接着说："像我就真没什么太高的追求，以后能有个稳定的工作，嫁个对我好的人，对方不太有钱也无所谓，两个人能过个还算舒坦的日子就行。像你跟麦琪就闲不住，喜欢拼。没什么不好，但你也别老因为当不了最好的而心情不好。有些事情就是命中注定，没办法，什么'努力了就一定有收获'都是骗小孩的。有朋友跟我说过这么一句话：'如果爬不上山顶，不妨在山腰停下，山腰也有不一样的风景，那是山顶看不到的。'有些外在的事情难以改变，所以只能调整自己的心态。"

听了马彤的话，夏瑞漫不禁对她有些刮目相看，没想到她还挺有思想的。

"嗯嗯，"夏瑞漫说，"你知道有个叫约翰·穆勒[1]的哲学家吗？他把快乐分为很多等，有些快乐大于另外一些快乐。他认为痛苦地当人也比快乐地做猪好。猪每天只知道在泥里打滚，虽然无忧无虑，但没有任何思想，这种快乐比较低下。我倒觉得能做一头快乐的猪没什么不好。一个人特别喜欢看电视，每天看电视，这让他非常开心。而另外一个人的爱好是读诗歌、散文，他一读诗歌、散文就很开心。测试显示两个人的高兴程度是一样的。我们能说后者的爱好更有价值，更值得推崇吗？"

马彤的话还让夏瑞漫想起了前不久看的真人秀节目，讲的是一群生活在切尔西上流社会的男男女女的故事。节目情节其实很无

1　即约翰·斯图亚特·穆勒（John Stuart Mill，1806—1873），英国哲学家。其对西方自由主义思潮影响甚广，著有《论自由》《功利主义》《逻辑体系》等。

聊，罗莎知道夏瑞漫在看那个真人秀节目后，大声喊道："你快醒醒吧！"罗莎把所有类似的真人秀比作黄片。

节目里的年轻人基本都是某个大公司的继承人，他们生活中永恒的主题无非是纠缠不清的男女关系；他们活动的地点总是吵闹的派对、高级的餐厅、满是名牌的百货公司和昂贵的度假酒店。或许不拍混乱与空虚的感情和娱乐生活就没有收视率吧，又或许他们原本的生活就是如此。

夏瑞漫问马彤是否看过，马彤问是不是就是里面全是混日子的有钱公子哥和千金大小姐的那个，夏瑞漫说"是"。

"噢噢，此前在一个朋友家的电视上看过一点点，但我才看了两眼，朋友就马上转台了。她说里面的人拎最名贵的包，开最名贵的车，住最大的豪宅，这让她觉得我们的生活实在太差劲了。这世界多么不公！这些都是他们一生下来就有的，不需要任何努力，不需要任何付出，而她却要使足了劲学一些连她自己都不知道是否喜欢的东西来作为谋生的手段。"马彤说。

夏瑞漫想说的刚好和那位朋友相反，她还真没羡慕真人秀节目里的任何一个人，让她惊奇的是，她反而更加喜欢自己现在的生活。她的父母不是可以呼风唤雨的大富商，她口袋里没有能连买好几个爱马仕包包的信用卡，她不曾拥有从小就在名流中间打转的机会，也缺少完全不用努力就可以生活无忧的后盾，所以一切都只能靠自己努力，但这不才是生活的乐趣所在吗？

看完后，她第一次暗暗庆幸父母不是什么名人，要不然从一出生起她就会被贴上某某某女儿的标签。太奢华的生活她可不愿意过，至少她不愿意享受不是靠自己双手挣来的奢华。如果前方的路永远笔直且毫无障碍，有什么好呢？而且如果是含着金钥匙出生长大，就算是靠自己的实力得来了物质上富足的生活，别人也会认为你之所以成功就是因为有老爸老妈撑腰。夏瑞漫想她是幸福的，因为至少她还有对充满不确定性的未来的恐惧和憧憬，至少她还能在熬夜学习中体验苦和甜，至少她还拥有用自己的手和心去创造和改变生活的权利。

马彤听了夏瑞漫的想法后，说欣赏她的这种态度，但又觉得她的概括太简单："并不是所有金窝里出生的小鸟都只知道借助父母的羽翼。他们或许能有更高的平台和更广的人脉，如果好好利用这些资源为社会做贡献，未尝不可呢。而且我觉得，在父母经济条件允许的情况下，到一定年龄还从父母那里拿些钱没什么。很多时候，'年轻人经济一定要独立'之类的说法都是来自社会眼光的压力。

"凡·高一辈子就基本没挣过钱，他只卖出去一幅画，生活费都是家里资助的。在当时，他是社会嘲讽的对象，可后人有谁会说他不伟大呢。他那种为理想而执着的精神一直特别打动我，他执着不是因为他成功了，被人认可了，而是坚持自己想做的事，坚信自己眼中的世界，这就是他向世人传达所思所感所想的方法。所以，就像凡·高的弟弟再困难都坚持要资助哥哥一样，很多父母也都愿意资助自己的孩子。当然我的意思不是说大家以后都不用工作了，在家里啃老就行了，我是说从家里拿钱不是什么可耻的事，就像男方挣钱比女方少不是什么可耻的事一样。"

夏瑞漫说她从不认为富贵人家的孩子就一定没理想，让她瞧不上的是那些像真人秀节目里那样用钱堆砌出来的糜烂生活。

马彤刚刚的话才讲了一半就被夏瑞漫打断了，她继续说道："你之前说感谢你的家庭让你可以靠自己的努力获得成功，能够去做自己喜欢的事情。你爸妈既让你做选择，又给你创造了一个至少衣食无忧的生活环境。但对很多人来说，生活常常很无情也很无奈。不论如何，富人的选择是更多的。"

"确实如此，跟大部分人比，我拥有的已经太多了。"

聊天之余，夏瑞漫和马彤并没忘记桌上的外卖，很快，饭盒里的饭菜就由多变少，由少变空。对夏瑞漫和马彤来说，外卖最大的好处其实不是好吃，而是吃完后不用洗碗。

夏瑞漫和马彤之前已经做好决定，一人洗一周的碗。这周轮到夏瑞漫了。今天一吃完饭，夏瑞漫想也没想就起身准备收拾，拿起塑料盒才意识到今天不用清洗。夏瑞漫带着愉悦的心情把饭盒扔进垃圾桶，又把塑料袋折好放在柜子上留作垃圾袋，然后赶忙回房间准备做作业。马彤则先洗了个脸，刷了会儿脸书和微博，看了两集电视剧，才慢慢悠悠地打开书本。在夏瑞漫快要入睡的时候，从马彤房里断断续续地传出几声响亮的笑声。

（二十一）
安娜

开学已经六周了，在一个周一的早晨，夏瑞漫在邮箱的垃圾邮件里看到了一封与众不同的邮件。她赶忙打开《水獭报》的工作邮箱，点开唯一的一封未读邮件，结果内容与刚才看到的那封相同。

邮件来自一个叫维姬的人，邮件内容是这样的：

亲爱的瑞漫和苏菲：

我是在伍德兰兹读研究生的美国学生，最近在我的一个朋友身上发生了一件令人心痛的事。我觉得作为学校的校报，你们有责任也有义务对这件事情做出报道。

我朋友的名字叫安娜，是个残疾人，她同样来自美国，纽约人。第一次见到她是在宿舍组织的新生派对上。她坐在角落，眼神里透露出和大家一起聊天的渴望，但因为坐在轮椅上，她很难在那样拥挤的房间里挪动半步。我便走上去主动跟她打招呼。她是个可爱的姑娘，虽然身体残疾，但性格开朗。

安娜得的病叫脑性瘫痪[1]，生活不能自理，需要看护照料。从乔治城大学毕业后她来到伍德兰兹学习人权专业，我想是因为她看到了太多社会的不公，希望能用自己的努力改变点什么。

认识了安娜以后，我发现伍德兰兹的残疾人设施太不健全了，尤其是我们的宿舍。安娜根本无法独立将宿舍的大门打开。门旁边的确有一个供残疾人使用的按钮，但按下那个按钮需要不小的力气，安娜的手和手臂都萎缩了，按不下去按钮。所以，每次如果没有人进出那道门，安娜必须打电话给我，让我帮她开门（她之前有个看护，关于看护的事等会儿说）。

宿舍里面的厕所也设计得十分不合理，总之，安娜完全没办法在没有帮助的情况下洗澡，她说她在家里是可以的。校园里的设施同样无法完全满足她的需求。她身为伍德兰兹的学生，跟大家交同样的学费，但却无法得到相同的教育，有多栋大楼她连进都进不去。但不管怎么样，直到一个星期前她至少还能上学。

安娜有一个看护，是在英国这边找的。可就在前一段时间，看护无缘无故地把安娜锁在房间里，不让她出来。她无法去上学，吃的是冰箱里储藏的食物。看护还把她的手机拿走了。就这样过了几天，安娜终于想办法联系上了她妈妈。妈妈很担心，马上从美国赶了过来。后来她们得知这个看护不仅酗酒，还吸毒。

此前，安娜的看护跟安娜睡一间房。你们知道的，学校宿舍的房间很小，这样的生活对两人都极其不方便。其间，安娜找过学校好多次，希望学校能多提供一间房（她付不起两间房的费用），但

1　简称脑瘫，是指一组持续存在的中枢性运动和姿势发育障碍、活动受限症候群。

学校一直不给予回应（不是没有房，她们那一层就有空房）。

这件事发生后，她和她妈妈继续跟学校商谈，但未能达成协议。无奈之下，安娜只好中断学业，暂时先回美国了。除了房间，看护也是一个问题。要找更正规的看护就要支付更高的费用，但学校不愿意出这个钱！一个渴望读书的孩子却因为先天与他人的不同和经济条件的限制无法继续其求学之路！

希望报社能对这件事做一些报道。非常感谢。

维姬

读完这封信，夏瑞漫义愤填膺，马上打电话给苏菲，也不管苏菲睡醒了没有，激动地说："苏菲，你看到那封关于残疾女孩的邮件了吗？真是气死我了气死我了，学校怎么可以这样！"

夏瑞漫打电话的时候才早上八点，苏菲跟大部分大学生一样还在跟周公会面。苏菲听了夏瑞漫一番毫无来龙去脉的抱怨后，一边暗自后悔昨晚怎么没把手机给关了，一边应付说："什么大事呀？等会儿我就去看。"说完便倒头继续做梦。

夏瑞漫也没在意迷迷糊糊的苏菲是否听进去了她刚才的话，一结束通话，她就按照邮件中提供的联系方式约维姬见面。维姬竟然很快就回复了，说今天下午五点以后都有空。

维姬的样子比夏瑞漫想象中年轻，每次一听到"研究生"这个词，夏瑞漫的脑海里便浮现出一张比她们本科生要沧桑许多的脸。维姬先是谢谢夏瑞漫能抽出时间了解这件事情，然后又跟夏瑞漫说了一遍安娜的大概情况，接着回答了夏瑞漫的一些疑问，最后把安娜的联系方式给了夏瑞漫，让她跟安娜直接联系。夏瑞漫向维姬道谢，说她一定会尽快把文章写出来。

从与维姬见面的咖啡馆走出来，夏瑞漫第一次强烈地感受到她作为“媒体人”的价值，除了揭露躲在阴暗之处的不公之外，还能推动改变。学校一定会因此更加关注残疾人的需求的！在夏瑞漫不平静的心里，除了正义感以外，或许还有那么一点虚荣心掺杂其中，她幻想着在学校里随处都是议论她的报道的情景。

苏菲看过维姬的邮件后，也对这篇报道颇感兴趣，但因为今天很忙，就没来跟夏瑞漫一起见维姬。此后苏菲又被其他事情分散了精力，所以这篇新闻的调查和撰写都由夏瑞漫一人全权负责。

第一次和安娜打视频电话是在周三的下午，这样的视频对话在之后的几周里还会进行多次。安娜的残疾比夏瑞漫想象中还要严重。夏瑞漫虽然看不到安娜坐在轮椅上的下半身，但从她的面部表情和说话方式就能清楚地知道她与其他人不太一样。安娜说起话来比常人辛苦，每说完一句都要大口呼吸，说几句就要停下来休息几秒。平常人看来毫不费力的对话，对安娜来说却是个体力活。但安娜仍然很喜欢笑，一笑就露出两颗大门牙和两颗小虎牙。

安娜告诉夏瑞漫，她一生下来，爸爸就离开了妈妈。妈妈说这是因为他们夫妻不和，早就想离婚。可安娜知道，爸爸的离开肯定跟她的病有关，只是妈妈不愿意说罢了。在此之后，安娜的妈妈曾有过三个男朋友，都因为各种原因没能一直陪在妈妈身边。妈妈告诉安娜是因为性格不合，可安娜知道，妈妈每天需要花大量的时间在她身上也是原因之一。就算如此，安娜说她妈妈也从没有过抛下她不管的想法。后来安娜考上了乔治城大学，学校给了她全额奖学金，还有一个专门为她安装了所需设备的宿舍。在乔治城的时候，安娜的轮椅上装有一个感应器，她的轮椅一开到大楼前，门便会自动打开。

安娜还对夏瑞漫说，她觉得在伍德兰兹没有得到应有的照顾，相关人员非常冷漠，对她提出的问题置之不理。当她想找专业人士倾诉时，也不知道该找谁。用安娜的原话来说便是，“我对学校这样的服务和态度感到非常失望。”

看护的事情发生以后，安娜尝试着跟学校沟通，结果都不尽如人意。但在一个非常有影响力的人介入后，学校的态度有了一百八十度的转变。夏瑞漫问安娜这个人是谁，安娜说想先问一下这个人是否愿意被公开身份，再回复她。

等了许久，夏瑞漫终于等来了这位神秘人士的大名。安娜在给夏瑞漫发来的第三封邮件里写道：“瑞漫，我可以很高兴地告诉你，那位女士给我回信了，她说可以公开她的名字。她是切丽·布莱尔，前首相托尼·布莱尔的夫人。”

读这封邮件的时候夏瑞漫正在吃苹果，看到“切丽·布莱尔”几个字，她一口苹果肉差点没吞下去，卡在喉咙里半天没喘上气。夏瑞漫冲出房门，想把这个消息告诉其他人，可麦琪和马彤都不在家，夏瑞漫只得手舞足蹈地转了两圈后再回到房间。屏幕上的那个名字还没消失，看着它，夏瑞漫心想：“这下这篇新闻的价值更高了，太好了太好了！我要争取这个星期把它给发了。”

除了跟安娜沟通，夏瑞漫也发了邮件给学校的新闻办公室，希望能得到学校的回应。对于一般事务，新闻办公室都会代表学校给予官方回答，但这次他们却说无法做出回应，已将邮件转发到相关部门。

两天后的早晨，夏瑞漫收到新闻办公室的邮件，说学校的教育部门主任林赛·巴纳特和彼得·凯利希望今天能面谈关于安娜的事。邮件让夏瑞漫吃了一惊，关于《水獭报》提出的问题，学校从来都是以回复邮件的方式回应，面谈好像还是头一回。

从新闻办公室回复的邮件的语句中可以看出，学校方面希望紧急见面，越快越好。看来他们对这件事十分重视，是单纯想为报纸提供多一些信息，还是想急着解释什么，夏瑞漫不清楚。她告诉自己，这次走进老师的办公室，不是因为遇到不懂的问题而需要谦虚地请教。

与凯利和巴纳特的会面是在下午两点，在这之前，夏瑞漫又在拟好的问题提纲里添加了几个新的问题。一点五十分的时候夏瑞漫就到了约定见面的办公室的门口，她没有马上敲门，而是等到分针与数字“12”完全重合的时候，才轻轻在门上扣了两下。

“进来。”里面的人说。刚一进门，夏瑞漫就感到气氛严肃，不禁打了个寒战。

“对于你们之前问的问题，我们做了一些答复，你先看看。”在互相做了自我介绍后，彼得·凯利将两张A4纸递给夏瑞漫。夏瑞漫赶忙接过纸，低下头阅读。至少这个时候她能暂时避开与凯利和巴纳特的眼神接触。虽然盯着文字，夏瑞漫仍能感觉到一股杀气，或许是她多心了。但她的感受也不是完全无据可循，至少从她进门到现在，凯利和巴纳特还未露出过一丝微笑。不过他们又为什么要对夏瑞漫笑脸相迎呢，她打算登出的新闻怎么看也对学校的声誉没有半点好处。夏瑞漫像是误闯了老虎的巢穴，如坐针毡。

在给夏瑞漫的资料里，凯利和巴纳特对夏瑞漫的大部分问题做了较详细的回答，但回答并未让夏瑞漫完全满意。他们花了大量的笔墨陈述学校现在对残疾学生的政策以及他们为这些学生曾经做过和正在做哪些事情。关于学校以后将会推行的新举措和改革方案也有提及，唯独没仔细说明关于安娜的事件经过。

夏瑞漫刚读完手上的资料，凯利就开口了："你还有什么问题尽管问好了。你应该能注意到，关于你的第一、第二个问题，我们只给予了一两句话的回答，这是因为我们觉得这件事非常复杂，所以还是当面说为好。"

看来学校并不是抱着随便糊弄的心态来与她见面的，这让夏瑞漫稍微放了一点心。她没多说话，等待凯利来解释这个他口中"非常复杂"的事情。

"对英国本土的学生，我校会帮助他们获得残疾学生资助金和其他一些款项。而国际学生方面，学校有一些资助他们的专款，但这些钱是有限的，不是无限的。"讲到这里，凯利把声音提高了一点，又加重语气把"不是无限的"重复了一遍，然后继续说道，"我们一直都面临一个问题，英国的高等教育应该发多少奖学金以及其他方面的资助给国际学生。安娜已经有全额奖学金，这笔费用已经不小。美国政府从来不为出国读书的本国学生提供额外资助，这也是安娜面临资金困难的原因之一。我们想强调的是，学校不仅履行了应尽的责任，且给予这位学生的资金和其他方面的支持都已超出一般规定。"

夏瑞漫对这个回答并不满意，和安娜多次接触后，她早就跟这个可爱的残疾女孩站在一条战线上了，既然安娜"受伤"不能上前线，那这场仗就由她帮忙打吧。"为什么学校不能多提供一个房间给安娜呢？您知道这意味着她今年会因此辍学吧。”夏瑞漫道。因为紧张，短短两句话她停顿了好几次，她努力让自己的声音听上去更坚定些。

这回轮到巴纳特开口了：“这件事情不仅仅牵扯到钱，还有一整套需要为安娜做的相关准备，这在短时间内办不好。我还要强调一点，安娜只是暂时休学，她明年还会回来的。这也是最好的安排。”接着，巴纳特用了整整五分钟讲学校为残疾学生做的工作，尤其强调他们都是一对一地为残疾学生服务。她的话大部分都是重复 A4 纸上已经回答过的内容。

听到这儿，夏瑞漫心想，既然如此，学校应该知道安娜的情况。可安娜说，她觉得学校根本不具备接收她这类残疾学生的能力。夏瑞漫并没有直接否定巴纳特的说辞，而是较委婉地问：“那通过这次事件，你们有没有发现学校现有系统的一些弊端？”

巴纳特并没有直接回答瑞漫的问题，而是又重复了一遍学校已有的系统是怎么运作的，并再次强调这件事情的复杂性。很显然，她不认为安娜的休学跟学校有直接的关系，而且相信学校也已经尽了责任。

“据安娜说，她觉得在遇到需要解决的问题的时候，学校没有给予应有的帮助与支持。”夏瑞漫见巴纳特和凯利不断回避重要问题，也不打算拐弯抹角了。

两位老师听到这个问题，都不满地皱了皱眉头，沉默几秒后，凯利说：“这是她的主观想法，我们也无法对此做出什么解释。”他尤其把“主观”二字讲得特别重。

“能说说发生在二十五日，后来因为无法跟安娜达成一致意见不欢而散的会议内容吗？”

“这是隐私，我们不能透露。”

在好几个“无可奉告”和“这很复杂，学校已经做了很多”之后，夏瑞漫起身跟两位老师再次握手。在夏瑞漫就要跨过门槛的时候，身后传来凯利的最后一声“叮咛”：“我期待看到你的文章，和我的律师一起。”夏瑞漫没有回头，径直走向电梯口。

走出大楼后，夏瑞漫的心跳才慢慢恢复正常，她的腋下湿了一大块。学校对此事的解释并没有让夏瑞漫觉得安娜的休学是客观原因导致的，反而是对学校的“死不悔改”感到恼怒。或许她本身就是带着“问罪”的心态去与凯利和巴纳特见面的，就算对方再怎么解释，在她看来也只是无谓的狡辩。如果罪名已定，再漂亮的说辞都会变得苍白无力。不，不是这样的，只是凯利和巴纳特的回答太令人失望罢了。

（二十二）

妥协

听了安娜的抱怨，也了解了学校的辩解，事情看上去是公说公有理，婆说婆有理。不过在夏瑞漫看来，还是安娜有理。学校把费用提供给安娜不就完事了，其他的都是借口！她满心愤慨地把安娜的事告诉给身边的朋友们，他们全都替安娜打抱不平，对学校近乎恐吓的言辞十分不满。自己的观点得到肯定后，夏瑞漫更坚信她的判断不是情绪驱使的，而是经过深思熟虑的。

虽然她非常希望能尽可能多地引用安娜对学校的负面评价，再尽可能少地提及校方本来就站不住脚的回答，但作为一名报道新闻事实的记者，夏瑞漫知道她必须要做到客观、公正、无偏见。

搜集好资料后，夏瑞漫准备开始写文章。她本想在收到维姬邮件的那个星期就把文章登出去，可后来因为安娜回复邮件的速度较慢，以及其他资料的搜集整理还没完成，只得拖后一个星期。这回夏瑞漫铁了心一定要把新闻稿发出去，毕竟，再晚就要成“旧闻”了。

在周六的黄昏，夏瑞漫看着潦草的笔记已经变成通顺的文章，心里很满足。她觉得这是一篇有价值、有爆点、不失公允的新闻稿件。为了不让愚蠢的拼写错误玷污这完美的作品，夏瑞漫决定再检查一遍。

与学校的分歧导致残疾学生辍学

一位名叫安娜·索莫萨的伍德兰兹研究生因与学校的分歧，暂时中断了她在伍德兰兹的学习。索莫萨患有脑性瘫痪。十月二十五日，索莫萨和学校方面讨论了学校能给予她多少资助等问题，前首相托尼·布莱尔的夫人，即著名律师切丽·布莱尔也在场。切丽·布莱尔也是学校管理委员会成员。

索莫萨是一位获得全额奖学金的美国国际学生，就读人权专业，完成课程需要两年的时间。她还在校的时候，住在“霍本宿舍”。由于身体的状况，索莫萨去任何地方都需要依赖轮椅。她的日常起居则由一名看护照料，看护的工资由索莫萨母亲的朋友支付。后来他们发现，看护不仅酗酒，还有毒瘾。开学后不久的一天，看护把索莫萨锁在房间里，禁止她与外界联系。索莫萨说:“和她（看护）住在一起的日子变得让人无法忍受。”

在索莫萨终于找到方法联系上她的母亲后，她的母亲马上从纽约飞到了伦敦。为了继续学业，索莫萨试着再去找两名新的看护，同时这也意味着她需要在自己的住宿之外，再提供一间房给两名看护。决定聘请的看护数量从一个增加到两个的主要原因是，学期开始没多久后，索莫萨就意识到如果只由一个看护照顾她，并且两人同住一个狭小的房间，对她自己和看护来说都难以忍受。索莫萨觉得，如果有两个房间的话，情况会好得多。每天二十四小时照顾索莫萨让看护的身心都十分疲惫。索莫萨推测这也是之前的看护做出此举动的原因之一。虽然希望能有两个房间，但索莫萨无法支付伦敦市中心昂贵的住宿费。她告诉本报："为了支付住宿费，我们家已经拿出了几乎全部家当，如果还要多付一间房的钱，我们实在无能为力。"

为了解决这个问题，在十月二十五日上午，索莫萨和学校代表开会讨论了可行方案。但最后索莫萨还是没能留下继续读书。最主要的问题在于，学校不愿为那一个额外的房间付费。切丽·布莱尔也参加了这个会议。索莫萨在此之前曾发邮件与她联系，由此，布莱尔了解到索莫萨的处境。

索莫萨在邮件里写道："我真的是太失望了！在我看来，伍德兰兹没有履行他们的责任，没有给予我能够满足我身体条件的住宿环境。这意味着我在伍德兰兹上学的权利被剥夺了。"

索莫萨还说，布莱尔的在场非常重要。在会议上，虽然没有解决住宿问题，但学校同意明年继续提供奖学金，并为她支付一间房的住宿费。索莫萨觉得，如果布莱尔没有介入此事，她很有可能得不到这项资助，学校的态度在布莱尔介入前和介入后有非常大的转变。此前，她多次联系相关人员，但都未得到积极的回应。

在本报的一次采访中，当被问及如果学校资助全部所需的费用，索莫萨今年是否有可能留下继续读书时，教育部门主任彼得·凯利说："我们的主要考虑是这一整套为她准备的支持是否到位，不仅仅是多少钱的问题。"

"暂时中断索莫萨学习的决定是双方一同做出的。"凯利补充道。但索莫萨说，虽然最后她同意学校的决定，但仍然感到非常震惊，在别无他法的情况下，只得同意。

关于伍德兰兹的残疾学生政策，学校方面表示："根据二○一○年版的《平等法》，伍德兰兹有义务帮助残疾学生获得受教育的机会，而学校也一直认真履行了这项责任。伍德兰兹每年都会在开学前的好几个月前跟学生联系，实施一对一服务，尽最大努力保证残疾学生也能有高质量的校园生活。"

彼得·凯利在谈到学校的政策是否涉及索莫萨的看护费用时，表示这是一个非常复杂的问题。如果是英国学生，学校会帮助他们获得残疾学生补助金和其他款项。而国际学生方面，学校有一些资助他们的专款，但这些钱是有限的。学校一直都面临一个问题：英国的高等教育系统提供多少奖学金以及其他方面的资助给国际学生是合理的。安娜已经有全额奖学金，美国政府从来不为出国读书的本国学生提供额外资助，这也是安娜面临资金困难的原因之一。凯利说："不管怎样，学校不仅履行了应尽的责任，给予这位学生资金和其他方面的支持也都已超出一般规定。"

与索莫萨退学相关的另外一个问题是伍德兰兹的校园设施并不便于残疾人使用。索莫萨告诉《水獭报》，她认为伍德兰兹不具备接收像她这样重度残疾的学生的条件。索莫萨的朋友，一位读世界政治专业的研究生说："最大的问题甚至不是学校是否愿意支付那个房间的钱，而是学校还没做好接收索莫萨的准备。"在申请到伍德兰兹读书的时候，索莫萨已多次强调了她的身体状况和她所需的照顾。

对于未来，学校表示会不断努力改善，针对不足的地方做出相应的调整。但同时学校相信，他们已经拥有一个非常完善的相关系统了。

读完全文后，夏瑞漫突然想起安娜曾叮嘱过她，要在结尾写几句赞美学校的话，毕竟她明年还要回学校继续上课，跟学校的关系搞得太僵只会自讨苦吃。夏瑞漫虽然不太情愿，但觉得还是得照办。于是她又加上一段：

虽然索莫萨不幸遇到了一些不愉快的事，但她表示非常享受在伍德兰兹的学习时光："人权这门课程太棒了！我的指导老师查纳·巴特一直非常理解我的处境并给予了许多支持。教授们都非常好，同学们对我也很好。我喜欢在这儿上学。"

周日，在办公室，苏菲和妮可拉分别读了夏瑞漫的文章，做了少许调整后，妮可拉满意地说可以发了，并同意放在头版。夏瑞漫见一切进行顺利，准备开始排版。没过多久，妮可拉又突然想起了什么，对夏瑞漫说："你最好把文章发给彼得·凯利看一下，他认可后，我们再发。"

"什么？"夏瑞漫问。她听清楚了妮可拉的话，但这话的荒谬程度让她无法相信这是真的，她希望她是听错了。

"发给彼得·凯利看一下。这几个星期我真的不想再出任何差错，哪怕被人批评报纸办得无聊也无所谓。"妮可拉知道夏瑞漫想要一个解释。

"我不觉得有发给他的必要。"夏瑞漫的语气里充满了不满，她甚至懒得去掩饰。在她看来，这跟写一篇关于官员贪污的新闻，再将文章发给当事人请求审批没什么两样，一样不可理喻。

不用妮可拉说，夏瑞漫也知道她格外小心的原因。妮可拉，或者说整个《水獭报》当时都处在风口浪尖。两个星期前，社会版的《知心叔叔》栏目刊登了一些具有争议的内容。这个栏目每个星期都会以问答的形式“解答”一些“学生”的“烦恼”。但其实主要目的是逗读者一笑，问题基本也不是真的来自学校学生，而是作者自己设计的。这期的问题是男女朋友之间的关系，几次提及性生活。事发之前夏瑞漫已经读过那一期的《知心叔叔》，觉得挺幽默，笑笑就过去了，也没多想，这年头，能博大家一笑的大概也就只有政治和性的话题了。

报纸发出的当天晚上，妮可拉就发短信给各个部门主编说明天早上开紧急会议。原来有一部分人看到这期《知心叔叔》后，觉得内容不应该刊登在校报上，或者说是任何形式的出版物上。尤其愤怒的是“女权主义社团”，她们说《知心叔叔》的内容对女性是一种极大的侮辱和不尊重，并且煽动厌恶女性的情绪。但有些人也不以为然，觉得文章虽然有些恶趣味，但目的是搞笑，什么事情都太认真较劲就没啥意思了。

在会上，艾哈迈德指名道姓地点出几个一直以来对《水獭报》不满的小团伙，他们每周都坚持认真读报，巴不得报纸出点什么问题，由此挑起事端。据艾哈迈德透露，这些小团伙基本由竞选主编失败的人组成。

《知心叔叔》风波越卷越大，或许不幸让艾哈迈德言中，的确有人趁机捣乱。接着，有人开始提出妮可拉应该被撤职，她应该为如此重大的疏忽负责。在周五的学生会会议上，校报的总编辑跟往常一样需要汇报这个星期的事宜。在平时，每周的学生会会议参加的人很少，但那周五的情景大不一样，大部分的位置都坐满了人，只有零星的几个空着。妮可拉知道大家都是冲着她来的，也知道等她毫无意义的报告做完，问题就会如炮弹一样毫不间断地轰炸。妮可拉的预计果然没错，但她的镇定也让许多人惊讶，面对纷飞的炮火，她丝毫没有要躲闪的意思。

最终妮可拉没有辞职，不是对这个位置有多留恋，而是觉得这是一种责任。她不认为拍拍屁股走人能给报社带来任何好处。从此以后妮可拉小心了许多，毕竟有那么一段时间《水獭报》上的每一个单词都会有人拿着放大镜看是否出错。伍德兰兹的校内新闻不胫而走，全国大大小小的报纸也开始报道。

对于夏瑞漫这篇文章的格外小心也是“知心叔叔”事件的后遗症之一。妮可拉也理解夏瑞漫的情绪，再次强调说非常时期只能非常对待，还是坚持让夏瑞漫把稿子发给彼得·凯利。夏瑞漫没再争执下去，她虽然不情愿，但觉得这最多是多走一道程序，自己的文章应该没什么大问题，她已经做到公平公正了，学校方面给出的说法她都没有遗漏。

“发送”键按下去二十分钟后，妮可拉的手机大声地唱起歌，这铃声在夏瑞漫听来比往常都要刺耳。来电者是彼得·凯利，妮可拉一听到对方的大名，神情马上紧张起来，赶忙走出房间，找了个安静的角落和凯利对话。坐在她对面的夏瑞漫很快意识到情况不妙，但只是觉得应该是对某一些具体内容的改动要求，所以也没太着急。

“文章不能发。”妮可拉一推门进来就给夏瑞漫的文章判了死刑。

“为什么？”

“彼得·凯利看了文章后很生气，他说如果明天文章见报就告我们诽谤。”妮可拉的话马上让夏瑞漫想到了她和凯利、巴纳特见面后，临走前从身后传来的警告。

“凭什么？堂堂一所名校，连半句批评都听不得！”夏瑞漫不愿意这么快就认输。

“彼得·凯利跟我讲了很多，我基本都同意。比如说你确定可以说出切丽·布莱尔的名字吗？”

“确定！问过了。”

“不仅仅是这个，他说我们如果没有证据证明安娜的看护吸毒，就不能写。”

“一个学法律的同学说：‘我们没有指名道姓，没关系的。’”

妮可拉反驳道：“即使没写名字，但如果能够通过相关信息将人物身份锁定到某一个人的话，也不行。”

“还有，”妮可拉继续没说完的话，“有一些内容只是安娜的一面之词，学校觉得与事情原委不符。”

“但我都写了‘安娜说’呀！又没说‘这就是事实’。再说了，我们了解一件事的途径主要就是采访，又没亲身经历，只能通过当事人口述呀。”妮可拉的话还是无法让夏瑞漫觉得自己的文章有哪里不妥。她偷着扫了一眼屋里人的表情，希望谁能站出来帮她说两句话，可大家都正忙着自己的事情，此时时间已晚，没人有时间顾及别的版块的问题。

“虽然写明了出处，但登出以后别人才不管你是否写了‘某某某说’。而且在信息传播的过程中，这个‘某某某说’很快就会被省去，原来的‘可能性之一’很快就会变成‘事实’。”妮可拉没有任何妥协的意思。

夏瑞漫这回只是看着妮可拉，以不说话的方式表示抗议。

妮可拉换了一种战略，说道：“难道你想被控告吗？看看这段时间的风波，你想再让某些人有机可乘吗？”

“告就告，我们没乱写，他告了也胜不了诉。”夏瑞漫说。但过了一会儿又软下来了，毕竟再争执下去也不会有什么改变，只得说她回去会改改的，再做一些确认。

“你的意见如何？”妮可拉转过来问苏菲。夏瑞漫满心期望地盼着苏菲能站在她这一边。苏菲停了一会儿才回答妮可拉的问题，像是在斟酌是否该说出自己的真实想法。“我觉得吧，这文章根本就没什么新闻价值，连登都没必要登。瑞漫，不好意思，我知道你在这上面花了很多心思，我们一开始也都觉得这件事情需要报道，但看了稿子以后，我觉得这只不过是发生在一个伍德兰兹学生身上的一件不幸的事。每年离校的人多了，也不需要一一报道呀。而且我觉得这事学校也没什么错，学校本来就没有义务给外籍学生提供经济支持，至于安娜的看护会做出那样的事情，谁也没法预知。”

听了苏菲的话，夏瑞漫心里自然不是滋味，但她没怪苏菲，她知道苏菲只是就事论事，没有要针对她的意思。

“校报的职责就是报道跟学生有关的新闻，一个残疾学生遭遇不幸，哪怕中间没有谁对谁错，这也是新闻。”这回妮可拉又站到了夏瑞漫这边。她决意要改变夏瑞漫文章的角度，但认为这篇文章还是要登的。

“我也觉得这篇文章有新闻价值，或许别的学生因为一些其他原因退学不需要报道，但安娜的情况特殊，她代表着一些被忽视的弱势群体。她的事情还能让我们看到学校设施的不完善，文章的登出说不定能让学校做出改变，以后就读的残疾学生还能从中受益。”夏瑞漫说。

苏菲还是不认为有登出文章的必要，她整个下午都在纠结要不要提出反对意见，但看夏瑞漫对这件事如此重视也不好意思拆台。现在妮可拉问起，她便不想再保持沉默，说刊登这件事就跟把学生的家谱抄来放在报纸上没什么区别。她也不像夏瑞漫那样，对学校拒绝支付安娜两间房的费用感到不满。苏菲觉得，到了研究生阶段，有能力支付就读，没经济条件就别上，不用指望学校和政府。收了学费，学校应该多用来发展师资力量，为在校学生提供更好的教育，而不是让穷人免费上学。所以苏菲并不同情安娜，反而觉得她要得太多。夏瑞漫则认为，如果有钱可以读研，没钱则没有机会，这是对穷人的极大不公。在靠文凭吃饭的社会，这就是阻止阶层流动的障碍物。最后，夏瑞漫的文章还是被批准发表，只是要再推迟一个星期。

又是一个周日。在过去的一周里，夏瑞漫把文章读了又读，还是觉得没有太多需要改动的地方。她把稿子发给安娜，安娜觉得没问题之后又把稿子发给切丽·布莱尔，布莱尔也说可以。布莱尔的同意对夏瑞漫来说就像是皇帝发来的特许令，帮夏瑞漫壮了胆。不仅因为她身份特殊，更因为她本人是位出色的律师。夏瑞漫虽嘴上说“告就告吧”，但妮可拉的那句话一出口，她的底气还是少了。

看过文章后，妮可拉继续坚持要发送给彼得·凯利，他看过后，再次对文章内容表示不满。但妮可拉此时也觉得再压下去不合适，便说她帮忙修改后再发。周二早上，报纸从印刷厂一送到学校，夏瑞漫就拿了一份，此时安娜已经离开伦敦将近一个月了。在报纸第四版的下方，夏瑞漫看到了自己的文章。标题下方署名“瑞漫·夏”，可她却有些想把这个名字抹去。

残疾学生为改变国家政策做努力

伍德兰兹的一位名叫安娜·索莫萨的美国残疾学生正在自己的国家游说政府，希望政府能资助想出国留学但交不起学费的优秀学生。在她的私人博客上，索莫萨写道：“从长远来看，这个改变有助于那些需要帮助的学生去实现他们的梦想。有些人的梦想可能在美国就能实现，但有些人想要实现梦想需要出国学习，开阔眼界。可家庭和自身的条件剥夺了他们踏出国门求学的权利，政府应该帮助这些人。”

索莫萨今年十月份在伍德兰兹开始她的研究生学习，她的专业是人权。开学一个月后却因为与学校在对她的经济支持问题上产生分歧而暂时休学。她明年会回来继续学习。

……

登在报纸上的这篇文章只在夏瑞漫原文的基础上做了一小部分调整，但有两个地方的改变是关键的，对夏瑞漫来说也是致命的，由此，文章立意与她想表达的意思大相径庭。一是标题。作为每天读多份报纸的新闻追随者，夏瑞漫清楚地知道，文章的标题决定忙碌的读者是否会抽出一点点时间来阅读斗大标题下密密麻麻的小字。再精彩的内容配上沉闷的标题，阅读率也不会太高，所以才有那么多欺骗大众感情的“标题党”。

二是文章的第一段。看过标题后愿意继续阅读文章的读者，常常会在快速扫完第一段后匆匆翻页，毕竟这年头信息太多，人们只会将宝贵的时间花在最感兴趣的话题上。不论自己的文章本身是否能够吸引眼球，成为话题，在夏瑞漫看来，登出来的文章的标题和第一段都与文章想表达的意思不符，这才是令她生气的地方。扔进水里的石头是她选的那颗，未溅起水花她也认了，但连石头都不是她挑中的，她又如何甘心。想到彼得·凯利见到文章后满意的表情，她气得直咬牙。她悔不该在妮可拉改完后没再拿来看一遍，但过多地坚持己见只可能导致整篇文章的流产。

最后一次与安娜打视频电话的时候，安娜满心期待地请求夏瑞漫在文章刊登后寄一份给在大洋彼岸的她。哪怕知道网站上会同步更新，也坚持要看看摸得着的灰底黑字。那时夏瑞漫当然说好，她巴不得把自己的“大作”发给每一个亲朋好友。但现在夏瑞漫真希望安娜不要看到这篇新闻。不过，她还是履行诺言，把报纸寄给了安娜，安娜会理解的。她比谁都清楚，这世上有太多的无可奈何。

（二十三）

半俗不雅

五晓小已经去美国上学有一段时间了，夏瑞漫本以为在中国生活了十九年的她多少会有些不适应，已经做好了当心理辅导员加拉拉队长的准备，特意晚上不关手机，以防五晓小想找人哭诉。谁知道五晓小刚到美国的第一个星期就完全适应了当地的生活。说适应不是说她的英语突飞猛进，学习已经没有困难，也不是说她马上对美式快餐爱不释口，而是说五晓小找到了更适合自己的学习模式。她可以选自己喜欢的课程，学习以外还有各种各样的活动可以参加。五晓小在电话的另一头兴奋地告诉夏瑞漫："我很期待每一个明天。你知道我选了心理学吗？好有趣呀！我现在在帮忙组织一个论坛，到时候还有网络直播！"看来夏瑞漫的担心太多余了。

五晓小去美国后，会常常跟夏瑞漫联系。两人每次讨论的话题说不一样，其实又一样，聊久了又把以前说过的再拿出来说一遍。

夏瑞漫有一个至今无法根除的痛苦源头，她很少跟别人提及，除了五晓小。

“你觉得什么样的人最痛苦?”夏瑞漫问。

“你就别问我了，你自己又想到了什么就直说吧。”五晓小对提问者十分了解。

“我想，如果大致把世界上的人分为三种的话，可以这样分：有理想有抱负并且有能力实现自己远大理想的人；安于平凡生活，有一份稳定的工作，结婚生子就很快乐的人；最后一种就是有一颗做大事和不甘于寂寞的心，却心有余而力不足的人。第三种人很容易因看到别人的成就而感到苦恼。他们总把自己跟身边那些最出色的人做对比，赞赏别人的同时也不断看到自己的差距。不仅仅是亲人朋友，他们在网络、电视上看到名人的成就，都会暗暗骂自己很没用。他们在学校不是最顶尖的学生，组织活动没有领导团队的魄力，想不出有创意的点子，更没有让人惊叹的才艺。可他们又不想只有一个平淡又平凡的人生，所以心里很难满足，也很容易受外界的影响。很不幸的，我就是第三种人。韩寒笔下的罗天诚说过，做人，要么大俗，要么大雅，半俗不雅是最痛苦的了。”

“我不这么认为，我觉得你是第一种人。至少你可以从现在开始努力成为第一种人。我并不相信‘上天是绝对公平的’这样的鬼话，有眼睛的人都知道这个世界一点都不公平，也有很多东西是后天无法弥补的。就好像我这么一个五音不全的人，再怎么努力也不可能成为一个好的歌唱家一样。可我也同样相信，如果说世界上有一百种天赋，你可能比较不幸地九十九种都没有，但肯定会有一项出众的能力。很多认为自己一无是处的人，只是把太多的精力放在那九十九个短板上，而忽略了那一份最重要的‘上帝的礼物’罢了。当然，你的天赋不一定是能让你打败天下无敌手的盖世武功，但至少可以让你通过自身的努力小有成就，让自己觉得自豪。”

“这道理我也懂，可有时候还是会不甘心，觉得自己一把年纪了还一无所成。”

“一把年纪？你的人生还没开始呢。等你四十岁的时候再来跟我抱怨吧，再说了，四十岁再开始奋斗也不晚。在有梦想的同时也要学会满足现状，让梦想成为你努力的动力，而不是痛苦的源头。很多时候我觉得，我们每天忙东忙西，不为别的，就是为了自己心里的满足感。而这种满足感很多时候并不是你得到的越多就越强烈的。

“在《唐顿庄园》里有这么一个情节，我印象深刻。一个叫威廉的男仆，他的妈妈生病了，可她为了不耽误自己儿子的工作，不断要求医生不要通知儿子。医生不忍心威廉连妈妈的最后一面都见不到，就把这事跟女主人说了。他说，威廉的妈妈总是不让我们通知她的儿子，就好像儿子如内阁大臣那般忙碌。女主人回答说，她一定非常为他骄傲吧。可惜的是，在很多比他们尊贵的家庭里却听不到同样的话。而且不一定越有成就越幸福，有一位学者不是说过吗，站得越高越孤独，因为可以交流的人变得越来越少了。”五晓小说。

夏瑞漫若有所思地回应道：“这让我想起了我最近在看的一本书，讲一个特别聪明，每时每刻都在思考问题的人。虽然外人羡慕他的成就，他却觉得这是很大的负担，也是他无法快乐起来的原因。所以他找了很多方法让自己变愚蠢，比如变成一个酒鬼，在自己房间里贴满明星的海报，甚至试图自杀。

“这本书里面有个观点我特别认同，就是人类所谓的‘进化’

其实是一种倒退。很多人说人类是万物之灵，因为人类是唯一可以独立思考的生物，所以我们才有如此‘辉煌’的文明。但也是这种‘智慧’让我们变得既无知又自大，让我们不给自己也不给他人工作学习之余留一丁点喘息的机会，让我们从不知足，让我们空虚又痛苦。”

“这就是所谓的动物进化论？还不如说是退化论吧。我们自以为是地认为人类站在了食物链的最顶端，其实大部分生物都比人类活得快活。如果要我选，我就当一条小鱼，每天的任务就是游来游去，找点东西吃；或者当一条宠物狗，每天什么都不用做就有人疼爱，连澡都不用自己洗。人类的‘进化’真是害人害己，生态破坏、环境污染、全球变暖等问题也因此而生。”五晓小说。

夏瑞漫也连忙说：“最可气的是到现在还有人在自欺欺人，否认这些现象的存在。而且科技进步到现在这个程度已经差不多了吧，再照这个速度发展下去，从中国到美国可能只要两个小时，我们每天平均睡觉时间可能会缩短到三个小时。为了让我们不断地工作学习，减少人类所需睡眠时间的药过不了几年就会被发明出来的。”

五晓小顺着夏瑞漫的话说：“很多时候我觉得，有些科技发展就像人类创造出来的有生命的怪物。它小的时候可能还听妈妈的话，时间久了体积越来越大，增长速度越来越快，以至于再没有人能控制它的生长，直到它把整个世界填满，把地球撑爆。”

“我前两天还看新闻说英国政府要对初高中教育内容进行改革，说什么学生学的东西太简单，以至于百分之二三十的学生都能拿到A。说实话我学的时候没觉得有多简单，我们也是很努力地上课、写作业、复习才拿到A的。如果高分学生达到一定百分比，就要把课程变难的话，到时候小学生就要学微积分了吧。让学生喘口气吧。这些无意义的竞争也是人类创造出来的怪物之一。唉，话虽如此……”嘴上这么说，夏瑞漫自己也从没停下来好好享受过慢节奏的生活。

五晓小马上回复道：“竞争可怕，又不那么可怕，可怕的是你不知如何抽身，你被想象中的竞争影响了情绪。你是不是每次上网看到别人又干了什么什么后，就沮丧地想，自己怎么这也不行那也不行。但你的起点也已经很高了呀。”话题果真又绕回来了。

“唉，我只能说一个学校排名与声望高，并不等于其中的学生就会开心满意。说实话，你要是问我为什么不喜欢伍德兰兹，我说不出个一二三来；如果你问我伍德兰兹有什么好，我反而能给你列出一大箩呢。真是奇怪。

“如果你告诉我，去某一个完全没有名气的学校我会过得更开心，我也不知道我会不会去。我总喜欢故作清高地告诉别人，一定要选择适合自己的学校，不要老是看排名，可自己还不是一样跳不出这个框框。如果去了没人知道的学校，我也会被‘比别人差一截’‘没人认可’这样的想法所困扰吧。说到底都是虚荣心在作怪。其实很多时候这个大学就是上给别人看的，如果你是从牛津剑桥之类的大学毕业，什么都不用说，大家都说你是个人才。如果你是从三流大学毕业的，就算你用一些成就证明了自己，有些人依然会拿你的‘出身’来说事。

“我这么酸不拉几地抱怨这个社会，自己也不过是个庸人。现在认识一个新朋友后，第一个打听的就是在哪里就读呀，或者哪个大学毕业的呀，听到答案后，心中的一杆秤就马上开始衡量。这样实在不好，必须要戒掉这个习惯！”夏瑞漫滔滔不绝说了这么多话，连气都忘了喘。

“怎么说呢，这种现象是难免的，毕竟很多时候，我们也没有其他衡量标准，毕业于哪所大学虽然不能告诉你关于这个人的全部信息，但也具有一定代表性。这个社会的节奏越来越快，我们愈加不愿意花时间和精力去真正了解一个人，所以更多地依赖硬性指标来评判：这个人考试拿了几个A，得过什么国际大奖，工资多高，有几个文凭等。而不是他对朋友多么仗义，对父母多么孝顺，是否有感恩的心，是否有垃圾分类的习惯之类。”五晓小道。

“是啊，多省事呀，可又多么愚蠢哪。不是所有的富人都靠不正当手段挣钱，不是所有的穷人都因为小时候没好好学习，收入高低与社会价值无关。

“不同阶层之间的矛盾还是无处不在。很多人说历史车轮绕呀绕很快就回到了原点，可不是嘛，因为每一代人都会犯一些相同的错误。一战中死伤三千多万人，所有有过那种惨痛经历的人，永远不会想见到历史重演。然而，二十多年后二战开始了。《凡尔赛和约》刚签完，法国陆军统帅福煦就说，这不是和平，而是二十年的休战。”

夏瑞漫一口气把话说完，又忘了喘气，拿起杯子又继续说：“说到历史的车轮，我最近看新闻的时候一直在想这么个事。远古时期，基本人人平等，大家一起捕到了动物一起分着吃。后来有些人变得比其他人强，强者便统治了弱者，然后慢慢有了君王。时间久了，被统治者自然不满，站起来反抗，要求民主。革命过后旧王朝被推翻，紧接而来的却是换了名字和血统的新独裁者。英国内战过后迎来的是克伦威尔；法国大革命时刚把路易十六赶下台就迎来了罗伯斯比尔，罗伯斯比尔的下场同样悲惨；中国辛亥革命过后，袁世凯给自己披上了皇袍。

“一连串反复波折后，现代民主社会终于诞生了。但没过多久人们就沮丧地发现，他们在革命中憧憬的理想社会根本就没有到来，满嘴谎话的政治家到处都是，没有一个总统上台后实现了他对选民的承诺。想想也知道，除非每个总统候选人都是上帝派来的天使，要不怎么可能满足民众不同的，甚至是互相冲突的诉求？投给哪个党派又有什么区别呢？左派和右派哪个不是关起门来给自己捞好处？人们开始怀疑，西方世界引以为傲的体制真的是最好的选择吗？几十年前多少人还在为得到选举权献出生命，几十年后投票率却不断创下新低。”

“我看新闻上说欧洲某些国家的极左或者极右党派得到的票数开始多得吓人。二战后在美国的领导下，全球化打开了越来越多国家的大门，保护主义就是邪教。现在倡导重新关起国门，赶走移民的政党怎么又获得了这么多人的拥护？”五晓小说。

“世界就是这样，旧的问题去了，更多新的问题一定会来的。而且大部分情况下，用来解决旧问题的方法本身也有问题。没有完美的社会和体制，只有不算太差的。”

说着说着时间已晚，也早就偏离了一开始的话题。夏瑞漫痛苦源头的水还在潺潺地流着，以后还得跟五晓小继续唠叨这事。

（二十四）

情感难题

进大学以来，夏瑞漫一直被情感问题困扰着。不是说彭坷那段小插曲之后她展开了新的恋情，或者她对谁有点意思，或者别人对她献殷勤，而是她几乎每天都在被提醒“你还没有男朋友，快点找一个吧”。大一的时候夏妈妈还只是旁敲侧击地说“时机已经成熟”，毕竟大学生活才刚刚开始，慢慢寻觅的时间还充足。大二开始，夏妈妈越来越按捺不住，言语从旁敲侧击转为直接的大白话，“抓紧找男朋友”，催促频率由几个月一次急增到每周两次。

无奈之下，原本觉得单身生活挺有滋味的夏瑞漫也不得不放弃最后一道防线，全方位进入“找男友”的模式。可这“找男友”跟买白菜不一样，不是带上零钱去菜市场就能“买”到的。初中高中倒是容易跟男生相互动心，毕竟大家坐在一间教室里，每天低头不见抬头见，但那个时候“早恋”是被严格禁止的。一到大学父母突然转变阵营，可同时“男朋友”的行情也变得不太乐观。

在夏瑞漫看来有可能成为男朋友的候选人有三个，但都因为各种原因被她淘汰了。第一位叫王大伟，来自东北。王大伟是夏瑞漫大二新认识的朋友，在学校见过两次面后开始约夏瑞漫去吃饭看电影。夏瑞漫赴过两次约后便再也不愿回复王大伟的短信。王大伟一开口就如滔滔江水，奔流不息，内容永远围绕着自己的生活琐事。他觉得跟夏瑞漫特别聊得来，夏瑞漫却觉得跟王大伟一点都没有共同语言。所以很必然的，王大伟落选了。

第二个候选人叫布莱恩，是个只会说一丁点汉语的 BBC[1]。夏瑞漫认识布莱恩完全出于偶然：几个月前布莱恩在奔向教室的路上不小心撞到了夏瑞漫，并把咖啡洒了她一身，后来两人就成了朋友。这个情节听上去狗血，实际上并不狗血，因为男女主角最终没有走到一起。布莱恩落选的主要原因是，夏瑞漫忍受不了布莱恩“花花公子”的天性。对布莱恩来说，“女友”这个称呼也不过是个符号，他可以到处留情。夏瑞漫本来就对布莱恩没有超越普通朋友的想法，加上布莱恩个性不羁，便更不可能了。

第三个候选人是肖恩。夏瑞漫觉得她跟肖恩之间有那么一点小火花，但到现在也没发生什么。主要原因是两人都没有再向前迈一步的冲动，感觉站在原地也没什么不好。两人都在等对方多发出一些信号后再给予更积极的回应。可到头来谁也没发出信号。

所以夏瑞漫至今还是未能摆脱每周两次的“快点找男朋友呀！”的催促。决定彻底跟彭坷分开的那天，夏瑞漫心想，她不过是想要一个每天陪她来图书馆，坐在她身旁认真看书写字的人。这个要求听上去简单至极，真正想要去实现的时候才发现根本没那么简单。

1　BBC，即 British Born Chinese 的缩写，意思是“生长在英国的中国人”。

一起去图书馆的路上会说什么样的话，这些话会不会沉闷得像空气中的灰尘？他写的是怎样的字，会不会丑得让人没法看？出门的时候他会不会用手挡着门让她先过？回家的路上他能否与她一起讨论时事、历史，说说心里话？这些都突然变成了考虑范围之内的条件。做朋友时任何不是要求的要求都变成了要求。

（二十五）

破圈

有一天，麦琪突然对夏瑞漫说："能带我认识你的外国朋友吗?"以前都是夏瑞漫通过麦琪认识中国朋友，麦琪求夏瑞漫介绍朋友还是第一次。夏瑞漫有些惊讶地说："可以啊，但怎么现在突然有这个想法?"

"也不是突然有啦。你知道的，我虽然朋友挺多，但没多少本地人。昨天我妈在中国的报纸上看到一篇跟英国有关的报道，问我英国人对此有什么看法，我真的完全不知道呀！连个问一问的人都没有。唉，在我们系上课简直就像在中国上外教课，有时候甚至老师都是中国的。"

夏瑞漫自然是爽快地答应了。

"谢谢！希望能多些机会说英语！"麦琪一脸感激地说。

"这么客气干什么。"

与麦琪聊完后，夏瑞漫心里有些不是滋味。不是因为不想把麦琪介绍给自己的朋友，只是觉得麦琪人在英国，却如此艰难才能找到一个真正的英国朋友，这件事非常讽刺。生活在一个英语国家，却要千方百计才能找到说英语的机会则更加讽刺。不过还好，这一切就要改变了，一年半过去了，麦琪终于能交到英国朋友，说上英语了。

夏瑞漫下一个周末打算去乔、罗莎等人的家里玩，暂时的计划是一起做饭、吃饭，然后去夜店。夏瑞漫打算参加前两项活动，到第三项活动的时候提前撤退。对她来说，去夜店早就从新奇的体验变成了社交义务，每年被折磨几次就足够了。

夏瑞漫觉得周六的聚会是个让麦琪跟大家成为朋友的好机会，便邀请麦琪同行。麦琪高兴地点头说“好”。夏瑞漫很自然地以为和她一起去的只有麦琪，没想到出发十分钟前，一个叫蒂娜的中国人突然出现在公寓里，说是要跟她们一起去。夏瑞漫从来没见过蒂娜，也没听麦琪提起要带人一起去，问道：“蒂娜也要一起？”

“如果你不介意的话。主要是我觉得一个人都不认识，有点怵。”麦琪用这种语气说话，夏瑞漫还是第一次听到。

“可你认识我啊。”

“是呀，但你跟他们都很熟了，我怕没法融入进去，也怕落单。”

“噢，这样，好吧。”夏瑞漫说。

蒂娜则一直在苦笑，满脸都写着“我真的宁愿去别的地方，我是被逼的！”

虽然房子还是那个房子，房子里的人还是那些人，这次夏瑞漫并不轻松，她真希望能把麦琪这事给办成。

来开门的是罗莎。“嘿！罗莎！你怎么在流眼泪？”拥抱过后，夏瑞漫发现罗莎一直在擦眼睛。

“没事，没事。刚才在切洋葱而已。乔说她实在太饿了，所以我们先开始做吃的了。”罗莎解释说。

“介绍一下，这是麦琪，我室友。这是蒂娜，我室友的朋友。这是罗莎。”

“嘿，很高兴认识你们。欢迎欢迎。麦琪，我听瑞漫提到过你。”

“是吗，你好。”

“你们好。”

“进来吧。”

厨房里永远挂着笑容的乔、在中国长大却说不好汉语的劳伦、总把心事小心藏起来的肖恩，以及保守党积极分子萨缪尔都在。夏瑞漫又再次做了介绍：“这是乔，大家的开心果；这是劳伦，她是北京人；这是肖恩，超级无敌聪明，最好别知道他去年的考试成绩，要不然你会想钻到地下去的；这是萨缪尔，特别有想法有主见的有为好青年。”麦琪和蒂娜跟大家一一打招呼。接着夏瑞漫又介绍道：“这是麦琪，去年住在我隔壁，今年我们成室友了。她对我特别照顾。这是蒂娜，她是麦琪的朋友。”这回轮到乔、劳伦、肖恩和萨缪尔跟麦琪和蒂娜打招呼了。

“大家都站在厨房里，会不会太挤啊？”相互认识后，乔很快意识到厨房里连个转身的地方都没了。

“的确有点。”罗莎附和道。

“那你们先去客厅或者哪里坐坐吧，饭好了就叫你们。”乔提议。

“不是说一起做饭吗，感觉有点对不起你。”夏瑞漫不确定是否该赞成这个提议。

“没关系的，留一个人跟我搭档就行了。用不了这么多人手，你们站这儿还碍事。客厅里有挺多零食的，不过别吃太饱！”

“那行吧，有什么需要帮忙的，随时喊我们。”

说完大家都退到了客厅，只有劳伦留下来帮乔。

“想吃什么喝什么自己拿就是了。嗯，你们是哪个系的？”萨缪尔热情地跟麦琪还有蒂娜攀谈。

“精算。”麦琪说。

“管理学。”蒂娜回答，然后又补充了一句，“你们呢？”

“我们都是学历史的。”萨缪尔、罗莎和肖恩几乎是异口同声地说。

“哇，都是厉害的人哪。”麦琪感叹道。

“哪里厉害啊，你们学的东西才比较难。我的数学也就停留在GCSE[1]水平，现在买东西的时候能把金额算清楚就很满足了。”萨缪尔半自我调侃地说。

夏瑞漫对目前的谈话走势非常满意，在不需要她插嘴的情况下，两边的朋友聊得还挺起劲。但没过多久，现场形势就迅速向夏瑞漫不愿看到的方向发展。在双方将专业、国籍、社团、未来计划等基本信息一一交换过后，麦琪和蒂娜的话越来越少，后来这两位干脆自行小声地用汉语交谈了起来。形势转变的原因不难看出。

“你们听了亚历克斯·萨蒙德昨天的采访吗？他说的那些苏格

1　即普通中等教育证书考试（General Certificate of Secondary Education Examination），学生完成第二阶段中等教育后所参加的主要会考。

兰从英国独立出去后的经济方案根本就不可行！”桌子上报纸的标题让萨缪尔突然想到昨晚看的访谈节目。

“如果苏格兰离开我们了，我真的会哭的。”罗莎不管什么经济政策可行不可行，反正她不愿见到苏格兰独立。

“我们当然不希望苏格兰独立，但如果这是苏格兰人民的选择，又有什么办法呢。”肖恩说。

“昨天我也听访谈了。或许在你眼里亚历克斯·萨蒙德的方案不可行，但在我听来还挺有说服力的。听完我的第一个感受是——说不定苏格兰独立出去还真能发展得比现在好。虽然我也不想苏格兰独立，但亚历克斯·萨蒙德应该还是能说服一些人的。”夏瑞漫道。

“如果苏格兰离开了，工党就很难再次变成执政党了！工党的很多席位都来自苏格兰。天哪，如果英国的未来是一届又一届的保守党当权，我还是移民去其他国家算了。”罗莎每隔几天就要抱怨一次现在执政的保守党的无能。每次有反对紧缩政策的游行，她都一定手举类似“保守党滚蛋”的牌子走在人群中。

话题很快从苏格兰独立——英格兰左右人士基本持统一意见的问题，转到了紧缩政策到底可不可行，保守党执政水平怎么样——罗莎和萨缪尔每天争吵的话题。萨缪尔说道：“现在为什么要减少政府开支？还不是因为工党在台上的时候趁着经济好，不负责任地把不该花的钱全给花光了，现在保守党只能帮他们收拾烂摊子。紧缩政策是暂时且必需的，现在还在主张政府花钱再花钱是极其不负责任的行为。”

“国家欠了很多钱，国家欠了很多钱——政府每天就知道说这一句话。已经快三年了，紧缩政策奏效了吗？现在急需做的不是减少开支，而是创造就业机会。凯恩斯怎么说的，政府在经济衰退的时候更应该花钱。政府不支出，人们没工作，没钱消费，经济永远都不会好的。难道罗斯福新政的成功还没有给我们一个可参照的先例吗？”罗莎无法苟同萨缪尔的意见。

“你能保证增加开支后经济马上就能恢复吗？很多人不愿花钱，不仅仅是因为没钱，还因为对经济没信心，但信心不是政府多支出一点就一定能恢复的。只怕是经济还没恢复，政府就破产了。你难道想看到英国变成希腊和西班牙吗？”萨缪尔反驳说。

“难道你想看到英国变成美国吗？”罗莎反问。

在这之后，一直到乔和劳伦做好饭，聊天，更准确地说是讨论的话题，一直围绕在大政府还是小政府，继续增加支出还是减少福利等问题。罗莎和萨缪尔各不相让，肖恩有时候支持萨缪尔的观点，有时候又站到了罗莎这边。夏瑞漫偶尔提几个问题。只有麦琪和蒂娜一言不发，交换基本信息的阶段过后，她们再也没加入讨论，到后来实在觉得无聊，便开始了“二人世界”。

乔的一声“开饭啦！”才终于停止了这总在原地打转的讨论，也结束了麦琪和蒂娜煎熬般的一个小时。

晚餐是乔独家研制的意大利面，几种食谱的做法加在一起的混合品。做饭前乔跟肖恩说起她的想法时，肖恩满脸怀疑，还开玩笑说他还是先去外面吃饱了再回来吧。但没想到乔的自创意大利面不仅成色美，味道还特别香，以至于在开餐后的前几分钟，饭桌上听不到任何谈话，只有吸溜面条的声音。

“麦琪、蒂娜，还好吃吧？”乔先打破了沉默。

“超好吃！”麦琪和蒂娜异口同声。

“那就好，那就好。你们俩是学什么的？”乔又问。

与一个小时前相同的对话又进行了一次。不过这次的“信息交换”时间比上次长一些，乔天生就有从一个最简单的问答中发展新话题的才能，所以每一个跟乔对话的人都不用担心尴尬和冷场。不过没过多久话题还是跑“偏”了，麦琪和蒂娜又一次变成了无话可说的沉默者。

乔先是感叹她在A-Level学数学的时候，如何费力才拿了A，这辈子都不想再看数学一眼。接着从数学考试又说到她考试时听的音乐，昨天再次听那些歌，整个房间都充满了回忆。话题转向各自喜欢的音乐人，又从音乐本身转向与歌手有关的八卦新闻，又从歌手的新闻转向喜剧演员，又从喜剧演员转向最近几个喜剧演员的演出，讨论是不是应该买票，又从演出转向某个喜剧演员上个星期上的采访节目，又从采访节目转向一个有争议的主持人，又从主持人转向欧洲经济危机，因为主持人是学经济出身的，又从欧洲经济危机转向政府该花多少钱的问题。

见麦琪和蒂娜总不说话，乔问过她们几次“你们觉得呢”，但麦琪和蒂娜都只是耸耸肩，不知道说些什么好。夏瑞漫也试图把麦琪和蒂娜带入谈话中。在聊音乐的时候，夏瑞漫会加上一句：“麦琪唱歌可好听了，好多男生听过她的歌声后，都马上对她展开猛烈的追求。”肖恩听后便问麦琪：“那你喜欢什么类型的音乐？”“那个，中国歌都喜欢。”麦琪被这个突如其来的问题问得措手不及。讲到欧洲经济的时候，萨缪尔有意地看着麦琪和蒂娜说：“以后我们都得靠中国了！瑞漫的联系方式我有了，你们的联系方式我也要存一下。”麦琪和蒂娜同时笑了，又都努力想着该说点什么，但都没吐出一个字。很快话题又被转移开了。

吃完饭已快十点，大家很自然地讨论起接下来的活动地点。平时几乎把夜店当第二个家的麦琪这次却小声跟夏瑞漫说：“我跟蒂娜就不去了，等一下我们可能先回去了。”“我也不想去，我想跟你们一起走。”夏瑞漫回答说。

“噢，那太好了。”

乔他们已了解夏瑞漫对夜店的兴趣不大，见麦琪和蒂娜又一直没怎么说话，便没多留她们，只是象征性地问了一句：“你们确定不去？噢，真可惜。”

走出乔等人的住所，夏瑞漫、麦琪和蒂娜都没多说话，只是默默地并排走着。此时她们还没走到喧闹的主街上，周围安静得有些可怕，但三个人的脑子里都不安静，想着各自的事情，琢磨着是否要开口说点什么。夏瑞漫想问麦琪和蒂娜今晚感觉如何，但怎样都觉得这是一个明知故问的蠢问题。麦琪在想是否要跟夏瑞漫礼貌性地说“谢谢你带我来，今天玩得很开心”，但有脑子的人听了都知道这是句大谎话。蒂娜则完全不知道该说些什么，只想快点打破这不知道还要持续多久的沉默。

还是夏瑞漫先开口，问的就是那个自己认为极蠢的问题：“你们今天感觉怎么样？”接着又是十几秒只能听到风吹树叶的寂静，麦琪想了许久该如何回答夏瑞漫的问题，最后说：“你的朋友们都很友善，谢谢你让我来。但我觉得融入英国人的圈子真的有点难，他们讨论的很多话题我都不知道是什么，知道的也插不上话。一个晚上下来累得慌，我可能还是跟中国人玩会开心些。”

“第一次嘛，以后多来几次，大家熟了就好啦。”夏瑞漫试着安慰麦琪，但她自己也知道肯定不奏效。

“到时候再说吧。”麦琪的声音里确实透着疲惫。

“嗯，还是看你自己。不过如果你什么时候再想参加我们的活动，随时欢迎。”

“嗯，谢谢。”

（二十六）

遇见上帝

夏瑞漫和往常一样走在回家的路上，突然被两个不认识的亚洲人拦住了去路。本以为是要问路的游客，没想到她们用不太标准的英语说:“有兴趣去上《圣经》课吗?”原来是传教士呀，夏瑞漫想。她不好意思马上走开，便象征性地问:“你们在哪里上课?”传教士见夏瑞漫好像有兴趣，很高兴地把手上的传单递给了她。

其中一人说:“就在托特纳姆法院路上，这里走过去二十分钟。你是哪里人哪?”

夏瑞漫告诉了她们。

“噢，中国人哪，我们是韩国人。”另外一人说。

“行，那我以后有时间去看看。”

“好，具体信息传单上都有。那我们等着见到你呀!”

与传教士分别后，夏瑞漫不知怎的心里涌起一股暖意。两个传教士的英语其实并不好，有很明显的韩国口音，但她们温柔的语气和微笑都很打动人。

夏瑞漫仔细看了看传单上的内容，上面有一幅小地图，地图下有如何到达教堂的文字说明。翻过来是教堂做礼拜的时间。她并不信教，但觉得对宗教的学习毕竟有好处，艺术、文化、历史、文学、影视作品等，西方世界的方方面面都跟宗教有所联系。所以夏瑞漫记住了做礼拜时间，心想有时间要去看看。

回家后，夏瑞漫跟马彤提起了遇到韩国传教士的事情，不过随口说说，从未想过马彤会对此有任何兴趣。而且马彤天性开朗，烦恼少，每天乐呵呵的，应该也不需要借助什么外力来调整心态或者找寄托吧。

完全出乎夏瑞漫的意料，刚一说起去上《圣经》课的事，马彤就特别积极地说："瑞漫，你去的时候叫上我一起呀！"

"你感兴趣？"夏瑞漫有些惊讶地问。

"我觉得去感受感受挺好的，多了解点西方文化。"马彤说。夏瑞漫以前邀请过马彤去参加跟英国文化有关的活动，马彤每次都以"今晚某某电视剧更新"为由选择待在家里。麦琪还曾经为多交几个英国朋友做出过努力，马彤则对自己现在的生活状态挺满意，偶尔去上上课，在学校里跟几个中国朋友一起聊聊天，有时候去唱唱K，其他时间则窝在家里看电视剧。像马彤这样的人在伍德兰兹实在不多见，她的生活在其他学生看来近乎"堕落"，但马彤却是夏瑞漫认识的所有人里面"幸福指数"最高的人之一。

"那等我有时间去的时候，叫上你一起！"夏瑞漫道。

"好呀！"

这一等就是三个星期。与其说是夏瑞漫忙得连一个小时都挤不出来，不如说她并未把学习《圣经》特别放在心上。第一个星期作业太多，第二个星期朋友约吃饭，第三个星期作业又是太多。一拖再拖，直到马彤主动提出一起去教堂，两人才在一个周日的早晨循着地址找到了教堂。因为是周日，她们刚好撞上圣餐礼，而不是传教士们所说的平日的《圣经》学习。

这里不太像一个教堂，充其量只是一栋房子里的一层楼，若不是门上写着“以马内利教堂”，夏瑞漫和马彤一定会认为她们走错了地方。她们正站在一扇门前，里面是一个大厅，摆了好几排可折叠的椅子，最前面有一个半圆形讲台，讲台后面的墙上挂着一个十字架，除此之外房间里没有更多的装饰。

夏瑞漫和马彤走进去，正商量着是不是直接坐下来就好，两个明显是神职人员的姑娘朝她们走来。夏瑞漫再定睛一看，发现她们正是在路上给她发传单的韩国女士。她们还是跟那天一样脸上带着大大的笑容，完全没把夏瑞漫和马彤当陌生人，就像是遇见老朋友一样跟她们自然地聊起天。把夏瑞漫和马彤引进房间后，韩国女士又一一介绍其他在场的基督徒，大家的脸上都洋溢着“又有新成员了”的喜悦，并十分感兴趣地询问夏瑞漫和马彤的情况。

“这些人真好！”一坐到位子上，马彤就对夏瑞漫说。

“对呀，给人很温暖的感觉。”

马彤使劲地点头表示同意。

夏瑞漫和马彤对基督教的了解仅限于亚当、夏娃、诺亚方舟、圣母和耶稣，这里一切都显得那么陌生。可这种陌生并不让人感到不适。没有太多装饰的房间仍给人庄严神圣的感觉。唱赞美诗时要全体起立，夏瑞漫和马彤开始并不知道要怎么做，只是学着其他人的样子。

接下来的布道说的是《马太福音》里第五章的“论福”。

马彤读着手上的《圣经》，听着上帝的训导，不自主地不停点头。后来她告诉夏瑞漫，她从来没对什么东西产生过如此多的共鸣。夏瑞漫却没那么容易被说服，她学了二十年的自然科学，书本上说了，人死了就是死了，不会再有任何知觉。什么“天上的赏报是丰厚的”，在她看来都是扯淡。不论有些人是多么虔诚，不论宗教人士能找出多少“证据”，她都无法在一夜之间突然相信，在世界之外的某一个地方住着一个叫上帝的人，这个上帝不仅知晓世间的一切事务，而且能力巨大，呼风唤雨除暴安良无所不能。如果从小就被灌输这样的信仰，或许夏瑞漫会像接受万有引力、一加一等于二那样接受万能的主的存在，可信仰科学之后，在未亲眼看见未亲身经历的情况下，夏瑞漫实在无法去相信。

马彤却是夏瑞漫的反面。从那个周日起，马彤几乎每天都去上《圣经》学习班，每周日都去教堂做礼拜，风雨无阻。夏瑞漫有时也跟马彤一起去上课，只是目的与已经成为虔诚基督教徒的马彤有些不同，她更多是带着学术学习的心态去了解基督教的。关于上帝、爱、天堂、牺牲、奉献的字句在她耳边不断徘徊，可它们穿不过夏瑞漫身外隐形的铠甲。

夏瑞漫不得不承认，她有些羡慕马彤。同样生长在没有宗教信仰的家庭，同样从小接受数学和科学教育，马彤选择了毫不怀疑和不需要理由的相信，夏瑞漫却无法抛开一切需要实实在在证明的框架。她是《少年 Pi 的奇幻漂流》里的 Pi 的反面：Pi 相信印度教、基督教、伊斯兰教，一种宗教并不能满足他。夏瑞漫甚至不能真诚地与一种神对话。

长久以来，让夏瑞漫心情低落的不是自己遇到的挫折，不是与朋友和家人的争吵，不是任何与自己生活有关联的改变，而是了解到他人的才能、成就、经历以后，因此而产生的对自己所拥有的一切的不满足。马克·扎克伯格大学未毕业就创建了脸书，本·阿弗莱克二十五岁的时候因为创作《心灵捕手》而获得奥斯卡奖，爱玛·沃特森和娜塔莉·波特曼演技好，脑子灵，还长得这么漂亮！傅高义三十几岁才开始学习中文，却成为重要的中国历史学家之一。肖恩写的文章总拿一等成绩，他知道的东西比老师还多！

牧师说，这样不平衡的情绪谁都会有。该隐对亚伯心存憎恨并把他杀死也是嫉妒心所驱使。表面上来看，有些人得到的多些，有些人得到的少些，可我们不应妒忌，不应沮丧，而应心生欢喜。因为那些功成名就的人得到了多少眷顾，我们就同样有多少爱。

牧师讲得虽好，可夏瑞漫首先要相信在某个地方有一个将爱平均分给每个人的上帝，这有些困难。

在一次礼拜上，牧师说起“打开心扉”这个主题。世人越来越聪明，或者说自以为越来越聪明。他们每天用脑子思考问题，不仅仅是数学题、经济危机、社会问题，而是一切。该选什么职业呢？该和谁结婚呢？该生活在哪个城市呢？一切。但我们应该更多地用心去思考、去聆听、去感受。上帝的臂膀向每一个人张开，可只有那些用心和爱迎接他的人才能跟他真正地交流。

这些话让坐在台下聆听的夏瑞漫不禁想，这或许是她没能与上帝相见的原因？她的心是封死的？她以旁观者的角度来看这一切，就像在看一场有学习意义的戏剧，她在用脑袋思考，却忘记了用心感受。可就算了解了这些，她还是无法相信。

和虔诚的马彤不同，同样的氛围，同样的人群，同样的经文，同样的布道词，却没在夏瑞漫身上起作用。夏瑞漫自认为要比马彤更需要精神层面的粮食，更渴望思想的交流，更难得到满足。马彤说她可以开心地过着每天看看电视，打扫卫生，做晚餐等另一半回家的生活，这样的日子却会把夏瑞漫压得喘不过气来，焦躁地想把所有在她眼里被挥霍的时间重新捡回来。夏瑞漫觉得她更需要信仰的支持，可她身体的每个细胞都选择不相信。

在帕斯卡[1]的赌注里，帕斯卡试图让那些不确定上帝是否存在的人选择相信上帝。他说就把相信与不相信当作一场赌博，是赌有上帝还是赌没有上帝呢？当然是赌有上帝。因为赌赢了得到的好处极大，而就算上帝不存在，损失几乎为零。相信有上帝，你因为心中有上帝、有爱，遵循《圣经》所说的与人为善，热心帮助他人，做一辈子好人。最后如果上帝真的存在，你得以上天堂，永远生活在幸福里。如果这一切都是假的，根本就没有上帝，你因为有所谓的上帝的指引，在爱里过完一生也没有什么不好。反之，拒绝相信上帝的存在会让你失去宝贵的上天堂的机会，你的人生可能迷失方向，你可能要在地狱里受刑。就算最后真的没有上帝又如何呢？除了被证明正确，你还能得到什么？所以选择相信上帝吧。

可是，真的可以用理性的方法决定一件本身不理性的事情吗？

1　即布莱瑟·帕斯卡（Blaise Pascal，1623—1662）。法国数学家、物理学家、哲学家、散文家。在神学方面，他从怀疑论出发，认为感性和理性知识皆不可靠，得出“信仰高于一切”的结论。遗著《思想录》集中反映了其哲学思想。

至少在夏瑞漫身上这行不通。就算每天读《圣经》，每天祈祷，每周去教堂，照着经文所说做每一件事，如果没法真真正正发自内心地相信，所谓的信仰还是不存在的。或许外人无从知晓，但自己肯定骗不过自己，也骗不过上帝——如果他真的存在。

（二十七）

超级球迷

当肖恩问夏瑞漫要不要一起去看热刺队比赛的时候，夏瑞漫才意识到自己从小到大好像还没在现场看过一场足球赛。来英国已经三年多了，也该对足球有那么一点超过皮毛的了解了。

她给出的回答当然是“好”。肖恩是个狂热的球迷，支持托特纳姆热刺队。虽然从未在托特纳姆居住过，但因为父亲是那里人，他从小就被“培养”成了一个热刺的忠实粉丝。肖恩除了学习以外的课余活动几乎都是看球赛，活动范围除了学校图书馆，便是热刺体育场。本来下一场球赛，肖恩要跟父亲一起去看，但肖恩的父亲临时决定要去美国，不能同行，夏瑞漫便高兴地成为准备上场的“候补队员”。

比赛在晚上，周四的晚上。热刺对阵西汉姆联，一个夏瑞漫从未听说过的球队。原来伦敦除了有阿森纳和切尔西，还有别的球队，他们的比赛有人看吗？这种傻问题，夏瑞漫觉得还是留给自己比较好。

比赛晚上八点半才开始，肖恩提议说两人先去吃顿好的，再去球场。虽然夏瑞漫和肖恩算是不错的朋友，但毕竟不是青梅竹马，那层男女之间或许存在又若有若无的小火星，说不清、道不明的一些东西还没有完全散去，坦白说就是他们并没有完完全全踏进“只可能是朋友”这个圆圈。一男一女单独去比较高档的餐厅吃饭，然后再一起做些什么，这算是约会吗？

夏瑞漫不得不去想，为什么肖恩有一张多余的票没叫别人，专叫她这个足球白痴。当然也可能他已经问过别人了，而他们都没空。也可能她就是第一选择。对于肖恩，夏瑞漫倒没有喜欢得日思夜想，一直做朋友未尝不是个好的选择，但也一点都不排斥两人关系可能发生某些变化，甚至对此还有点期待。彭珂的事已经过去快一年了，说来也奇怪，自从那天在图书馆突然“醒悟”，夏瑞漫很少再想起那个男人，也不再被那段回忆困扰。为此，她更多的是感激，不论她是否知道自己想要怎样的爱情和生活，她已经知道自己不想要什么了。

肖恩选择了一家叫“达马里奥”（Da Mario）的意大利餐厅，在考文特花园的一条小巷子里。门面很小，走进去却很别致，桌子上都铺着白布，放着酒杯，墙上挂着画，画的是意大利不同的城市。夏瑞漫走到门口才发现自己几乎每个星期都从这儿路过，却从来没留心过这家餐厅的名字。

“这家看上去好像很贵。”即便这是“约会”，夏瑞漫也没能表现得比往常“高雅”，说出的话，做出的动作，还是跟平常一样。不过，站在面前的依旧是那个平常一起嬉笑的朋友，也没什么可掩藏的。让夏瑞漫感到欣慰的是，肖恩也没突然之间表现出视金钱如粪土的意思，说道:“别担心，我从网上打印了可以打折的优惠券，今天都半价。一个人最多十几英镑[1]吧。”“真的？同学，你太聪明了！既然半价，我就可以点甜品了！哈哈！”在靠打工挣钱或者自己不挣钱的学生时期，还有比打折更让人开心的吗？

在伦敦找到一家好吃的餐厅不是件难事，只要避免吃英国本地菜就行了。在众多选择中，意大利菜算是大部分人比较中意的，也是夏瑞漫喜欢的食物之一。吃多了美食也能成专家，夏瑞漫这半个专家吃完第一口海鲜面后，便满意且坚定地将它评为她在伦敦吃过的最好吃的意大利面。

因为时间还早，此时餐厅里除了夏瑞漫他们，只有两桌人，都是一男一女，像是情侣或者夫妻。在别人眼里他们俩应该也是一对，夏瑞漫不禁想，这想法似乎让她有些高兴，甚至嘴角都不自觉地上扬起来。

“热刺在英超里算是厉害的球队吗？”夏瑞漫问。虽然对足球了解甚少，但夏瑞漫其实已经在网上查过资料，对热刺目前的排名还是大概知道的。问起这个问题，除了找话题以外，麦琪那番关于如何吸引男生的“指点”并非完全没有作用，夏瑞漫以为自己对那些所谓的“小伎俩”只有不屑，其实自己不知不觉，或者有知有觉地，也决定使用一下。男生都喜欢在女生面前表现出知道得很多的样子吧，所以“明知”也要“故问”。

“我们一般排在第五左右，现在排第四，比平常高一名。”

“不错不错，那你们今天能赢吗？”

---

1 在本书故事发生的时候（2013 年），1 英镑约合人民币 9.4 元。

“应该可以，我们比西汉姆联厉害。”

“太好啦，我最喜欢看赢球的比赛了。虽然说我也没看过几场。”

“那阿森纳怎么样？”夏瑞漫又问。

“别跟我提阿森纳，那是我们的死对头。”

“好吧。一般人怎么选择支持什么队呢？”

“有很多都是支持自己当地的球队，比如我老家在托特纳姆，所以我支持热刺。还有一些支持有自己认可的价值观和精神的球队。很多女生嘛，我看是哪里帅哥多支持哪里。”

“什么样的价值观和精神？”

“比如说大家觉得曼联是很努力的球队。”

几乎整顿饭的话题都围绕着足球，夏瑞漫一点也没觉得索然无味。以前的她总是在旁边听着男生朋友们像天书般的对话，头一回，她也成了谈话者中的一员。不知怎么地，她突然间觉得自己变成了一个粗壮的汉子。但她并没有那么快成为一名真正的足球迷，不过是跟往常一样喜欢了解所有未知的事物而已。肖恩完全没觉得夏瑞漫一个接一个的问题烦人，与其说这是关于体育的一个小时的对话，不如说是提问与回答的一个小时。其实，大部分人对他人的问题都抱着积极应答的态度（不愿透露的隐私除外）。那是对一件事或对一个人感兴趣的表现，是对这个人对一件事的理解的肯定，是一种尊重。

肖恩耐心地给夏瑞漫从英超的历史说到现在的种族歧视问题，但谈得最多的还是热刺的比赛，讲到激动之处会不小心提高声调，惹得餐厅里其他人直回头。还未到球场，夏瑞漫似乎已经看到了肖恩的另一面，温文尔雅的书生外表下疯狂甚至有些野蛮的一面。

“你是不是那种足球小流氓，看对方不爽就打上一架那种？你这手臂上的淤青是怎么回事？就是上星期打架打的吧？”夏瑞漫笑着调侃肖恩。

“让你猜对了，所以你今天得小心点，球场有很多我的仇敌的。哈哈，开玩笑的，你才打架打的呢，是不小心撞到的啦。我们热刺的球迷都很文明的好吗。”

“你说了不算，我今天要自己判断。”

“行啊！”

把盘中最后一点提拉米苏刮干净后，夏瑞漫无比满足地咂了咂嘴。她的肚子已经吃得微微凸起了，但在美食与身材之间，夏瑞漫总是毫不犹豫地选择美食。

见时间已不早，肖恩向服务生摆摆手，示意埋单。戴着蝴蝶形领结的服务生半开玩笑地说：“这么快吃完啦，不再吃份甜点？”除了食物，“达马里奥”最让夏瑞漫喜欢的是这里像家一样的氛围。据肖恩说，这是一家家庭餐厅，从厨帅到服务生全是亲戚，一家人一起工作其乐融融。他们不仅带来了家乡意大利的美食，更带来了意大利人的热情。

在伦敦市中心还真不容易找到这份跟陌生人也能自在地说笑打趣的亲切感。伦敦街头行人的步履永远匆匆，到处都是即便在飞驶的车流中也能来去自如的穿梭者。他们不惜命，但惜时间，因为时间就是金钱，而金钱就是一切。在伦敦街头行走，你是不能放慢脚步的，就像在不平静的海里游泳，不伸展四肢，也会被推着往前走。

“您的账单。食物还可口吧？以后常来呀。”服务生的笑容还挂在脸上。

夏瑞漫正在手提袋里找钱包，肖恩已经把自己的卡递给了服务生，并说从这张卡里面刷就行了。

“哎，真的不行，请回来一下。这里还有一张卡，各刷一半。”听到喊声，刚准备离去的服务生又转回了头，不知该怎么做。

“真的不用了，我请啦，而且既然是半价，我其实只是给了自己一个人的钱而已。”肖恩还是坚持。

“感觉很不好意思呀！真不用，要不等会儿你请喝饮料。”夏瑞漫不是表面客气，她确实不想让肖恩来出这个钱。她知道肖恩仗义，虽然自己节省，对朋友却从不小气，这更让她觉得不该让他请客。

“下次你请回我呗，就这么定了。”说完肖恩示意服务生别收夏瑞漫的卡，赶紧拿他的卡去刷。服务生不确定夏瑞漫是否还要继续反对，并未马上走开，见夏瑞漫没再多说什么，才转身去柜台。

“谢谢啦！而且球票的钱也是你出的。”夏瑞漫还是有些过意不去。

“客气什么，别弄得这么见外。”

连球场的影子都还没见到，夏瑞漫就已经能感受到缓缓向那边移动的人流，站在路边的警察数量也在一点点增加。

“人好像很多。”

“对啊，那么大的球场，基本每场比赛都是满的。”

“我还以为不是周末，就没什么人呢。”

“那你可错了。”

等球场的轮廓出现在夏瑞漫和肖恩眼前时，他们已经被人群包围。夏瑞漫完全不知道自己身在何方，应该要从众多入口的哪一个进入球场。黑夜里，身边成群的高大陌生男子让她有那么点害怕。肖恩则熟门熟路，带着夏瑞漫从这里穿梭到那里，先是在取票口取了票，然后在路边的小摊位买了饮料，接着从某一个入口进入球场，最后很快就找到了座位。

位置比夏瑞漫想象中靠前，应该说是非常靠前，他们坐在第六排。在夏瑞漫对票价高低表示好奇时，肖恩却说，其实很多人喜欢坐在高一点的地方，那样可以更好地观看全场，也能更好地了解战况，所以前排的价钱并没有特别的贵。

比赛开始后，夏瑞漫发现肖恩说得很对，当球被踢到球场的另一边时，她就看得没那么清楚了。但夏瑞漫还是喜欢坐得近的感觉，这给她更多只属于现场的亲近感。球场的灯非常亮，亮得发白发热，让空气里每一个分子都躁动不安，与现场的气氛完美相衬。夏瑞漫并不是一个爱喧闹的人，对跨年倒数等活动从来都敬而远之。可不知怎么的，她却是那么喜欢这球场里的气氛，每一个叫喊着的、目不转睛盯着球员的观众都那么可爱。人们总说场上飞奔的运动员的面庞多么美丽，其实场下鼓足全身的劲为他们加油的支持者也是美丽的。

夏瑞漫突然爱上了这种吸引眼球的、让人为之疯狂的高水准联赛，那是属于全民的财富。而且，属于团队的胜利跟个人的胜利比起来，好像总有一种更珍贵的东西在里头。

西汉姆联的支持者坐在离夏瑞漫他们不远的角落里，而大部分的观众席自然是热刺球迷的天下。那天他们情绪特别高涨，球场里时常回荡着热刺的队歌《加油热刺》(*Come On You Spurs*)。有时候还能听到几个球迷洪亮的独唱。歌曲被不断重复后，夏瑞漫也跟着高声唱了起来，不清楚的人看着她认真的表情，肯定以为她是个忠实球迷。而夏瑞漫最喜欢的瞬间，是主队进球时，所有人一齐站起身，然后举起双臂伸向前方的时候。那场比赛热刺进了三个球，夏瑞漫很幸运地站起来三次。

坐在夏瑞漫左边的是一对父子，爸爸四十出头的样子，儿子可能刚满十岁。爸爸不断给儿子讲着跟热刺和足球有关的事情，“今天迪福状态不错。”“这场热刺的防守有点薄弱，你看后面基本没留人。”“还记得上个星期的那场球吗？”夏瑞漫边看球也边伸长了耳朵，当是在听现场解说。虽然是星期四，但看球的小孩还不少，多数是爸爸带着来的。夏瑞漫仿佛看到了十年前的肖恩和他父亲也是这样坐在这里。十几年后，还会有一对对父子——可能是今天的“儿子”和他的孩子——来到这里。

那天的天气不好，天空一直飘着细雨。有时候雨下得大了，柔软的细丝变成了直硬的粗线。英伦岛国特有的风跟往常一样不肯走开，耳边只听得“呜呜”的声音。虽然已经是三月天，但一点回暖的迹象也没有，温度总在个位数的区域徘徊，不肯往上爬一爬。夏瑞漫穿着十月份就从箱子底下拿出来的黑色羽绒服，可还是能感到寒气硬生生地透过好几层衣服钻进皮肤里。没戴手套和围巾实在失策，一条暖围巾比多穿两件衣服还管用。肖恩看出了夏瑞漫抵不住冷风，她使劲把羽绒服的领子往上拉，可一拉又遮不住下面。

“给你，戴上吧。”说着，肖恩已经把脖子上的围巾取了下来。夏瑞漫想要拒绝，可还是接受了，她这才发现肖恩的围巾是热刺的——在围巾角落的位置有个小标志。

“谢啦。”

“不客气。我不冷。”

“我现在也不冷啦。”

过了一会儿，比赛正胶着的时候，夏瑞漫右边的声音突然说：“那个，其实我喜欢你。”那个声音顿了顿又说，“在一起吧？”肖恩的语速很快，在喧闹的球场里更显得含糊不清，但夏瑞漫清楚地听到了他的话。此时，热刺球迷们又唱起了《加油热刺》。夏瑞漫从来没这么感激过歌声的响起，周围的人都在大声歌唱，对话是不可能了，这给了她思考的时间。

夏瑞漫能感觉到自己怦怦的激烈的心跳，她想不出拒绝肖恩的理由，便点了点头。

（二十八）

如溪水，如清风

《水獭报》的工作还跟往常一样每周进行着，但夏瑞漫刚开始的热情已慢慢淡去，一切都变得有些机械，尤其是找不到任何有趣的新闻，只得用琐碎小事来填充版面的时候。有人说不能在大学选自己最喜欢的领域当专业，因为几年学习过后你就少了一个兴趣，最喜欢的东西会变成最不喜欢的东西。这样的事情发生的概率挺高，症结主要有二：

一是对以为自己喜欢的学科其实并不了解，开始学习后才发现根本不是那回事。也可以说这种喜欢其实是假的喜欢，了解了解皮毛还行，多了就接受不了了。二就是学校的问题了，教学方法不对，把本身有趣的科目教得沉闷无聊。

夏瑞漫对新闻工作热情的减少也可以用上面两种原因来解释。当上新闻主编后她才更加深刻地感受到，除了偶尔发生的大事，大部分的校园新闻不是真正的新闻。学生会翻来覆去讨论的问题微小得几乎不值得一提，但她不仅要表示无限的关心，还得不断报道。

上次他们讨论的是什么问题来着？噢，对，该不该在校园里放置一个微波炉。报道这个跟报道哥本哈根峰会能一样吗？夏瑞漫对校园琐事实在不那么感兴趣。更重要的原因是，夏瑞漫想，校报其实只代表一部分人的声音——一小部分人的声音，剩下的都是沉默的大多数。学校里一半以上都是国际学生，却鲜见国际学生出现在学生会组织的活动中，更别说加入对学校政策、学生生活、校园环境的讨论了。这让夏瑞漫对报道校园新闻的意义产生了怀疑。

不过不管如何，夏瑞漫当主编的日子也所剩不多，在期待离位，期待再次拥有两天的完整周末的同时，也无比感激得到了这个机会。还记得一年前的这个时候，她正犹豫是否要竞选新闻主编这个职位，虽然现在嘴上向马彤和麦琪抱怨毫无休息日的悲惨生活，但夏瑞漫知道，她打心底里觉得决定参加竞选是她目前为止做过的最正确的选择。

同样是去年竞选的时候，麦琪在帅哥迈克尔讲话时，不停地朝夏瑞漫示意她有多么喜欢这个男人，夏瑞漫也才明白麦琪为什么偏偏对竞选统计社的职务如此积极，而非其他她参与的社团。

现在麦琪已经和好不容易才在一起的迈克尔分手了，分手时迈克尔说是因为性格不合。麦琪哭得死去活来，她曾经跟夏瑞漫说找到了对的人，可惜对方并不这么觉得。分手后没多久，迈克尔又找了个女朋友，她竟然也是统计社管理委员会的一员，这开起会来别提有多尴尬了，所以麦琪比夏瑞漫还希望早点“退休”，恨不得马上就能离开，多一天也待不下去。

这还不算，后来又有传言说迈克尔根本就是为了现任女友才离开麦琪的，两人大二开学没多久就亲密无间。那他到底为什么跟麦琪在一起这么久，现在还是个谜。麦琪说她没有勇气向迈克尔询问真相，当传言还只是传言的时候，至少还有一丝希望，告诉自己那不是真的。帅哥果然靠不住，夏瑞漫跟马彤都对麦琪说。麦琪不以为然，说只有这个帅哥靠不住而已，以后一定要找个脸帅人也靠谱的。夏瑞漫和马彤问如果两者只能取其一怎么办，麦琪想了许久道，看得过眼是基本标准。

夏瑞漫找了个男朋友，麦琪跟男朋友分手了，第三位室友马彤的感情生活也起了些变化。夏瑞漫跟肖恩在一起后没几天，当她沉浸在自己的生活中时，马彤突然跟夏瑞漫提起了她的同学晴菲。

马彤和她的同学晴菲好多年没有联系了。多年之后，她终于还是跟晴菲联系了，晴菲的电话并不难找到，马彤只问了两个同学就问到了。奇怪的是，此前马彤在各个社交网络平台上都没有找到晴菲的踪迹，或许晴菲不喜欢用真名吧，马彤心想。

马彤对着空白的短信编写框琢磨了好久，写了又删，删了又写，最后发了句简单的，有些正式的问候："你好晴菲，我是马彤，从李微敏那里拿到了你的手机号，最近可好？"

晴菲的回复很快就来了，语气是惊讶又欢快的。这让马彤悬起的心咕咚一下落了地。两人就这么聊着，一下子像是回到了从前。

马彤问夏瑞漫对此事看法如何。马彤爸妈要知道女儿有夏瑞漫这样的朋友，一定气得七窍都生烟，可惜没办法，夏瑞漫就是这样一个朋友。夏瑞漫建议她跟着自己的心走："在未来，让你开心的不会是隔窗看戏的外人的评价，而是身在其中的你们自己心中是否快乐。"

马彤并未马上对夏瑞漫的话做出回应，只是若有所思地点点头。但不知怎么的，夏瑞漫却非常确信马彤定会继续跟晴菲保持联系。不是因为自己说的话多么管用，而是马彤心中早就有了答案。

夏瑞漫与肖恩之间进展顺利，刚开始她还对这一切缺乏信心，从好朋友到恋人的变化是否会让人觉得别扭？但很快，新到来的一切对夏瑞漫来说都像是恩典。她发现，最珍贵的爱情是能像朋友一般谈心，相处的每一刻内心都充满愉悦。夏瑞漫对肖恩的感情不像汹涌的潮水，在她毫无准备之时突然袭来，那么澎湃而强烈，令人措手不及。这份感情像溪水，它慢慢地流，但从不间断，很快就把夏瑞漫的心给填满了。它还像清风，虽然不如艳阳那般明媚与炙热，却舒适宜人。

两个朋友刚开始在一起，最尴尬的是不知道该如何将这个消息告诉大家。潜意识里是能多瞒一会儿就多瞒一会儿，但纸包不住火，总不可能遮遮掩掩好几年，所以不如一开始就主动公开信息。夏瑞漫表面矜持，其实都有些迫不及待要告诉乔、罗莎他们几个了。

最不确定的是该如何在朋友们面前相处。原本大家都是朋友，他们俩习惯了以朋友的方式相处，突然之间亲昵起来，就算别人看着顺眼，自己也觉得别扭。但假装什么事也没发生吧，已经不可能了。《老友记》里莫妮卡和钱德勒告诉朋友们他们在一起了的场景不断在夏瑞漫的脑子里显现：朋友们不是睁大双眼惊讶得说不出话来，就是不可思议地大声问这一切是怎么回事。夏瑞漫以为她和肖恩也会面对这样的反应，但实际情况与夏瑞漫想象中的画面相差甚远。

乔和罗莎不但不惊讶，反而一副“我们早就猜到了”的神情。

“哈，我们就觉得你们俩之间有火花。”

夏瑞漫心想：“我自己都没料到，你们就都察觉出来了？这是所谓的旁观者清吗？”

萨缪尔虽然并未表现出“一切都在我预料之中”的样子，却依然平静地说：“你们俩还挺配的。”

“真的吗？”这话更是让夏瑞漫觉得不可思议，反倒认为她和肖恩是一对奇怪的组合——至少是从外表上看。她个子不高，而肖恩至少有一米八五，虽然在人群里也不过分地突出，但站在夏瑞漫旁边，一高一矮，对比明显。夏瑞漫脸上有点婴儿肥，鼻头圆圆的；肖恩则正好相反，虽然身上不瘦，但脸完全可以用棱角分明来形容，尖下巴，略高的颧骨，挺鼻梁。

但后来慢慢地，夏瑞漫开始同意萨缪尔的话，他们不相称的外表下，却有着再契合不过的内心。这可能也就是为什么当他们还是朋友的时候，都有那么点不甘心让关系在“朋友”这里止步，可也不愿贸然行动，怕扰乱了已有的平衡。一旦变化发生，可能变得更好，也可能让一切更糟。因为总担心更糟的结果，一次次地连更好的可能也放弃了。夏瑞漫庆幸变化往好的方向发展了。

每个周五的晚上，肖恩都会来夏瑞漫家，夏瑞漫在此之前在超市买好食材，做好一切准备工作，等肖恩来了以后再下锅炒菜。夏瑞漫曾经跟麦琪说过，她讨厌的事情之一就是做饭，只有迫不得已的时候才自己下厨。可跟肖恩刚在一起，夏瑞漫就主动提出让他尝尝自己的手艺，她早就不记得自己对麦琪说过的话了。看来，夏瑞漫不是不喜欢做饭，而是之前没找到那个想为他做饭的人罢了。

周五晚上，麦琪和马彤基本都不在家，麦琪总有各种各样的活动安排，说是各种各样，其实也千篇一律，无非是喝酒、吃饭、唱卡拉 OK；马彤则会去参加教堂的活动。

多亏麦琪和马彤不在，夏瑞漫和肖恩可以占用整个厨房，也可以在比房间宽敞许多的客厅里吃饭。麦琪虽然住在客厅里，但她尽量把自己的东西都放在一边，留出餐桌作为公共空间。

在学校里，好朋友住在一起后闹翻的例子并不少见，哪怕没有闹到不可收拾的地步，也常常一肚子怨气。“今天明明该她／他倒垃圾的，可她／他却什么都不做！”“她总是带男生回家过夜，我行我素，一点都不顾及室友的感受。”“家里公用的东西只知道用，不知道买，还总是不经过我允许就吃我放在冰箱里的东西！”……每当听到身边朋友的种种抱怨时，夏瑞漫、麦琪和马彤就无比庆幸她们自从住在一起后，不仅没化“友”为“敌”，反而加深了感情。

夏瑞漫只会做中国菜，有一些是小时候看妈妈做菜学会的，更多的还是要边看着网上的食谱边学。肖恩对食物完全不挑剔，夏瑞漫做什么都直说好吃。夏瑞漫知道，自己不是盐放少了就是糖放多了，所以起初十分怀疑肖恩只是嘴上应付，但每次肖恩还真把碗底都刮得干干净净。夏瑞漫心里暗想，以后不能带他去中国，等他吃到真正的美食后，对她的要求肯定得加倍提升。

肖恩还有两个夏瑞漫特别喜欢的品质，一是对玩电脑游戏没多大兴趣，二是看电影的喜好不只有枪战片。高中的时候，夏瑞漫短暂地交往过一个特别喜欢玩游戏的男朋友，没过多久她越来越觉得自己根本就是“第三者”，不小心介入了男友跟电脑游戏开始已久的“感情生活”。

跟肖恩一起吃完饭后，看电影是最高频的活动。观影之后的时光非常美好：看完《心灵捕手》后，一起盯着不断往西开去寻找幸福的车子，久久不发一语；看完《辛德勒的名单》后，一齐任由眼泪往下流；看完《狗镇》后，展开关于人性的讨论；看完《死亡诗社》后，心中热血翻滚，又叹息现实残酷；看完《怦然心动》后，嘴角不约而同挂着笑容；看完《爱在黎明破晓前》后，一起阅读电影里的对白；看完《卢旺达饭店》后，对历史、种族和屠杀进行反思……

不过幸福之余，关于肖恩病情的事一直没完全从夏瑞漫心头散去。他姐姐还试图自杀吗？他还会突然心脏痛吗？他的记忆力完全恢复了吗？他的心情还会突然跌到谷底吗？夏瑞漫知道，肖恩只希望他人看到最好的自己，在任何人面前都一样。他或许会用轻描淡写的语气说起那些纠缠他和家人的病情，但几乎从来不把自己脆弱的一面在任何人面前显露出来。大一那次课后的早餐，是唯一的一次肖恩把心事写在脸上。

有一天，躺在床上聊天的时候，夏瑞漫忍不住问肖恩：“你抑郁症好些了吗？”

“为什么突然这么问？！”肖恩的反应比夏瑞漫想象中要激烈，他平躺的身体震动了一下。

“不为什么，就是很久都没提过这个话题了，想知道你现在怎么样。”此时夏瑞漫突然觉得肖恩离她很远。一米八几的大块头一下子变得好小好小，小到连影子都看不见了，小到就算用双手捧起也会从指缝里溜走，小到一阵风吹过就再也找不到了。

“没什么事了，都过去了。”肖恩把原本被夏瑞漫枕在头下的手臂抽了出来。

“真的？”

“真的。”

“那你为什么还每周日都回比利时？你以前不是说要去那儿看医生吗？”

“以前是，但现在回去是因为家里人都在那边，想跟他们多待待。”

夏瑞漫心想，谁上大学了还每周回家呀，如果是伦敦也就算了，肖恩的家根本就在另外一个国家，光路费就是不小的开支，而且在家也只能待上一天——路途迢迢、大费周章，只是为了回家看家人，谁相信哪。但她并没把心里的话说出口，而是说：“我觉得你很不想跟我说这方面的事情。”

“已经没事了，让我说什么？”

“噢，那好吧。”

一阵沉默。

“难道你觉得我有什么不对劲吗？我有抑郁症的症状？”

“没，只是你以前说过，我就想知道现在情况怎么样了，就这样。”

“你别担心。我没事了。”

“噢，那就好。”

但肖恩的话并没完全消除夏瑞漫对他的担心。的确，肖恩从未在她面前表现出什么异常，更准确地说，他的心情总处在抑郁的反面，大部分时间他是积极向上、笑容满面的，几乎从没对夏瑞漫抱怨过什么，对姐姐的状况也从未提起。但为什么当夏瑞漫问起这方面的问题时，他会突然变得如此戒备，连一句多余的话都不愿意说呢？如果真的没事，按他平素的性格，也会大大方方说一说治愈的过程。而且这病不是感冒，不是一天两天就能根治的。就算有那么一段时间不再抑郁低沉，并不代表在未来的某一天一切不会重演。夏瑞漫多么希望肖恩能把心里话跟她倾诉。但现在她也只能把自己的担心藏起来，尽量不去想。或许肖恩说的是真话，或许一切都很美好。

（二十九）

肖恩

自从上大学以后，夏瑞漫每次回家最不愿面对的就是妈妈关切又焦急的目光，她满脸都写着：“你怎么还没找到男朋友呢？”这次暑假回家，夏瑞漫却得苦恼另外一件事，当妈妈再次问起同样的问题时，如何跟往常一样看着妈妈的眼睛，目光不闪不移地继续回答“没有”。

在夏瑞漫看来，和肖恩在一起才几个月，一切都还不稳定，完全没有告知家里的必要。虽然夏妈妈总说，谈了就得告诉家里人，不是说马上就要结婚，但家里也能帮忙参考参考嘛，但夏瑞漫还是做好了把自个儿的嘴封紧的准备。夏瑞漫知道一旦说了，原来的唠叨就会变成另外一种唠叨，两种唠叨之间，还是暂且选择前一种唠叨吧，听习惯了后，就跟听“吃饭了”“晚安”没什么两样。

夏瑞漫最不确定的，是爸妈会不会喜欢肖恩，感觉肖恩好像没有哪一点是符合他们的要求的。夏妈妈跟夏瑞漫多次强调最好找中国人，相同的文化背景肯定有助于以后一起生活。而且中国女婿跟家里人交流起来多方便，如果是个半句汉语都听不懂的老外，那可就麻烦了。

只可惜，肖恩就是个地地道道的半句汉语都听不懂的老外。肖恩的家族病史更是个问题。夏瑞漫想，就算哪天把肖恩带回家来，他和他姐姐的病也绝对不能吐露半个字，要不然爸爸妈妈把她锁在家里逼她把这关系断了都有可能。唉，除了这两点，肖恩还有个“缺点”——家底不算特别雄厚。肖恩的爸爸是比利时国际学校的英语老师，妈妈是医院的护士，职业都是非常值得尊敬的，吃穿肯定不愁，但跟商人、律师等比起来当然还是不一样。

暑假的前两三个星期过得风平浪静。夏瑞漫每天早上去实习，晚上吃饭前才回家，跟爸妈交流的时间也只有吃晚饭的时候。但很快夏爸爸夏妈妈还是知道了夏瑞漫和肖恩的事情。对于细心的家长来说，这的确不是件难事，线索到处都是。

以前很少在家里登录 Skype 的夏瑞漫，在房间里用 Skype 视频的次数突然变得多了起来。有两次，肖恩还跟进夏瑞漫房间拿东西的夏妈妈照了个脸对脸，虽然夏瑞漫马上解释说这不过是一个学校里的好朋友，但夏妈妈的疑心不会这么容易散去。夏妈妈虽然每周五天朝九晚五，但工作并不忙，所以除了琢磨夏瑞漫的事，还是琢磨夏瑞漫的事，女儿找男朋友可是大事中的大事，怎么也得问个水落石出才行。

有一天夏妈妈把夏瑞漫找来，语重心长地说：“女儿啊，找男朋友可是人生大事，我们长辈都是过来人。”

夏瑞漫知道妈妈是什么意思，但只是说：“老妈，我知道。”

“那么妈妈要问了，最近总是跟你视频的人是谁呀？”夏妈妈干脆直奔主题。

“朋友呗，不是跟您说了嘛。”夏瑞漫一边嘴上应对，一边心里在犹豫是否干脆交了底，反正妈妈已经差不多知道了，是否还有隐藏的必要？看妈妈这么关心，如果什么都不告诉她，实在有点于心不忍。

“真的？到底是不是男朋友？说出来又没关系，又不是说马上让你们结婚。”

一阵沉默。

夏瑞漫长吸一口气，道：“好吧，老妈，告诉你吧。唉，算了，还是不告诉你了。”

“我上次看到的那个就是你男朋友，是不是？”

又一阵沉默后，夏瑞漫点了点头。她可能很快就要后悔。

夏瑞漫脖子刚一弯，夏妈妈马上恨不得一秒钟吐一百个字，急切地想知道这个男人的一切信息，从生辰八字到父母职业，从高矮胖瘦到头发颜色，从成绩好坏到家庭资产，从父母是否离异到兄弟姐妹都在干什么，通通不放过。自从夏瑞漫有记忆以来，不曾记得夏妈妈什么时候说话说得这样快、这样急。这一肚子的话像是已经憋了许多年，像是把女儿养到这么大，都是为了这一天的到来。

“老妈，你一下问这么多问题，叫我从哪儿说起啊。”

“那个，他们家是干什么的？”

“这很重要吗？”

“当然重要。”

“他爸是老师，妈妈是护士。”

夏妈妈听后不禁直皱眉头，很明显对夏瑞漫给出的答案并不满意。“什么样的老师？大学教授那种吗？”

“不，就是高中英语老师。”

“你很喜欢他？”

“这个嘛，还挺喜欢的。”

“我觉得你们年轻人吧，别太早就死心塌地跟着一个人，同时也多多留心看看周围还有没有其他好的选择。”

“什么意思？”夏瑞漫知道妈妈的意思，却还是明知故问，虽然强压着使劲往上蹿的火气，但火苗还是跟着话语一同从嘴中冲出来了。

“追求爱情固然是好事，但家境如果殷实些的话，肯定只有好处没有坏处。”

“妈妈，你以前不总说钱多钱少不重要，只要能开心，保持上进心就行了吗？况且爸爸也没太多钱哪，我看你们俩过得挺好的。”

“妈妈以前那么说，是希望你别把物质看得太重，但是如果男方家庭背景好一点的话，以后你的生活也舒适些。不是让你们因此就不努力了，但有了物质的支持，就像是多了一座大靠山，我也放心些。关于我跟你爸，这不都生活这么多年了嘛。而且你们这一代跟我们不一样了，很多人还是物质至上的，有什么办法呢。”

“可不能就想着啃老吧，现在没钱又不代表以后也没钱。再说了，钱又不是一切。”夏瑞漫不知道这段令人窒息的对话还要进行多久，她只知道她随时夺门而出的可能性正在一点一点加大。

“当然找到潜力股也是有可能的，找到了当然最好。可是，以后的事谁说得准呢，谁知道他到底是不是潜力股呢？但他家里的经济情况现在就是可以看得见猜得着的。你现在还小，不懂妈妈的良苦用心，你再长大些就明白了。”

“这跟我什么年龄没关系吧！就算像你说的，外国父母愿不愿意给小孩很多钱还不一定呢。”

“说到外国人，妈妈觉得，如果可以，还是找个中国的吧，背景文化相同，以后生活起来摩擦少些。你们现在应该还在热恋期，不会去想这些，但婚姻是很实际的，刚开始炙热的爱情也不是能燃烧一辈子的。”

“刚才不是还说现在不想那么遥远的问题吗？！为什么我只是找了个男朋友，你就一定要逼我想这些世俗不堪的问题！你把爱情本身摆在哪里？！”夏瑞漫极力遏制的情绪已经彻底迸发出来。妈妈在她眼里从来没有这样渺小过，小得比尘埃还不值一提。那个鼓励她选择自己喜欢的学科的妈妈呢？那个告诉她走自己的路的妈妈呢？那个从不跟其他女人攀比物质财富的妈妈呢？

夏妈妈对女儿的反应并不惊奇，反倒比之前更冷静了。“你的这些想法我都理解，都理解。只是希望你还是能考虑考虑妈妈说的话，我都是为了你好。”

“我现在不想再讨论这个问题了。我要学习了，今天就说到这儿吧。”说完，不等妈妈回应，夏瑞漫随便从桌上拿起一本书，假装认真地看了起来。夏妈妈也不再说什么，右手在夏瑞漫的肩上轻轻地捏了捏，然后满脸愁云地慢慢走出夏瑞漫的房间。

夏妈妈刚一离开，夏瑞漫的眼泪就大滴大滴地掉了下来。夏瑞漫只顾伤心地哭，桌上的书已经被浸湿了一大片也全然没有察觉。她不记得上一次像这样难过是什么时候，在英国想家的哭，上课什么也听不懂的哭，在大学写不出作业的哭，都不及这次哭得伤心。

她甚至觉得这比肖恩现在就跟她分手还要糟，她不明白妈妈为什么要以一副自己什么都懂，什么都是为你好的样子来拐弯抹角地让她早点跟肖恩分手。妈妈根本连见都没见过他，凭什么下这些定论！突然间，夏妈妈在夏瑞漫眼里变成了一个彻彻底底的世俗小人，一个把其他一切抛在脑后，只认钱的人。

夏瑞漫哭着跟五晓小抱怨这一切时，五晓小也不知道该如何安慰她才好，只说道："现在有几个人第一次带回家的男朋友或女朋友是让父母满意的呀？他们希望你早点成家，但同时又有一个极其完美的女婿或儿媳的形象在心里。自己孩子是心头肉，是最优秀的，对象一辈子就找一个（最好是这样），肯定希望对方是最无可挑剔的。"

五晓小的话或许有些道理，但夏瑞漫心里始终不舒服，爱情不应该是两个人的事吗？其他人凭什么干预？！而且妈妈反对的理由是多么离谱！

五晓小又说："你看你妈这不是也没完全反对吗？还算民主啦，她只是提提自己的想法而已，父母肯定会在孩子找对象的时候提几点要求吧。这就是为什么我还没把跟那谁的事跟我爸妈说，他们肯定不同意的。"

"我真是不明白父母到底是怎么想的！"从夏瑞漫的声音里，五晓小听得出她已经没刚开始那么激动了，说起话来变得连贯，不带哭腔了。五晓小知道如果换作她，肯定也会气得大吵大嚷，但现在处在"开导者"的角色，她只能说："说不定过一段时间，或者等你妈真的见到肖恩了，就很喜欢他了。父母总是希望子女能找到那个能让他／她幸福的人。"

“可问题是她眼中的‘幸福’就等于物质富足，这无法让人接受。”夏瑞漫嘴上虽然还是抱怨，但心里已经平静了一些。

第二天早上，夏妈妈一见到夏瑞漫就说：“昨天我说的话并不是反对你和……他叫什么？”

“Sean。”

“什么？”

“肖恩。”

“噢，我并不是反对你跟肖恩谈恋爱，妈妈相信你的眼光，你们互相喜欢才是最重要的。”

听了妈妈的话，夏瑞漫差点没流下泪来，说道：“谢谢妈妈。”她知道妈妈对肖恩的印象还是没变，还是希望自己能找一个经济条件特别好的人，以后衣食无忧。但妈妈能暂时把这些想法吞进肚里，她已经很满足了。

夏瑞漫以为这一波风浪就这么过去了，谁知道事情远没想象中简单。这事也得怪夏瑞漫自己，怎么打电话的时间如此不巧，怎么正好今天没用手机而用了家里的座机。

那是在跟肖恩小小吵了一架以后，夏瑞漫跟往常一样拨了五晓小的号码。吵架的原因简直小得不值一提。夏瑞漫原本跟肖恩约好了上 Skype 的时间，可等了许久也不见肖恩上线。第二天再次联系时，夏瑞漫问他昨天干什么去了，肖恩支支吾吾也不愿给出个明确的回答。真是典型的肖恩做派，夏瑞漫心想。夏瑞漫想着肖恩没上 Skype 的原因应该不是什么大事，至少不该是需要遮掩的事，但肖恩什么都自个儿往肚子里咽。做朋友的时候肖恩不爱吐露心事就罢了，做男朋友后不仅没让他说得更多，甚至更少了。

在电话里，夏瑞漫对五晓小说起肖恩以前有抑郁症的事，把肖恩的姐姐如何在他面前试图自杀，肖恩后来如何心脏剧痛，如何整夜整夜睡不着觉，还有他自己如何声称已痊愈，都跟五晓小说了。夏瑞漫虽然跟五晓小经常通话，但毕竟身处两个国度，很多事情也未能及时分享。又或许夏瑞漫潜意识里想给肖恩塑造一个不说完美，也至少还不错的形象，所以平时常提起的都是男朋友的成绩多好，多么聪明。

五晓小在电话的另一头认真地听着夏瑞漫的诉说，谁知道夏妈妈拿起家里固话准备打电话时，也听到了。夏妈妈不是那种喜欢偷听女儿隐私的人，但时间极不凑巧，她一拿起听筒，里面刚好传出“我担心肖恩现在抑郁症还没完全好”。她也不需要再听下去，这一句足矣，反正全部对话的中心内容就是这一句。

此话入耳后，夏妈妈当然舍不得再放下电话，所以把后面的内容也全都给听了。夏妈妈本来就对肖恩缺乏好感，但毕竟找不出有力的反对理由，也只好由着夏瑞漫去。但这下她觉得，要是再让夏瑞漫继续往下沉沦，就是她做母亲的失职了。

可这事也不好办，毕竟夏妈妈是通过非正当手段获取的信息，向夏瑞漫吐露出自己掌握的这些信息时也不能理直气壮，但必须得向夏瑞漫表态。在夏妈妈看来，反正迟早都是要断的，长痛不如短痛，晚断不如早断。夏妈妈思来想去，没想出什么既能向夏瑞漫表明自己知道肖恩的健康状况，又不透露获得信息的途径的方法，只得照实说是拿起电话时不小心听到的，但决定隐瞒她听到第一句话后没有挂断的事实。

就算是这样，夏瑞漫还没听完妈妈的话，脸色马上就变了，谁会相信妈妈那么凑巧在那个时间拿起了电话，然后又马上挂断了呢。可这回她的反应没有第一次激烈，反而更能站在妈妈的立场想一想，不希望女儿爱上一个抑郁症患者也是人之常情。只是局外人能理智地分析问题、权衡利弊，局内人就不能了。喜欢上一个人不是因为他有多么完美，而是因为——没有什么“因为”。雾气还朦胧的时候踏进这片领地，等雾气散开后再想离开，却发现已迈不动脚了。所以夏瑞漫平静地对妈妈说，跟肖恩分手这事，不可能。她只想向前，不想退后，她想和肖恩有泪有苦一起担，在他身边，给他最大的支持。

夏妈妈这回的态度比上一次坚定了许多，口气不再是建议，而几乎是命令。上次她并没有理直气壮的理由，但这次的“问题”是不能容忍的。而且抑郁症是会遗传的，以后孩子怎么办？趁现在在一起时间还不长，赶紧把刚燃起的火苗掐灭才是。夏妈妈还是那句话：“妈妈这都是为了你好，你还小，多听听长辈的话总不会错的。”

夏瑞漫还是不依，但她也明白，如今再说什么都没用。或许有一天她会因为感情淡了或者别的原因跟肖恩分开，但肯定不是现在。

“你信不信我不让你回英国上学？！”夏妈妈的火突然噌地一下上来，宝剑已出鞘，在夏家多年未发生的惊天大对决即将上演。

“不让上就不让上，那你也阻止不了我跟肖恩在一起！”夏瑞漫的眼泪和叫喊声几乎是一同出来的。

“我就不信你们几年见不到面还能有多少感情。为了你好，就算把你禁足了我也要这么做！”

“我不是小孩了，你已经管不着我了，你如果这么做，我明天就走人！”

冷战和对峙持续了整整一个星期，但不像电视剧里演的那样，夏妈妈最后也没把夏瑞漫禁足，也没阻止她去英国，夏瑞漫自然也没离家出走。直到暑假结束，夏妈妈的态度还是反对再反对。但就像夏瑞漫说的，夏妈妈除了嘴上抗议，再无其他办法，到头来也不可能真把夏瑞漫给关起来，而且两人还没到谈婚论嫁的时候，那就再等等看，多多烧香拜佛求两人分手吧。

下篇

密，她还沉醉在对历史社团美好未来的憧憬中。现在罗莎的这些充满热情的话语，在夏瑞漫听来已不再令人愉悦，隐隐约约的还有些忧伤。

一跟罗莎分开，夏瑞漫就发短信给乔，确认肖恩说的都是真的。她多么希望乔会惊讶地说："你怎么会突然这么问？罗莎是我最好的朋友，我怎可能做这样的事！"可惜夏瑞漫没能得到她期望的答案，乔回复说："对呀，你说应该告诉她吗？""当然！"按下这两个字的时候夏瑞漫几乎气得发抖，心想，这还需要问吗！担心乔又一次发扬"凡事都要拖到最后一秒"的精神，夏瑞漫又追加一条信息，"快点吧。"

尽管乔很明确地回复说她会去竞选社长这个职位，夏瑞漫还是暗暗希望乔能在最后一秒改变主意。就算不改变主意，也要尽早告诉罗莎才是。

竞选开始之前夏瑞漫再次见到罗莎，那时候时间还早，教室里只零星地坐了两三个她们不认识的人。此时的罗莎跟中午没任何区别，紧张又兴奋的神情还挂在脸上。看到这样的她，夏瑞漫在心里暗叫："完了，乔还没有把她要竞选的事情告诉罗莎。"夏瑞漫实在不明白乔为什么还没讲，或许是乔本人也知道这事做得不太仗义，所以说不出口。但如果不提前告诉罗莎，这将更不仗义。朋友之间不是不能有竞争，但必须说得清清楚楚明明白白，对于最后的输赢至少大家心里有个准备，结果如何谁也别太往心里去，继续做朋友。现在这样背后袭击算是怎么回事。对于乔的沉默，夏瑞漫也只能往好的方面想了，希望这是因为乔临时更改了决定，像她一直跟罗莎说的一样，要竞选副社长。

“乔怎么还不来？”罗莎的话打断了夏瑞漫的思绪。夏瑞漫努力挤出一丝笑容，但她知道这笑容苦涩极了。夏瑞漫几次想告诉罗莎，乔可能会跟她竞争，至少这样她能有些心理准备。但她想着乔可能最后会改变主意，就什么也没说。

乔在竞选开始的前一分钟才来，与她一起来的还有六七个很明显是帮她投票的“后援团”。她没有坐在罗莎的旁边，而是选择了教室最后一排的位置。夏瑞漫回头看乔，希望从乔的表情中搜索到一些她是否还是决定与罗莎竞争的线索。但乔并没有往夏瑞漫这边看，而是一直低着头默读手里的稿子。这是竞争社长的稿子，还是竞争副社长的？夏瑞漫不知道。

见钟上的时针已经指向数字“3”，教室里的座位也被填满，上届社长杰克大声说道：“好的，我们现在准备开始竞选。”话音刚落，原本喧闹的教室很快安静下来。杰克对因他一句话而产生的变化感到很满意，他去年在社团内部早就威信全无，偶尔发出的邮件总是要等一两个星期才能收到几封语气冷淡的回复。

杰克清了清嗓子，继续说：“欢迎大家来到历史社团的选举现场，不管你是投票者还是候选人。今天能见到这么多新老面孔，我非常高兴。”平时开会的时候杰克没什么话，这回有机会在公众场合炫耀一下自己作为社长的地位，倒是一句接着一句说个没完。说到最后自己实在想不到还有什么可说的，才终于切入正题：“先有请社长候选人上台。”

罗莎很快从座位上站起来，昂首挺胸地走向讲台。乔犹豫了几秒钟，心怦怦直跳，最后也走上讲台。站上讲台后乔小声对罗莎说：“对不起了。”罗莎没有回答“没关系”，微笑在脸上僵住了。

台下不知情的人怎么也不会看出，罗莎的笑容之下，心里是怎样翻江倒海的。

竞选很快开始。乔先说。此时她已脱下用内疚感编制的纱衣，全力冲向摆放着“历史社团社长”这个宝座的终点。她语言流畅，言之有物，平静的声调中有激情，很明显花了不少时间准备。乔讲话的时候罗莎一直认真听着，脸上毫无敌意。

罗莎的演讲比乔更胜一筹，她有身为副社长的经历，不仅能列出一长串自己去年为社团做的贡献，也能更准确地指出社团现有的问题和以后的发展方向。跟乔比起来，罗莎的计划听上去更吸引人，考虑得更细致，更有可行性。听完两人的演讲，夏瑞漫很高兴，在她看来，如果不出意外罗莎应该能赢，乔蓄谋的“政变”必然要失败。

演讲过后是每次选举的必经环节——问答时间。对于大部分问题，乔和罗莎都给出了基本相同的答案，只不过是用不同的表述方式呈现相似的意思罢了。但在一个问题上，两个候选人并没有附和对方的观点，那就是伍德兰兹学生们最关心的实习机会问题。

乔很明确地表示她将会把学生实习放在首要位置。历史系的学生不像金融等专业的学生有很明确的就业渠道，很多历史系的学生并不一定希望以后做研究，或者从事其他跟历史有关的工作，他们需要了解与实习和就业机会有关的信息。比如说，有一些历史系的学生希望能转行成为律师，那么他们需要做些什么准备呢？历史社团应该把相关信息传达给他们。

罗莎虽然也同意找实习岗位是一件紧急又重要的事情，但她认为历史社团就应该以历史学习、讨论相关历史问题为主，这才是别人加入历史社团的原因。如果学生们是冲着就业来的，比如说想成为律师，他们大可去参加法律社团和求职中心的活动。

问答环节结束后，夏瑞漫对罗莎的当选更有信心了。因为罗莎去年实际做的事务更多，她的回答更让人信服。很快，罗莎和乔都被请出教室，静候投票结果。

“投票给乔的人请举手。”社长杰克说道。

夏瑞漫心里默念着“不要举呀，不要举呀”，并悄悄环顾四周。让她失望的是，原本空荡荡的教室上空突然多出了好几只为乔投票的手。夏瑞漫再定睛一看，她发现举手的基本都是乔的朋友，只有零星几个是真正听过演讲和问答后才做出决定的“旁观者”。夏瑞漫知道，许多“朋友”其实是没有权利投票的，他们根本就不是社团成员。但因为每次竞选都没有人检查，竞选也就很自然地变成了“比比谁的朋友多”的比赛。夏瑞漫深知其中的不公，但也无能为力，她更不可能去告诉杰克在座的有些人是不能投票的。已经发生的无法被改变，夏瑞漫只能希望罗莎得到的票数能压过乔。

数了三遍举起的手，杰克终于算出投票给乔的人数，他一边将数字“11”写在白板上，一边自我调侃道:“呵呵，这就是我来伍德兰兹学历史而不去帝国理工学数学的缘故。”接着，杰克又请投票给罗莎的同学把手举起来。

夏瑞漫听到指令赶紧把手伸得高高的，好像自己的积极能帮罗莎多拉几个支持者似的。虽然选举的是别人，夏瑞漫却紧张得不行，这等待结果的一分钟里，夏瑞漫的心跳得飞快，只希望杰克写下的数字能大于11。如果罗莎输了，她不知道要怎样安慰她才好，她更无法想象乔要怎样继续和罗莎在同一个屋檐下过日子，不过是为了小小简历上的一点小小的加分，值得吗？

杰克在白板上写下的数字是“10”，夏瑞漫的希望又一次落空，罗莎一时间失去了两个她最看重的东西——好朋友和为之奋斗两年的职位。失去任何一个都必定让她伤神许久，更何况这回是她的好朋友抢走了她的社长职位，换谁都难以接受。

罗莎和乔的竞争在旁人看来不过跟所有其他竞选一样：有人输，有人赢；赢的庆祝，输的人也只能接受“民主选举”的“公平”结果，愿“赌”服输。所以当罗莎和乔走进来的时候，包括投票给罗莎的人都一起把掌声献给了乔，在掌声中，杰克宣布：“恭喜乔成为我们的新一任社长。”

罗莎还是努力挤出一丝笑容以表现自己的风度，但这个笑容实在不太好看，应该说比哭还难看。乔本应该因为胜利的喜悦而露出灿烂的笑容，但她的笑容也不比哭好看到哪里去。此时在她心里不仅仅有竞选成功的开心，也有怎么也驱赶不走的内疚。在决定跟罗莎竞争之前，乔不是没有做过心理斗争，但最后简历还是将友情一剑刺死，单手提着血淋淋的武器在权力的宝座上孤傲地冷笑。

这才是大学第三年，学生们还没有真正步入社会，就已经开始自相残杀了吗？就连原本最洒脱的乔，也这么快就性情大变了吗？友情并不是简历战胜的第一个对手，简历的能力在一天一天、一年一年地增强，早就打败了兴趣、梦想，甚至爱情、亲情。它变成了所有人用尽心血浇灌的最宝贵的花朵。

竞选全部结束后，乔提议新的历史社团管理委员会成员以及所有社员一起去学校酒吧喝一杯，看来胜利后的快乐还是冲淡了她心中的内疚。罗莎却无法像以前一样与乔一起分享喜悦，她虽然未说一句带刺的话，却也无法大度到把一切都放下，去酒吧对乔说恭喜，所以竞选一结束罗莎就直接回家了。夏瑞漫不放心，便也没去酒吧，选择陪罗莎走一段回家的路。

“你还好吧？”夏瑞漫问道。她问得十分小心，生怕自己这个明知故问又不得不问的问题踩中罗莎心中的地雷。她也不确定罗莎是更希望一个人静一静还是有个人陪，与罗莎一起走到地铁站完全是夏瑞漫单方面的主意。

“嗯，没事啦。”罗莎回答的语气过于轻松，让夏瑞漫不得不认为她在努力隐藏情绪。罗莎顿了顿又说：“当然，刚开始我很吃惊，有种被背叛的感觉。不过事已至此，又有什么办法呢。”看来连罗莎自己都意识到仅仅回答“没事啦”太过敷衍，换作是谁也没办法平静地接受吧。虽然罗莎又多说了两句描述自己心情的话，也提到了被背叛的感觉，但夏瑞漫还是觉得罗莎的“无所谓”太不自然，在她看来，此时罗莎应该气得发誓今生不再与乔说话才对。不过或许罗莎已经在心中说了这番话，只是不愿向别人倾诉罢了。

“乔应该提前跟你说的。但她想要去竞选社长的想法也可以理解，毕竟这是最后的机会。”夏瑞漫道。夏瑞漫暗自“佩服”自己口是心非的能力，她觉得乔在没告诉罗莎的情况下参加竞选很难让人理解，必须谴责。

“当然能理解，而且她是通过民主选举获胜的，我也只能认输。”罗莎说。从她的口气中夏瑞漫无法甄别她是真心这么认为，还是无奈地应付。

“你们的票数非常接近。你还是会跟乔继续做朋友吧？”

“当然会，我们住在一起，想不做朋友都难吧。”

“那就好。事情已经发生了，就让它过去吧。而且大三功课那么忙，还有论文要写，不弄社团也挺好的。有时间我们还可以一起多做些文化活动，一起去看看戏剧，瞧瞧画展什么的。”

“好呀！的确，不想社团的事也没什么不好，轻松多了。”

虽然不知道罗莎到底对她掩饰了多少想法，见罗莎心态如此之好，至少表面如此，夏瑞漫放心多了，满腔的怨气也散去不少。既然当事人都能平静地接受现实，作为旁观者的她又有什么好生气的呢。

当天晚上，乔给夏瑞漫打了电话，问罗莎的情况。乔和罗莎虽然空间距离只隔十几米，但心里的距离却一下子被拉得很远。乔回家后还没见到罗莎，与其说没有见到，倒不如说是故意躲着，所以向一个十几公里以外的人问跟自己生活在同一屋檐下的那个人怎样了，这多少有些荒唐。

夏瑞漫告诉乔：“罗莎竞选后的心情比我想象中要好得多，她并不怨恨你的决定，也明白竞选结果是由社团成员投票产生的。”

乔有些不相信地说：“真的吗？！我还是好怕见到她。”

夏瑞漫心里想：“早知如此，何必当初。”嘴上却说：“罗莎跟我说她已经不介意了，但你今天不去找她也好，等到明天再说吧。”

“瑞漫，我不知道你是怎么想的，但我得对得起自己，你知道吗？我妈也这样跟我说。”

夏瑞漫想对乔说：“你这样做就对得起自己了？副社长和社长真的差这么多吗？如果你真的那么想得到这个职位，为什么不一开始就说清楚呢？既然从来没提过这一茬，为什么又突然起意并且立即付诸行动？”在夏瑞漫看来，有些东西就应该比另外一些更珍贵，友情比职权更值得珍视，这是原则。如果乔和罗莎因此冷战，就算所有朋友都站在乔这边，她也会站在罗莎那边的。

但夏瑞漫一句对乔的所作所为表示不满的话都没说，只是一边“嗯”着，一边听乔对与罗莎竞争的决定做辩解。而乔也就自然而然地认为夏瑞漫并没有怪她。夏瑞漫再次见到罗莎和乔是在一个星期后，两人并排从远处有说有笑地走来，在旁人眼里她们跟其他好朋友一样亲密无间。夏瑞漫见两人和好如初，便没有再提七天前竞选的事。虽然一切都像是回到了从前，但这看似平滑的表面下到底有多少裂痕，无人知晓。不管罗莎是否愿意提起，夏瑞漫知道乔在罗莎心中最柔软的地方狠狠地刺了一刀，不论日后伤口是否痊愈，伤疤永远都会在。

就在海面恢复平静两个星期后，夏瑞漫偶然发现了平滑表面下宽得惊人的裂缝。夏瑞漫知道罗莎有一个几乎没有人知道的博客，她时不时会在上面写下最近的心情和感想。有时候是一首小诗，有时候是关于历史的思考，有时候只是短短的一句话。夏瑞漫访问罗莎博客的频率不高，一是罗莎的更新速度很慢，二是她自己老是忘记。最近一次访问罗莎的博客，是在整理浏览器的网页收藏夹时。博客主页在电脑屏幕上出现后，首先映入夏瑞漫眼中的是大大的、血红的标题：“贱人”。直觉已经告诉夏瑞漫罗莎笔下的“贱人”是谁，但在没读正文之前，夏瑞漫还是满心希望这个罗莎明显无比憎恨的是一个与她毫不相关的陌生人。

只可惜，夏瑞漫的希望又一次落空了。从博客的第二行开始，斗大的“乔”的英文字母[1]就格外刺眼地立在那里，一动也不动。文章不长，但短短三段就把乔从头皮到脚指甲都骂了个遍。从罗莎尖锐的用词中可以看出这一定是她还在气头上时写的。（不过谁又知道她现在是否还在生气呢？）不管罗莎此刻心情如何，至少她曾经对乔恨入骨髓。不管此篇博客写于何时，它还占据着首页第一条的位置，说明罗莎并没有试图隐藏她曾经或现在的想法。夏瑞漫不知道如果她是罗莎，她会怎么做，微笑地接受这一切？破口大骂？拎箱子马上搬出去，再也不跟乔说一句话？说不定那一天来临时，她也会跟罗莎一样，只是在日记本里宣泄一番，然后像平常一样继续跟那个人相处。

夏瑞漫没有将罗莎写过这样一篇博客的事告诉乔，也没有告诉罗莎自己看过她的文字。这三个好朋友就跟以前一样一起上课、学习、吃饭、聊天、玩乐，仿佛一切都没发生过。

1 即 Jo。

（三十一）

抉择

“亲爱的，我真的没有动力去写 Personal Statement（个人陈述）啊。”麦琪一脸愁云地说。

“怎么啦？”夏瑞漫问。

“其实主要是我连报什么科都还不确定，我不想再学数学类了，但完全转专业的话，可能挺难申请的。”

“既然没想好要学什么，或者没什么想学的，就先找工作嘛。”

“工作找不到呀！而且以后无论如何都还是要读研究生，索性一次读完算了，以后就不用再考虑上学的事情了。”

“噢，这样啊。”

“其实就算找工作，我也不知道做什么好。我已经可以看到，我未来就是坐在某一个四方形的办公室里，做着不讨厌也不那么喜欢的工作。那样一坐就是几十年。”

“那你有什么事是特别想做的吗？”

“我对做慈善挺感兴趣的，但这可能得等到十几年甚至几十年后了。我总要先养活自己吧！不管怎样，我都要先靠自己的双手生存，我可不想大学毕业后还吃家里的穿家里的。不管做什么工作，自立为先!”

“嗯。”夏瑞漫嘴上应声说，心里却想，以后如果做学术研究，然后又得不到足够的补助，还不知道要花家里的钱花多久呢。

“唉，其实对于我来说，找工作、读研究生都一样，都不过是几条可选道路中的一条，每条在现在的我看来都差不多，既不让我特别兴奋激动，也不让我恐惧难过，都不过是某种生活罢了。”麦琪说。

“我感觉其实很多人都是这样。大家都说‘去做你想做的事情吧，去追求你的梦想吧’，但很多时候人们并没有对哪一件事特别感兴趣，更没有想去追寻的梦想。”

“对呀！那你呢?”

“如果把历史比作我的恋人，我并没有爱他爱到癫狂，爱到愿意放弃一切只跟他走。但我又舍不得离开他，每当想到如果大学一毕业我就与他分手另寻新欢，就会觉得几年或者十几年后的自己一定会后悔不已，怪自己当年为何没有坚持。所以我应该还是爱他的吧。想到以后可以研究的课题，一种激动的心情会涌上心头。看着在讲台上讲课的教授，我会憧憬着有一天我也能站在那里。读着历史学家用几年、几十年心血写出的著作，我多么向往有一天有人也能手捧我的思想的结晶。这些心情和想法都是我在考虑其他工作的时候所没有的。

“但又有些时候，我怀疑自己的能力，怀疑自己能否做好这份工作——我真能研究出什么名堂吗？尤其在跟朋友圈里一些特别聪明的人比较的时候，这种自我怀疑会更强烈。而且很多时候，我们之所以热爱一件事情，是因为我们做这件事情做得好，有天赋。你见过几个特别喜欢唱歌的人五音不全？你知道有哪个人每天画画却连简单的图形都画不好？所以我想我对历史的热情因为对自己能力的怀疑而有所减少。但无论如何我都会试试，如果连尝试的勇气都没有，我肯定会后悔。”

“你至少有一样还算感兴趣的事情，至少还算有个‘恋人’。对我来说，数学从一开始就是个‘备胎’，其他选择都因为各种原因被排除了，什么语言问题啦，什么父母不同意啦，什么不好找工作啦，最后也就只能把‘备胎’转为‘正牌’。我对我的‘正牌男友’实在没什么感情，但因为已经‘交往’三年，现在越来越甩不掉了。”

“应该也有些专业是没有背景也能申请的吧？”

“应该有一些，但就算如此，我也没有哪科特别想申请。其实都差不多，读研就是为了以后好找工作，或者说为了把找工作这个令人头疼的问题再推后一两年。要说我对学习本身有多大的兴趣，倒也没有，我平时学习也就是为了考试。”

“间隔一年？用这段时间再想想？”

“本来为了出国做准备，入学就比一般人晚了一年，我不想再多浪费一年哪。”

“这应该不叫‘浪费’吧。”

“说句实话吧，间隔年[1]，我要干什么呢？这又是一个问题。而

1 “间隔年”译自英文 gap year，是西方社会通过近代世界青年旅行方式变迁总结出来的概念，一般指青年在升学之前或者毕业后开始工作之前的一段空闲时间，他们在此期间会选择去旅行、兼职等，其目的是强调跳出原有的生活方式，更好地找寻自己的目标。

且一年以后我就能想明白吗？就能突然找到人生目标和人生追求了吗？这也是问题。”

“如果你在间隔年也不知道做什么，那的确是……”

接着是一阵沉默，夏瑞漫和麦琪好像都陷入某种思考状态，但很快发现“未来”这个问题太过巨大，一时半会儿也想不出个答案。夏瑞漫接着又问：“那如果找工作，你就是找投行这些吗？”

“应该是吧。或者去咨询公司之类的，比如精算咨询。现在年薪不到两万英镑也留不下来呀。投行起薪就是年薪四万英镑！反正也没什么别的工作特别想做，那还不如找工资高的呢。”

“嗯，也是。不过去投行的话，你会喜欢那种环境吗？”

“不喜欢也得适应，记得我之前给《水獭报》写的文章吗？”

“噢！那篇。我本来以为你在结尾会说再也不想忍受这样的日子，没想到你会说至少下次再踏入这片领域会有所准备。”

“这就是人生！”麦琪叹气道。

夏瑞漫心想，应该说这就是你选择的人生。

“你就好了，都知道要做什么。”麦琪将话题转向夏瑞漫。

“其实也有很多不确定性啦。”如果申请不到名校的硕士或者博士怎么办？如果只能去二、三流的学校，有在那里读五六年博士的必要吗？如果学术这条路走不通，要找什么样的工作呢？能有公司要吗？能胜任什么工作？在大学的确是读了三年书，但怎么觉得连最简单的工作都做不了呢？

大三刚开始没多久，像刚才那样的对话经常出现，空气中飘浮着一种焦虑不安的情绪，一种夏瑞漫以前在新闻里听过，在电视中看过，从别人的故事里了解过，却从未真真切切感受过的迷茫与不知所措。只有在将要离校的时候才开始不舍，才发现这象牙塔有多美。但在这充满不确定性的空气里，又有一丝令人兴奋的气息飘荡其中，谁能知道在最不经意的时候会有怎样的惊喜？就像猜不到结尾的电影更扣人心弦，满是未知数的人生更值得期待。夏瑞漫在想：或许她能被哈佛录取，或许连伍德兰兹都不愿收留她；或许她成了世界闻名的历史学家，或许她定居在马拉维，在当地教英语；或许她嫁给身家千万的企业家，或许她和穷画家结婚了，或许她觉得独身挺好，或许……所以应该为满是迷雾的未来雀跃才是。

“但这根本不是问题所在。”麦琪听了后不满地说。

“什么意思？”

“对于有些人来说不是选择太多，而是没有选择，一个都没有。”

“对于有些人来说可能吧。但很多时候，到底有多少选择是我们自己定义的。还没做选择之前就在自己的头上加个框框，那选择自然就少了。”

“你把一切想得太美好了。很多条条框框是社会给的。”

“现在的年轻人太想一步登天，太急于求成，花几年甚至十几年尝试、寻找适合自己的路也不是什么坏事。‘起薪一年才五六千英镑的工作怎么能做呢？尤其我们已经在教育上下了血本，有投资就要有回报呀！’这样的想法只会限制自己的选择。我倒觉得刚毕业的头几年没法养活自己也没什么大不了的。”

“我觉得很‘有什么’呀，爸妈生我养我，给我付那么昂贵的学费，我怎么能毕业后还从家里拿钱呢。这太丢脸了。而且我用他们的钱也用得不舒服。”

“但如果父母特别乐意帮你出钱呢？”

“那我也不想。”

“好吧。”

午餐时，历史系朋友们的对话也从以前的历史、政治、八卦新闻转向更加实实在在、更加紧迫的找工作方面。萨缪尔正在全身心准备律师事务所的申请。魔术圈[1]、高伟绅律师事务所、富而德律师事务所等，突然变成了话题的中心。

“你想当出庭律师还是事务律师？”夏瑞漫问萨缪尔。

“应该是事务律师吧。比较稳定些。”萨缪尔只思考了两秒便说。

“但我感觉出庭律师做的工作有意思多了！”夏瑞漫道。可能是律政片看多了，戴着假发在法庭上为客户辩护的出庭律师，在夏瑞漫心里总有一种特殊的意义。

“是啊，但是考证就要考好久，考完以后还要找客户，出庭律师其实就是自己聘请自己。而且，我也不想当律师当太久，我希望将来能从政。”

“未来的保守党领袖，你好。”夏瑞漫打趣地说。还是跟以前一样，萨缪尔并未谦虚地说这是根本没可能的事，而是面带憧憬地说：“希望有一天可以，希望有一天可以。”在那一刻，夏瑞漫真的感觉对面坐着的就是一位将来英国重要的政治家。

听了萨缪尔的话，罗莎略显忧虑地说：“萨缪尔，你还真有这个潜质，我可不希望你成为保守党领袖，因为你带领的保守党很可

1　魔术圈（英语：Magic Circle）是伦敦五大顶级律师事务所的合称。——作者注

能赢得选票。可你看看现在保守党当权的国家都成什么样子了。”

“如果我哪天真的竞选首相，你们会投票给我吗？”萨缪尔说话时特意看了看罗莎和乔。

“噢，天哪！”罗莎像是突然遇到了人生最大的难题。此后许久罗莎和乔都没说话。

夏瑞漫打破沉寂说：“我会投给你的。”

“谢谢，谢谢！太感谢了。只可惜你不是英国人！”

“我可能会弃权。我觉得我这辈子都不可能投票给保守党的，这是对我自己的背叛！但你是我的好朋友，我也不能投给你的对手，所以还是弃权吧。对，弃权是个好主意。”罗莎还真的在思考这个问题，好像明天就要做出选择似的。

“我太伤心了，你竟然不愿意支持陪你度过最美好的大学时光的伙伴。”说罢萨缪尔假装哭起来，把全桌人都逗笑了。

“萨缪尔，你知道罗莎为什么叫罗莎吗？”笑声之中传出乔的声音。

“因为她爸妈给她取了这个名字？”

“哈哈。”乔干笑了两声以表示萨缪尔的回答一点都不好笑，然后说，“她的名字来自罗莎·卢森堡[1]。”

“不会吧！罗莎·卢森堡，那个马克思主义政治家、革命家？！”

“对啊。所以说她选择弃权已经是为你做出巨大的牺牲了。”

“不是吧，罗莎，你们家里人也这么左派？”

---

1 罗莎·卢森堡（Rosa Luxemburg，1871—1919），国际共产主义运动史上杰出的马克思主义思想家、理论家、革命家，被列宁誉为“革命之鹰”。

“是的，非常左。”

“果然有其父母必有其女。”

“那你呢，乔？”见从罗莎这边拉不到票，萨缪尔又将重心转向乔。

“我不知道呢，不像罗莎，我的政治态度在未来是有可能改变的。但如果你明天就竞选，我也只能弃权了。”乔回答说。

“对了，”乔又道，“我也在想要不要报律师事务所呢。”

“不是吧！”夏瑞漫脱口而出，大脑反应时间不到0.1秒。话一出口，夏瑞漫发现自己得说些什么来解释自己的反应。

“怎么人人都要转律师？乔，我就是觉得你不会太喜欢那种氛围，你应该会比较喜欢随性一些的工作。”

“我承认你说得对，但律师工资高呀。”乔说。

夏瑞漫也就没有再说什么了。

“劳伦，那你呢？”见劳伦一直都没怎么说话，肖恩问道。

“我投了很多简历，什么工作都去申请，终极目标就是留在这边不回国。”

“你这么讨厌回国？”肖恩没料到这会是劳伦的回答。

“不是啦，我是觉得回去以后的生活有点艰难。”

“具体是哪些方面？”乔插话说。

“都是一些很小但很现实的问题，比如：我就算在北京找到了工作，还肯定得住家里，或者在郊区租房子，或者继续用父母的钱生活。都不是我想要的！而且我很厌倦面对爸妈的唠叨以及各种亲戚全方位的关注……反正不如一个人在异国他乡自在。”

“那瑞漫呢？你以后还想回国吗？”肖恩看着夏瑞漫。

夏瑞漫回答说："嗯，这个嘛，我不会一毕业就马上回国，但最终还是想回中国，毕竟那是自己的家、自己的根，不论走到哪里，最后还是希望能回去的。我想要回去为它做点什么。"

"真是一个爱国的有为好青年。"劳伦笑着说。

"那你呢，罗莎？"轮到夏瑞漫问了。

"我可能会先考公务员吧。"话音未落，罗莎自己都有些不好意思。

"第一次我们坐在一起聊天的时候，你说你想发起一场革命来着？"夏瑞漫开玩笑说。

"呵呵，你们等着，这一天会来的。不过在此之前呢，我要先积累一些社会经验。"

"你要想清楚，公务员不一定适合所有人，以后想换工作也比较难喽。"乔说。

"我们都知道肖恩的目标是成为世界上最聪明的人，夏瑞漫同学，你好像从来没提过你以后的打算呀。"罗莎没接乔的话，急切地想把话题从自己身上转开。

"喂，等等，什么叫我的目标是成为世界上最聪明的人？"

"噢，不应该是说目标，因为你已经是了。"

"什么呀，你们都比我聪明好吧。"

"那你以后想做什么？如果不是做历史研究就太可惜了！"

"我想去联合国工作。"

"哎呀，我们这里以后不仅会有英国首相，还有联合国秘书长，以后我就靠你们罩着了。"乔打趣地说。

肖恩说出自己想去联合国工作后，夏瑞漫才突然发现，这事肖恩从来没跟她提过。作为肖恩的女朋友，她竟然是跟其他人同时了解到肖恩以后的职业规划的，夏瑞漫心里很不是滋味，但脸上却要极力表现出“这我早就知道了”的样子。

“才不会嘞，我能不被炒鱿鱼就谢天谢地了。”肖恩心里或许有跟萨缪尔一样的宏愿，但他总会把这些想法小心地藏起来。说出来了是不是就意味着一定要实现？在大家毫无期待时带来惊喜，总比在多双充满期待的眼睛下生活，最后却一事无成好得多。大家早就知道肖恩喜欢嘴上妄自菲薄的习惯，都没把他的话当回事。

“瑞漫，你还没说呢。”罗莎没打算这么轻易放过夏瑞漫。

“继续读书，希望有一天能当教授吧。”

“哎哟，不错嘛，夏教授。”

“不敢当不敢当。”

“你上第一节课的时候要叫我们一起去！”

“第一节就算了，第一次讲得一定很烂，等我熟练了，脸不红心不跳了，再叫你们来。再说了，以后你们都是大忙人，哪还有这个闲工夫呀。”

“他们我就不知道了，我那时候说不定失业在家，没事干，织毛衣呢。”罗莎道。

“行了吧你。”夏瑞漫说。

此时，夏瑞漫心里还藏着另外一个梦想，她琢磨要不要说给大家听听，但最后还是没开口。听上去会不会有些可笑？她，小说家？她想写下些什么？什么都行。他们的故事？还是别说出来了，她写出的文字会有人愿意读吗？但也说不定能一炮走红？说不定还能被改编成电影？夏瑞漫告诉自己别这么爱幻想。

刚满二十岁的他们正处于爱做梦的年龄，有些人的梦真实得仿佛触手可及，另外一些人的要使劲踮着脚、伸长了手，才勉强能够到边。如果十年以后他们再次这样坐在一起聊人生和梦想，他们又会以怎样的心情说些什么呢？或许他们真的会成为律师、联合国工作者、大学老师，又或者他们做了其他事情——成功了，失败了；幸福着，悲伤着。谁知道呢。

（三十二）

闪着星光的夜空

第三年的课程明显加大了难度，历史课的阅读量陡增，每科每周必须要读的就有一百多页，除此之外还有选读书目和每几周要交一次的两千字的小论文。而大三课程与大一大二课程最大的不同是加入了必读的第一手资料，考试时也需要分析第一手资料。由于老师可能从任何一周的资料中出题，选择性复习不再是一种可选的考试战略，所以每周的课都不能落下。

其中一门课是夏瑞漫非常天真地按着兴趣选择的“启蒙运动”，这与其说是一门课，不如说是两门课，它是历史跟哲学思想的结合。本来第一手资料就不好读，几百年前的人写的东西更不好读。狄德罗、卢梭、洛克，虽然都是耳熟能详的名字，但真要理解他们的思想和哲学，再结合历史背景，有条理地说出个一二三来，还真不那么容易。

因为大二关于阿以冲突的课很有意思，夏瑞漫在大三又选择了另外一门跟中东地区有关的课程——“波斯湾的竞争”。不过这门课的教学内容与夏瑞漫的想象有些不同，本以为重点是波斯湾国家的内部发展，但其实讨论最多的是美英在波斯湾的外交政策，简直就是国际关系课程。这门课让夏瑞漫感受最深的，是大众眼中的历史与经过学术研究后写出的历史之间的差距是多么巨大。

提起另外一门课程，夏瑞漫也有满肚子的话要说。学习不同的历史学派完全是另一番天地，全新的景象。夏瑞漫从来没学过以大量理论为基础的课，一下子有点吃不消。历史跟社会科学最大的区别不就是历史学家少讲理论而多“就事论事”，探讨每件事情的差异性，以实际例子和文献作为依据吗？抽象的理论知识让夏瑞漫一夜回到刚到伍德兰兹的时候，吭哧吭哧读了好几十页还是一头雾水。

不过有些理论实在有趣。学习后现代主义对夏瑞漫冲击极大，可她却又想不出推翻他们论点的理由。后现代主义历史学家说，真正发生的历史事件与后人能够还原的历史之间总有一定的差距，这是一个知识论的问题。其实说到底，后现代主义的问题之一便是我们到底能否准确地还原历史，而他们给出的答案是完全否定的。在他们眼里，历史写作其实就是一种文学形式，是讲故事的另外一种方式。所谓的文献也不能成为连接过去、现在与未来的桥梁。也就是说，历史学家都生活在自己鼓吹的泡沫里！夏瑞漫不断问自己：那学习历史的意义到底是什么！或许后现代主义历史学家的主张很极端，但要找到他们的理论的致命弱点也不容易。噢，天哪，我们相信的过去，很大一部分可能都不过是“小说”，是虚构的，而真实与否永远无法考证。

这不禁让夏瑞漫开始思索这个世界的真实性问题。我们永远都无法知道眼前所见和感受的世界是否是真实的，说不定这一切都不存在，只是感官在欺骗我们。但因为我们只能通过眼睛看、耳朵听、鼻子闻、手触摸来感受身边的事物，我们永远无法跳出这个框框来验证感官的真假，永远无法证明眼前的桌子是真真切切存在的。就像希拉里·普特南[1]说的，我们可能只是在缸里的大脑，整个世界都是虚构的。

相信所有一切都是感官在跟我们开玩笑实在很难，夏瑞漫觉得比较理想的解决方式之一是概率法。大概就是安慰自己说，虽然我们的确无法百分之百确定，但所有存在的证据已经可以表明这大概率是真实的，那么举证责任应该落在推翻现有“常识”的人身上，他们要具体证明他们的理论成立，而不是让从身边的观察得到显而易见答案的人证明这些“常识”。

这个道理应该也能用于对后现代主义历史学家的回复。他们的主张不无道理，但我们写出的历史是真实的概率已经足够大了，这让我们有理由去相信它，举证责任在后现代主义人士身上。这样想着，那种胸闷的感觉舒缓了不少，但后现代主义确实也触及了很多历史研究中的问题：文献的可信度有多高？如何区分可靠文献和不那么可靠的文献？我们从中到底能多大程度准确地了解当时的情

1　希拉里·普特南（Hilary Putnam，1926—2016），美国当代著名逻辑学家、科学哲学家。他提出了一个“缸中大脑”实验，假设一个人的大脑被邪恶的科学家从人体中取出并放入装有营养液的缸中保持生理活性，再用超级计算机连接大脑神经末梢，并向大脑传递和在人体时一样的各种神经电信号，同时对于大脑发出的信号也给予和平时一样的信号反馈。这时大脑所体验的一切都将是超级计算机所提供的假象，超级计算机也可以为这个大脑创造任何体验，那么大脑还可以意识到自己的处境吗？该实验的基础是人所体验到的一切最终都会在大脑中转化为神经信号。

况？当代社会文化和被研究时期的社会文化之间的区别到底有多大？我们能用现在的价值标准来衡量几百年前的社会和人民吗？等等。

在夏瑞漫看来，最有趣的是“社会建构主义”这个概念。她不确定自己的理解是否百分之百正确，但其中有个观点是这样的：知识是在社会和文化中建构的人类产物。它打破我们既有的看问题的方式，其实也可以说是对所有问题多问了个“为什么”。桌子、椅子、床本身是没有任何意义的，这包括它们的形态和名字。我们之所以现在说到椅子马上就能联想到坐下时使用，大部分情况下有四条腿的那个东西，不是因为椅子本身带有这些特质，而是社会赋予它的。因此说到椅子，每个生活在这个社会的人便能联想到同样的物件。

不仅仅物件如此，更重要的是，我们以为既有的想法和观念也是社会建构出来的成规。比如说男性就该有阳刚之气，比如说女性就该温柔婉约，再比如对“民族国家”和“民族主义”的认识。人们把从出生起就开始接受的看似普世的文化和理念当作理所当然、自古就存在的价值，其实不然。如果要再与历史学习挂钩的话，这再次说明理解特定时期的社会文化背景是多么的重要。

在埋头与书本斗争的枯燥日子里，苏菲突然的邀约就像是及时雨。

苏菲和夏瑞漫自从报社主编生涯结束后就没再联系。还记得大二结束时两人还各自许下誓言说以后虽然不在一起工作了，也要多出来一起聊聊天吃吃饭，即使毕业之后，也要常联系。这不，才刚过去一个暑假，不在一个系又不住在一起的她们，开学一个多月了，连个照面都还没打过。也许，誓言终究只是美好的愿望，她们俩连在大学里常常见面都不是一件容易的事，更别说大学毕业后继续保持联系了。

不过在《水獭报》同甘共苦的日子毕竟是难忘的，短暂的“分别”后，苏菲突然打电话给夏瑞漫，邀请她一起去坎伯兰小屋过周末。夏瑞漫以喜悦的心情迎接苏菲的“归来”，在连“坎伯兰小屋”是什么都不知道的情况下就答应了邀约。

苏菲告诉夏瑞漫，坎伯兰小屋是属于皇家的一个小城堡，就在温莎城堡附近。现在那里有一个慈善机构，专门举办给学生们拓宽视野的讲座。她们可以在那过上一个周末，白天听讲座，晚上参加派对。周日上午可以去皇家教堂，有时候女王也会在场。

“什么？女王也可能在？！”

“前年我朋友去的时候就见到了！”

“希望我们的运气也能这么好！不过我觉得应该是没什么可能了。我长这么大连一个明星都没见过！”

“说不定这次就见到了呢，嘿嘿。”

很快到了出发的时间，周五下午四点半，夏瑞漫准时来到集合地点。车门还未开启的大巴旁已经站了许多等着上车的人，他们围成几个小圆圈正聊着天，内容依旧停留在乏味无趣的自我介绍上：你读研究生还是本科？你是什么系的？你是哪里人？这些问题结束后便没有更多话可说。不过还好，聚在一起聊天的人还算多，等每个人交换完基本信息后，也就到上车时间了。夏瑞漫在人群中寻找苏菲的身影，但并未见到任何熟悉的面孔。夏瑞漫又仔细地看了一遍，还是没见到苏菲。虽然晚到几分钟是常有的事，夏瑞漫还是忍不住担心：苏菲不会爽约了吧。

无心跟陌生人交换个人基本资料，夏瑞漫一个人站在与人群有一定距离的地方等苏菲。她很快拿出手机，假装自己在做些什么，要不然一个人干杵在那里多尴尬呀！可惜没有新的短信，夏瑞漫只得漫无目的地刷毫无新鲜内容的微博。她的眼睛认真地盯着屏幕，像是被什么非常有趣的新闻吸引住了，其实她根本无心看这些，只希望苏菲快点出现。又等了十分钟，还是不见苏菲的身影，这时大家已经陆续开始上车，只剩下点名的老师和零星几个跟夏瑞漫一样像是在等朋友的人站在大巴外。

“天哪，我不会是要一个人去吧！”夏瑞漫在心里叫道。

她已经发短信给苏菲，但并没有回应。可苏菲并不像是会无缘无故爽约的人哪？即使不来也应该会事先通知吧？就在这时，苏菲从远处小跑过来，边喘气边说：“不好意思不好意思。”

“没事，先上车吧。”

“我刚才跟一个朋友聊天，忘记时间了。”在大巴上，苏菲对夏瑞漫说。此时大巴已经开动，夏瑞漫和苏菲是最后上车的。

“就是刚才跟你一起走过来的那个？”

“对的。”

“长得挺帅。”

“还行吧。”苏菲说完，一副欲言又止的样子。

“然后，你跟他……”

“唉，一言难尽。”

“那就多说几句呗，我们在车上有的是时间。”

“哈哈！其实也不是什么精彩的故事啦。我三个星期前才通过一个共同的朋友认识他。第一次见面我们就单独聊了差不多三个小时。后来就常常发短信，他会约我一起去图书馆学习，见面喝咖啡之类的。”

“很好呀！”

“听我说完嘛。我可以感觉到他特别喜欢我，我们也挺聊得来的，应该说在某一些话题上还算聊得来。但他有一些想法实在让人难以理解，甚至有点恐怖。”

“比如？”

“他觉得女性不应该在外面过夜，他要求他姐姐每天晚上都要在十一点以前回家，去参加派对之类的活动结束后也不能住朋友家，不然他会很生气。”

“什么？！那是他姐姐呀，人家至少二十几岁了。他是哪里人？”

“他是在伦敦长大的，但父母是叙利亚人。”

“好吧，咱们学校果然够国际化。”

“然后他又说不相信无私的奉献，每个人爱别人都是有目的的，都是为了得到什么。”

“这意思是他对你好也是有目的的吗？”

“不知道呀。而且我感觉他的控制欲特别强，有一次跟他见面完晚上回家，他告诉我一回家就要发短信给他。但后来我因为有什么别的事情就忘记了，他十二点多发短信过来说：‘你要是再不发信息给我，我就要动用军队去找你了。’可我现在还跟他什么关系都不是呀。这只是众多例子之一。”

“这人实在太可怕了，换作我就完全不想理他了。”

“我也觉得他的有些想法太过了。但他让我觉得自己很特别，让我第一次觉得有人真的很关心和在乎我。”

“你以前的男朋友呢？”

“他们不是什么好人。”

“好吧。可是你喜欢他吗？”

“这个，我也不知道。说实话，我觉得我可能主要是喜欢这种被捧在手心的感觉。”

“跟他在一起以后你就不会喜欢了！绝对半点自由都没有！他连他姐姐在外面住都接受不了呀，同学！”

“你说得对。”苏菲嘴上这么说，夏瑞漫知道她其实根本什么都没听进去。当我们决定是否跟一个人恋爱、结婚、生子的时候，什么是最重要的因素？真的是爱吗？爱又是什么？

大巴正以每小时低于五公里的速度行驶着，伦敦市中心的交通让最有耐心的人都忍不住要抱怨几句。街上步履匆忙的行人早就一个又一个超过了缓慢挪动的汽车，接着消失在远处的小巷里。夏瑞漫知道周五晚上车会拥堵得厉害，但没想到四点多就开始塞车，也没想到已经到了寸步难行的地步。

“都快一个小时了，我们还在伦敦市中心！”夏瑞漫抱怨道。大巴正在泰晤士河边缓慢爬行，河的对岸是威斯敏斯特宫和大本钟。夏瑞漫知道威斯敏斯特宫又名议会大厦，是上议院和下议院的所在地。萨缪尔的终极梦想，就是坐在议会厅里那一排排长条形的绿皮沙发上开会吧。此时，在夕阳光辉的映衬之下，这栋宏伟的哥特复兴式建筑显得格外庄严。前方的泰晤士河因船只来往，荡漾着水波，又给这份庄严增添了几分灵动。

“温莎离伦敦一点都不远，大部分的时间其实都是在市里走。”苏菲表示同意。

过了一会儿，苏菲又突然有些兴奋地说：“你看那个公寓，感觉很不错！要是能住在那儿就太爽了！”苏菲指着的那座建筑很现代化，每家每户都有大大的落地窗，窗外就是伦敦最负盛名的景点。

“真的。住在里面的人肯定巨有钱。”

“不过里面的人可能每天十一点多才能回家，早上六点多又要去上班，根本无法享受房子本身的舒适。”苏菲又把刚才期待的心情收回了一半。

“对呀，八成都是在投行上班的。”

“唉，我不知道我是应该宁可穷也要做自己喜欢的事情呢，还是当大企业机器里一个富有的齿轮。”这还是苏菲第一次跟夏瑞漫提起未来，看来大三一到，一朵叫“生存压力”的云便迅速地飘到每个人的头顶。没人知道这朵云何时会被风吹开，它在那儿久了就落了根，再也不走了。

“你想做的是什么？”

“我平时喜欢写写短篇小说，现在已经写了一些了，你可以去我的博客看。我脑子里还有很多小说的点子。我还想跟着人道主义组织一起做些事情，去帮助宣传国际上被忽视的不公事件，甚至可以帮他们拍纪录片。”

“你以前都没跟我提过这方面的想法，很好呀，我支持你。”

“但写作和帮人道主义组织做事不一定能让我生存，至少刚开始不行。更别提让我住进那样的房子里了。”

“开始的时候你可以一边工作一边写嘛，可以在周末或晚上在家的时候写。”

“这样可以，所以我想找一些不是特别忙的工作。如果我去了律师事务所或者金融机构，绝对没时间。我怕以后我会习惯这样的生活，忘记了最开始我想做的事情。”

“对呀，而且你不觉得如果做的事情自己一点都不喜欢，住在再漂亮的房子里也没什么意义吗？”

“这倒也是，钱差不多够用就行了。不过那房子真是太好看了。”

大巴渐渐开出喧闹的市区，驶入城外的高速公路。太阳已经完全落到地平线的另一边，加上没有霓虹灯的照射，窗外一片漆黑。车内也只有微弱的灯光，但这并不影响声音的活跃。从偶尔传入耳中的片段里，夏瑞漫得知坐在她斜后方的是两个从中国某高校毕业后来伍德兰兹读研究生的中国女生。其中一人似乎也被感情问题困扰着，不断地问另一个女生“你觉得他是喜欢我吗？”，话题接着又转向毕业后想找什么样的工作。听起来她们讨论的问题跟苏菲和夏瑞漫的没什么两样。

坐在夏瑞漫正后方的是两个足球迷：一个来自曼彻斯特，支持曼联；另一个则是伦敦本地人，支持阿森纳。从上车的第一分钟到下车前的最后一分钟，他们只有短暂的五分钟没在谈论足球。

“后面那两位说得好激动。”夏瑞漫小声跟苏菲说。

“英国男人，你明白的！”

“疯狂的球迷。”

坐在苏菲右边的两个男生正在申请实习和找工作，他们谈论的关键词无非是摩根士丹利、高盛、巴克莱银行、德意志银行等等。苏菲轻声在夏瑞漫耳边道："他们有一天就会是住在那栋公寓里的一员。"夏瑞漫半开玩笑地回复："他们的心很快就会从红变黑。"

两个小时的车程后，大巴终于在一片空地前停下。"到了？我觉得我们才刚离开伦敦。""本来就不远，要不是塞车，一个小时前就到了！"

虽然车外几乎一片漆黑，能看见的只有不远处城堡里的灯光，但夏瑞漫已经闻到了乡村的味道，久违的乡村的味道！是青草的味道，是清新空气的味道，是广阔星空的味道。抬头看天，真的有星星！在去之前夏瑞漫只因能跟苏菲好好聊聊天而高兴，并未想到暂时离开城市是多么美好的一件事情。这是真正的平和与宁静。高中的回忆涌进脑中，就是这样的空气，就是这样的风，就是这样的黑夜。上次伸手几乎不见五指是什么时候来着？肯定不是在伦敦。在伦敦市中心晚上十二点回家都不用害怕，有路灯为伴，更有刚从公司下班或是醉醺醺的路人作陪。

"什么？！乔和萨缪尔昨天晚上？"夏瑞漫的手在手机键盘上飞速运动。

周末少有的平静终于被罗莎发来的短信打破。

"在万圣节的派对之后？那个派对我前两年都去了，什么事都没发生，今年我一不在场就……真希望我昨天也在！"

在乡下的城堡里听讲座的日子过得的确挺悠闲，但也缺了一些刺激。刚到乡村时的那种舒适之感也渐渐淡去，随之而来的是对城市的怀念。还好夏瑞漫选择的是在市中心的学校，要不然日子该有多无聊。刚去伦敦时对大城市的不习惯，如今转变成了对单调的乡村生活的不适应。两年前对伍德兰兹繁忙学业的抱怨，也变成了对得以成长的感恩。

“到底一切是怎么发生的？快点告诉我。”晚上趁苏菲洗澡的时候，夏瑞漫打了个电话给罗莎。

“说实话我也不太清楚，大家都喝得有点多。昨天，乔穿得像是一只性感的小猫，但你知道的，她平时连裙子都很少穿。然后突然不知道怎么的，他们就在一个角落亲起来了，然后今天早上我看到乔从萨缪尔房间出来。”

“那他们现在见面不会很尴尬吗？还是他们准备进一步发展？”

“乔跟我说应该不会，他们只是把对方当好朋友，那不过是喝醉了以后脑子不受控制做出的事情。”

“天哪，真想不到会是他们俩。”

“可不！不过现在一切又恢复正常了。至少表面上是这样。你呢？你的周末过得怎么样？”

“还不错吧。偶尔离开伦敦挺好的。不过我现在已经想回去了！你发来的那条短信算是我这个周末最精彩的部分了。呵呵。”

“那你的周末是够无聊的。”

“有几个讲座还挺有趣的，尤其是关于伊朗核武器的那个。原来伊朗最开始的核原料都是美国提供的。还有你知道孙中山和奥巴马在夏威夷上的是同一所高中吗？但另外几个讲座特别无聊，听得我困死了。”

“昨天晚上如果你在就好了，特别好玩。虽说我喝得太多，好多事情都记不太清楚了。”

“嗯。不过我也很想跟我的这个朋友在一起呀，我们平常都不怎么见，难得有相处的机会。好了，先不跟你说了，我朋友洗完澡出来了。”

“等会儿要不要出去看星星？”苏菲从浴室里走出来，边用毛巾擦头发边问。

“星星！好呀！”夏瑞漫这才想起来，除了刚来的时候抬头望了一眼天空以外，都没好好出去看星星。以前去野营的时候她可以仰着头看那些一闪一闪的小家伙看好几个小时，直到脖子发酸、眼冒金星仍不愿移开视线。这样的景色本不该这样稀少，星星永远都在那里，我们本该每天晚上抬起头时都能看见它们眨眼睛。可惜这种满天繁星的夜晚，夏瑞漫长这么大也就在巴恩特格林的那两年见过。

可能是天气的缘故，更可能是坎伯兰小屋离伦敦市区并没有那么远的关系，头顶巨大的黑布上只点缀着十几颗星星，但对于连真正的黑夜都不常见到的苏菲和夏瑞漫来说，这已是少有的美景了。苍穹中不仅有星星闪烁，还挂着一轮弯月，月牙虽细，散发出的光却一点都不弱，像是在向世人炫耀它婀娜的身段。画家们再怎么经过缜密思考的构图，也无法比拟大自然最真实、最随意、毫无雕琢的样子。

虽然已入深秋，夜晚的温度却出奇的高。裹上大衣后，风吹在脸上只觉得凉爽，并无一点寒意。“要不要躺在草地上？”苏菲提议。夏瑞漫爽快地答应了。上次躺在草地上是什么时候？她已经完全记不清了。

哪怕是在这最远离尘嚣的时刻，最宁静广袤的星空下，夏瑞漫和苏菲的对话还是围绕着城里那些事，并没有变得轻松起来。

“你论文的事弄得怎么样了?”苏菲问她。

“不怎么样。”噢，论文！曾经可爱但现在面目可憎的论文，是让所有历史系学生又爱又恨的孩子。女人怀胎要经历近十个月的辛苦，但从孩子放声啼哭的那一刻起，从一双小手在空中挥舞开始，所有这些都值了。写论文就像生孩子，自己没有的时候看别人的怎么看怎么可爱，巴不得自己马上就有一个。等真准备生了，才发现从脑子里挤出个“孩子”实在不是件易事，为了让这“孩子”出生时健健康康，怀孕时的营养一点也不能少，用历史文献把这“孩子”养得白白胖胖吧！等看到用过去十个月的时间一字一句敲打出来的论文装订成册时，一切都值了。它将美丽地闪着金光。

夏瑞漫的这“孩子”离出生的日子还早，她感受到的还只有肚里沉甸甸的负担，要当“妈妈”的喜悦的影子都看不到。不过也不完全是，事情并没这么糟。也有发现从未接触过的史料的惊喜、新想法突然萌发的激动，以及与历史对话的满足。头一回，她和同学们不再只是被动地跟着教学大纲学习（读这些书吧，回答这个问题，历史学家的意见是这样的）。历史学家说的就一定正确吗?如果不是，那要怎么判断?除了跟随直觉和阅读更多其他历史学家的观点，还有什么依据?第一手资料?档案库?那神秘诱人，浑身散发出不可靠近气质的档案库!

“难不难哪，瑞漫?一万字呢。”苏菲不用写论文，她也不擅长，决定还是老老实实地去参加年终考试。

“想观点和角度难，知道写什么了之后，其实一万字并不算太多。这就好比备孕，最难的是‘精子’遇到‘卵子’的那一刻。我现在就怕自己的观点不够新，想的都是别人说过的。”

“要有新观点很难哪，你准备的时间其实也没有那么多。”

“对呀！我知道的东西大部分都是从书里看到的，档案库的资料，别的历史学家在做研究的时候八成也看过。”

“还好我不用写论文。”

“等准备考试的时候你就不这么说了。我们‘论文队’少考一门，哈哈！”

“而且毕业的时候，有一件实实在在的自己的作品也很不错。”

“苏菲，你看那几颗排在一起的星星，会不会是什么星座呀？你能看出什么名堂不？”

“完全不行。很抱歉，我无法从宇宙中读出我们的未来。”

“哈哈，只有在偶像剧里面，才会有人们看到星星就幻想各种预兆的童话画面。只希望这不是我们这辈子最后一次躺在草地上看闪着星光的夜空。”

（三十三）

牛津大学

论文的写作正在缓慢进行，很多时候夏瑞漫都觉得自己在做无用功，读的大部分材料都不会写进论文里，但不读又不行。夏瑞漫的论文导师罗伯逊教授在业内大有名气，她提前了好几个月就找到他，这样才拿到了一个名额。名师教导确实与别人有所不同，每次与罗伯逊见面沟通都有一句顶一万句的效果。但这所谓的“每次”其实加起来只有三次，每次时间不超过十分钟。罗伯逊时间表安排得很满，每次见面都要通过秘书预约，每次预约到的时间都是三个星期以后。见教授这样忙，夏瑞漫也就不好意思总不停地发邮件打扰。所以总的来说，写论文这事就是她一个人在战斗。

如果说考试让人在某一小段时间里精神高度紧张，那论文在点击“打印”选项那一刻之前，都像是头顶上方三十厘米处悬着一把剑。它离你不近，但它一直都在那里，时不时垂下来，在你头顶扎那么一下，告诉你说，记得呀，论文还没写完呢。

除了论文，这段时间夏瑞漫头顶上方又多悬了一把剑。刚开学的那阵子，夏瑞漫跟肖恩的感情格外好，所谓小别胜新婚。但渐渐地，肖恩的情绪起伏变得频繁。有时候肖恩突然像变了个人，过几天好些了，然后又低沉下去。随着圣诞假期的临近，有好几个晚上夏瑞漫半夜醒来时都发现肖恩已经起来了，或者翻来覆去的还没睡着。夏瑞漫试图问他是否有什么烦心事，肖恩却都坚持说一切正常。有几次夏瑞漫都想大叫：“有什么天大的事不能说，我是你女朋友，告诉我有什么关系？”但看到肖恩黑得发紫的眼袋，还是忍住了。

接着有一天，夏瑞漫在肖恩的抽屉里无意中看到一封来自牛津的信，打开一看竟是通知肖恩两周后去圣安东尼学院面试的信。

“你报了牛津？”见到从客厅走进来的肖恩，夏瑞漫语气平静地问道。她惊讶地发现自己竟然没因为肖恩什么都没告诉自己而生气。

“你怎么知道的？”然后他一看桌上的信便明白了，“你为什么翻我东西？”

“是你自己叫我帮你从抽屉里拿剪刀出来的！”

“噢，对。所以你就能看我的信？”

“你为什么不愿意告诉我们你报考了牛津？这又没什么。”

“这你还不懂吗，因为我怕考不上。你们知道我报了之后肯定会觉得我一定能考上，那我要是没考上呢？所以还不如真的考上的时候再跟你们说，如果没考上就当没这回事。”

“你这段时间这么紧张，就因为这事？”

“可能吧，不知道。”

“亲爱的，”两人已经肩并肩地坐在床沿上，“考不考得上这些都是后话，但别什么事都自己担着呀。在报考的过程中，在等待回复的时候，你肯定希望有个人能分享你当时的心情。负面的情绪也没有关系。因为我喜欢你，我希望你能告诉我你在干什么，在想什么。没有人是永远刚强的。而且如果偶尔你能把脆弱的一面展现给我，我会觉得自己很特别，绝对不会把你看低。”夏瑞漫其实很少跟肖恩说这样的话，这一段虽然完全即兴，没打过草稿，却好像说得不错，夏瑞漫似乎看到肖恩在微微点头。又或者她其实潜意识里已经为这番话打了无数次草稿，每天都盼着有机会说出来。在此之前他们不是每天都在交流吗？那他们都在说些什么？只是无关痛痒的打哈哈的话吗？

夏瑞漫又接着说：“人们总是希望在乎的人只看到自己最好的一面，多少离开家门求学的子女对父母从来报喜不报忧。但最亲的人希望你能把喜悦与烦恼都告诉他们。没考上也没关系，努力了就好。其实我之前心里还有些怪你怎么连试都不试。”

“嗯，以后有什么事情我会告诉你的。”

夏瑞漫虽然不知道肖恩只是敷衍还是真的打算做出改变，但还是高兴地说：“嗯，谢谢！”

“但你能不能还是先别告诉其他人？”

“好的。”

两人又这么坐了一会儿，都只是低着头，没有任何言语。肖恩突然告诉夏瑞漫，他现在还是有轻度抑郁，每周回比利时都会看医生。这是夏瑞漫跟肖恩成为男女朋友以来，肖恩第一次明确告诉夏瑞漫他有抑郁症。虽然她一直怀疑肖恩是否完全恢复了，但那三个字还是如此刺耳，它们在空气中凝结，似乎永远不会消失。当时夏瑞漫只是听着，回到家后却哭了好久。

抑郁症看不见摸不着，却比断一只胳膊少一条腿还折磨人。因为它看不见摸不着，又常不被理解，所以外人无法分辨出到底是病魔让你变得如此精神不振、如此消沉，还是你本来就是这样一个阴郁的人。病情如此反复，身旁的人开始不耐烦，开始离你而去，因为抑郁症不像外伤，你伤害的不仅仅是自己，还有他人。可他们不知道这真的不是你想要的，你不是你自己了，病魔在控制你的身体。有些人看到你这副不堪的模样，好手好脚的却这样作践自己，轻飘飘地扔下一句“活该”就走了。谁又知道你到底是不是在装疯卖傻。他们看不到你的大脑，他们只能看到你完整的躯壳。

后来同年级的朋友还是知道了肖恩报考了牛津的事。一个帮他写了推荐信的老师在课前聊天时问起他的申请准备得如何，于是站在旁边的几个同学都听到了肖恩报考牛津的事。肖恩只得如实说他已经获得面试通知，希望一切顺利。老师听后信心满满地说：“那应该没问题了。加油。”对肖恩在课上表现出的洞察力和理解力，不少老师都为之折服。他的阅读量之广，有些作品老师们也只是有所耳闻，不得不向肖恩请教他的观点。

“牛津的结果什么时候会出来呀？”一起吃午饭的时候乔问。萨缪尔就是那几个站在旁边的同学之一，大家自然也都知道了。他们在后面议论了好久肖恩不够朋友，此前大家一起讨论报考研究生的事情时，肖恩什么都没说。

“我也不知道，每个人的情况可能都不一样。”肖恩似乎已经不愿再继续这个话题。

“你一定没问题的，你要是进不了，世上应该没人能进了吧。”

“就是就是，你面试的表现肯定会很好。”

“我们明年能不能去牛津找你玩哪？”

“说不定他们还会给你奖学金呢。”

大家你一句我一句地说着，都觉得肖恩的牛津录取通知书已是囊中之物。肖恩不断地说“不一定啦，不一定啦，说不定考不上也有可能”，但没有人听见他的话。其实在肖恩自己看来，牛津录取他的可能性也很大，但怎么样也得先给自己铺好后路，打好预防针。别人看似打气的话，都在他背上又加了些许压力。他宁可自己是被人低看一等却一鸣惊人的黑马，也不想被众人追捧多年后却满足不了他们的期望。

他的脑海里已经可以听到低声的议论，“你知道吗？肖恩被牛津拒了。”

“真的吗？”

“对呀。”

“看来他也不怎么样嘛。”

“可能面试的时候紧张，没发挥好吧。”

“连汤姆都考上了呀。”

“真是世事难料呀。”

虽然家人对他的期待、朋友同学对他的崇拜以及老师的欣赏都是无形的压力，但牛津的面试结束后，肖恩似乎放松了许多，也变得又像原来的那个他了。他不再整夜整夜地失眠，不再几顿几顿地不吃饭，眼袋淡了不少，体重也恢复了些。加上有过上次与夏瑞漫的谈话，突然少了一个总是需要遮掩的问题，像是压在身上的担子一下卸了下来，他甚至开始和夏瑞漫分享与心理医生的对话以及自己一点点的改变。到头来药物和心理医生都只能辅助治疗，想要真正恢复，病人必须要自己努力。心理医生说：“有那么一个你希望为他变得更好的人很重要。”而对肖恩来说，夏瑞漫就是那个人。

肖恩和夏瑞漫商量着圣诞假期一起去法国滑雪，正好医生也说出去外面走走，完全放松一段时间对病情很有好处。夏瑞漫问夏爸爸夏妈妈她能否跟肖恩一起去旅游时，夏妈妈的第一个问题竟是住宿要如何安排，潜台词就是你们俩总不可能住一间房吧。夏瑞漫本想说我们早就那什么了，还不能住一间房啊。但想想这么回答可能会把老妈惊得说不出话来，就随口编了谎话，说那肯定是订两间房啦，而且特意装出“这还用问吗”的口气。

夏妈妈自从知道了肖恩的情况，尤其在知道了他抑郁症的病史之后，每天都盼着夏瑞漫哪天能跟肖恩大吵一架，然后马上分手。夏妈妈嘴上不再多啰唆关于肖恩的事情，她知道女儿根本不会听她的，多说也无益。但女儿这回要跟男友一起去旅游实在不是一个好兆头，这说明他们的关系还好得很。从夏瑞漫的语气里夏妈妈也听得出来，她真的非常期待这次度假，从小在南方长大的姑娘连雪也只见过几次，更别说滑雪了。

夏妈妈内心非常矛盾，她希望夏瑞漫快乐，可她总觉得这快乐必定是短暂的，照着她的标准找男友才能保证长久的幸福。可夏妈妈自己对幸福的定义又开始有了怀疑，也认为将自己这一代的想法强加给年轻一辈似乎不太妥当。但如果夏瑞漫最后选择了一个她认为不合标准的老公嫁了，结果几年或者十几年后生活变得不幸福，甚至离婚，她这个做妈妈的一定会埋怨自己当初为什么没有极力阻止。

夏妈妈真希望自己能像夏爸爸看得那么开，夏爸爸总让她别自个儿瞎操那么多心，操了也白操。“你的路是自己走的，犯了错也得自己担着。你女儿也希望能自己做选择，是不？就算事后后悔，这也是生活的一部分。”夏妈妈知道夏爸爸说的的确是这么个道理，但每天还是操心，她唯一的安慰是，大学阶段一切不稳定，毕业后很多人就各奔东西，大学情侣最后能结成连理的没有几个。

夏妈妈虽然不满意肖恩，但并没有阻止他们的旅行计划。度假放松对肖恩的治疗有好处，而夏瑞漫也是个闲不住的人。通常去旅游的时候，她总嚷着早上九点准时出门，晚上折腾到十点还不愿回酒店。既然到了，必须要每个景点都逛一遍。这可把同行的人折磨得够呛，尤其跟夏爸爸夏妈妈旅游时，他们得把一年的体力都用上。

滑雪对夏瑞漫来说虽然新鲜，但总不能从早上九点滑到晚上十点，而且还是新手的夏瑞漫滑了两三天就腰酸背痛，摔了至少几十次。当她的躯体进入慢动作模式的时候，大脑反而会加速运转，不是像作家画家那样进入创作模式，而是越思考越困惑，越思考越迷惘，越思考越不知所措。人们的生活似乎就像是西西弗斯[1]的惩罚，西西弗斯日复一日年复一年，永无止境地将一块巨石推上山，只为看着巨石滚回山下，接着再次将石头推上山，如此重复。每天忙着从A点到B点，再从B点到C点，接着从C点回到A点的人们，每时每刻都急着完成一项又一项任务的人们同样如此，他们只顾着奔波，却鲜少停下来思考些什么。但拒绝过多的思考或许也是应对

1　希腊神话中创建科林斯城的王，生性狡诈。因为触犯天神，泄露天机，死后在冥府被罚推一块巨石上山，推至山顶，巨石又滚回山下，周而复始，永不停歇。

生活和存留满足与快乐的一种方式。

加缪的《西西弗斯的神话》以“我们应该想象西西弗斯是快乐的”结尾，加缪给出的原因是西西弗斯能意识到他的处境，他非常清楚自己荒谬的命运，这已经将他置于自己的命运之上了。但加缪眼中所谓的西西弗斯这样“荒谬”的人实在少之又少。就好比夏瑞漫或许能理解人生的荒诞，但这不能让她快乐，只会让她更加无所适从。

每次想到毕业典礼上与校长握手的情景，夏瑞漫就不禁感到害怕。从那一刻起，每个人的人生道路开始分岔，而在那以前，小学毕业上初中，初中毕业上高中，高中毕业上大学，这都是再自然不过，几乎毫无争议的选择。

曾经夏瑞漫因为未来的生活充满选择和未知而感到兴奋，但随着离开大学的那一天越来越临近，她却越来越惧怕这些抉择。走学术这条路真的是她想要的吗？本科读完读硕士，硕士读完读博士，博士读完在大学教书。她真的想一辈子待在校园里吗？如果一辈子都没做过一份学校以外的工作，人生是不是太不完整了？突然间，夏瑞漫特别地想工作，想在英国工作，想一毕业就工作。可在这以前她一心只想读书，那么确定地想读书，连一份简历都没投。身在伍德兰兹的她竟然连一次跟职业规划有关的讲座都没去过。可惜现在英国找工作的季节已过，各个公司的申请截止日期基本都到了。夏瑞漫连份合格的简历都没有，更别提面试等方面的能力训练了，她想自己肯定会被比下去。英国的工作签证又比以前难申请多了，学生签证几乎一毕业就过期，那时还未找到工作的只能乖乖离开。找到工作的，工资不合标准也同样得不到签证资格。但有多少人能一步登天呢？起薪高的工作无非是银行、法律、销售、咨询相关的工作。其他职业轨道，尤其是那些比较曲折的，开始的工资虽低，但能学到的东西不一定少，多年以后才能到达的彼岸也未必不辉煌。

就算下定决心只找一份工作，又该选择什么呢？记者曾经一直是夏瑞漫的理想职业，可后来她又觉得如果自己想做的是为报纸写文章的话，做学术研究也能做到，写出的文章可能还更有深度。但现在夏瑞漫又如此地想在媒体工作，在报社工作一定对了解社会现状有所帮助，以后再做研究时这也是一个优势。但一试图走记者这条路，夏瑞漫又开始犹豫不决。摘了这个果子，别的果子就得丢掉，可她又怎么知道这就是最甜的果子？

或许她应该先花上几年在家里搞创作，写写小说，写写诗歌，写写散文。说不定自己能一炮而红，以后想干什么就简单了。但自己能承受这个决定带来的风险吗？虽然毕业以后继续靠父母吃喝不是大罪，可在房间里折腾那么久，只写出十几万或几十万字没人愿意看的垃圾岂不是荒废光阴。再说了，作品能被人关注，有时候也靠营销和运气。有多少佳作被埋没在浩瀚的书海里。自己这个没名没姓的小老百姓写的书能卖个几百本就谢天谢地了。连《哈利·波特》都被十二个出版社拒绝过，而《都柏林人》被拒绝了二十二次，如果作者们就此放弃，就不会有人听过 J.K. 罗琳和乔伊斯的名字了，但这并不代表他们的作品不伟大。夏瑞漫有颗想写书的心，但觉得这只能当副业，不适合当主业。这副业就算失败了——在她看来概率极大——还有主业撑着；成功了，把副业变主业就行了。况且文字本身只是写作的一小部分，而写作素材和人生感悟大多来自生活，如果每天只是蹲坐在家里苦思，灵感的源泉应该会很快枯竭吧。

又或许她应该读完研究生后去研究所工作，但这似乎跟在大学做研究差别不大，况且教书是最令夏瑞漫兴奋的部分，而这正是研究所缺少的。还有什么工作是她想做的呢？夏瑞漫一下子想不到什么了。自己在伍德兰兹苦学三年，毕业后还是跟废人没什么区别，大部分工作似乎都无法胜任。

再仔细想想，毕业后马上工作也只是突然兴起的想法，真正开始考虑找工作这事，夏瑞漫又开始犹豫自己是否真的想先放下学业，工作几年后再重新回到校园里开始认真做研究的有几个人？一走出去，她或许再也回不来了，但如果有足够的毅力和决心，也不是不可能。可是……

这样的慌张和迷惘让夏瑞漫想到从很久以前起，她就不愿以一种坚定的语气告诉别人她的想法，或者干脆说“还不确定”，或者在关键词前后加上“可能”“应该”和“吧”。或许从始至终她都不那么坚定，要不怎么连告诉别人的勇气都没有呢。

“你能想象我们还有三个月就上完大学的全部课程了吗？然后再有六个月我们就正式毕业了。”夏瑞漫对肖恩说。肖恩刚洗完澡出来，正用白色的大毛巾在头发上乱揉。

“什么？”肖恩把毛巾拿了下来，搭在肩上，棕色的头发凌乱且毫无章法地指向四面八方。

夏瑞漫又重复了一遍刚才的话。

“对呀，时间过得真的好快。”

“太快了！我不想毕业呀。”

“我不知道我是想毕业还是不想毕业。”肖恩若有所思地说，像是真的开始思索起这个问题。

“我会很舍不得大家的。”夏瑞漫说。任何时间、任何地点的回忆，最根本的是由一个个人组成的，教学质量、课外活动等固然重要，但没有朋友不可能快乐。一段回忆让你珍藏，让你一想起就觉得温暖，必然是因为那段回忆里有让你快乐的人。如果没有那些朋友，夏瑞漫不知道自己的大学生活会是什么样子，应该会无比苦闷吧。夏瑞漫当然也还记得感到强烈的孤独和无法停止哭泣的时候，但她还是如此感激大学三年里身边的好朋友。这不，离毕业还有半年她就已经依依不舍了，她不敢想象到了各奔东西的那天她该有多难过。

“嗯，我也会的。不过还好现在有脸书了，就算在世界各地也能联系上。”

“倒也是。”想到网络的发达，夏瑞漫好过了些。转念一想，这毕竟跟面对面谈话和肩并肩逛街不一样，社交网络帮助人们维持最表层的交流，却阻挡不了分隔两地对“地基”的腐蚀。社交网络甚至加速了腐蚀的速度，网上几句话的联络让人们忘记了电话里和面对面深度交流的重要性。快节奏的生活也让人们无暇顾及交心的对话，他们觉得社交网络的出现真是个救星，它带来了快餐式的人际交流，这再方便不过了。

夏瑞漫和肖恩从来没有讨论过关于未来的话题，两人似乎都很小心地避开这敏感地带。地理位置是最大的障碍。夏瑞漫应该最终还是会间隔一年以后再读硕士或者硕博连读。但她根本不知道自己会读哪个学校。为了增大概率，她打算把英国、美国以及中国香港的学校都报考一遍，再依申请结果选择。而肖恩多半会去牛津，但毕竟录取通知书还没到，所以也不是板上钉钉的事。说不定夏瑞漫后年也会去牛津，可如果肖恩不再继续读博的话，他又将从牛津转战其他地方工作或者学习。说不定他会回比利时，毕竟他的父母在那里，就像夏瑞漫总觉得自己最终会落叶归根回到中国一样。

所以其实也不是回避，是讨论两个人的未来也讨论不出什么结果来。夏瑞漫和肖恩都不会因为对方而选择大学毕业后的去向，他们还太年轻，为一个人改变人生轨迹还太早，需要承担的太多。夏瑞漫和肖恩因此也从没为了增加在一起的可能性而试图改变对方毕业后的选择。不是不喜欢对方，不是不希望能一直走下去，只是他们不愿意为爱情放弃一切。当然，谁也无法预知未来，说不定他们最后真能结婚，说不定还没毕业就分手了，谁知道呢。夏瑞漫和肖恩都不想因为未来的不确定而忽略了现在所拥有的。

（三十四）

未来

圣诞假期回来没多久，许多人第一学期付出的努力开始得到回报。萨缪尔第一个学期每天几乎只睡五小时，申请了七八所律师事务所，经过了超过十次的面试后终于被两家最有威望的录取：年利达律师事务所和富而德律师事务所。

一下子，萨缪尔不仅不再需要担心成为待业青年，甚至可以利用同时收到的两封录取信来争取提高自己的起薪。但就算萨缪尔无法获得更高的工资，年利达和富而德给出的六万英镑的年薪已经让所有人羡慕得两眼泛红。萨缪尔毫不掩饰地直夸这两家律师事务所有多么厉害，能被录取有多么不容易。他的话一点都不夸张，萨缪尔面试的对手不仅仅是来自英国各个高校的顶尖学生，甚至有从美国哈佛、耶鲁专程坐飞机过来面试的，可见竞争之激烈。在萨缪尔看来，这是他成功路上的第一步，这块垫脚石已经基本铺好。虽然萨缪尔还需要毕业至少拿到 2：1[1]，以及完成一年的转换课程和最

1　即二等一级学位。英国本科学位按成绩分为一等学位、二等学位（分一级和二级）和三等学位。

后的考试，但这些跟经过重重选拔被“魔术圈”的律师事务所录取比起来，都是小事一桩。

和大部分人不一样，萨缪尔已有了一个大概的人生规划，不是未来两三年的，而是未来二三十年的。与大部分人更不一样的是，他以一种满是信心的口气，毫不惧怕地和任何人分享他充满野心的未来：“我要先在律师事务所工作一段时间，干得好的话十年后能变成合伙人，变成合伙人后年薪能有近百万英镑，这样不用几年我就能把养老的钱给挣够了。然后到四十岁左右的时候，我想往政治方向发展，希望能选上国会议员。当上议员以后能够上升到的具体职位就不知道了，尽量努力吧。”

其他人则不像萨缪尔这样总是信心满满。肖恩在开学的前两天拿到了牛津的录取通知书，上面给出的要求是本科毕业需要获得一等学位。依据伍德兰兹学院的统计方法，大一所有科目平均分、大二的四门考试、大三的四门考试加起来的九个分数里，有五个以上的一等，同时其他四门课全部合格，便可以获得一等学位。每一门分数 70 分以上即为一等。除此之外，还有另外一种统计方法：计算平均分。平均分 70 分以上则可以获得一等学位。

肖恩在过去的两年已拿到四个一等成绩，也就是说，大三的四门课里他只要有一门拿到 70 分以上即可。而且因为他唯一不是一等的科目得了 69 分，加上其他科目的成绩都远远高于 70 分，拿到平均分 70 以上也不是难事。但同时也就是因为离“稳进”牛津还差那么一点点，肖恩还是不愿到处宣扬自己被牛津录取的消息。即便被朋友问起，他也总要加上一句，“如果今年考得好的话”。即便肖恩不断强调不确定性，在别人眼里他不进牛津的概率几乎为零，于是与收到面试时相同的评论又一次不绝于耳：“你拿到一等一定没问题的！”“真是恭喜了！”“那明年牛津见啦。”“早说过你可以吧，谦虚什么呀。”

夏瑞漫的室友麦琪同时拿到几所高校的通知，却陷入不知该如何抉择的境地。麦琪平时虽然喜欢出去玩，但学习以及课外活动也没耽误。尤其是到了考试期间，她可以马上两耳不闻窗外事，所以最后的考试成绩都不错。麦琪一个星期内陆续收到伍德兰兹学院本校、剑桥大学和美国芝加哥大学的录取信，这该是她这几年来最高兴的一个星期了吧。但再仔细看看，结果并不是那么完美。

麦琪本科读的是精算，换句话说她的大部分课程都是与统计相关的，但她研究生不想再继续读统计了。麦琪本以为只要以后好找工作，对她来说再枯燥的课程都能接受，但经历两年半烦琐又庞大的数学运算的摧残后，她实在不愿继续学习统计，也不想为了拿到精算师资格证再考十几项课目。精算专业找工作肯定不成问题，工资也非常可观，可如果要面对日复一日年复一年的数学运算，麦琪说她宁可当无业游民。可同时麦琪需要面对残酷的现实：报考任何非统计类的学科她都不占优势。

麦琪还是决定要试一试，她的新宠是金融。她觉得跟统计比起来，金融有趣多了，更重要的是读金融出来的人怎么会怕找不到工作呢。虽然这次的选择同样是以工作前景为基础的，但麦琪觉得这个决定无比明智，因为她同时加入了自己对此是否有兴趣为考虑前提。大二的时候麦琪上过一门金融课，回想起来对它不反感。

报金融的同时麦琪也报了统计，即便对统计兴趣不大，保险起见，同时申请几所大学还是有必要的。事实证明了保险策略的重要性，金融专业的竞争比她想象中还大，除了伍德兰兹以外，她对其他学校金融专业的申请全军覆没。

麦琪坐在三张录取通知书中间，左看看右看看，思来想去拿不定主意。伍德兰兹的金融系其实让全世界学金融的同学都垂涎三尺，但伍德兰兹的名气跟牛津剑桥比起来终究差那么一截，尤其在中国，除了业内人士和对国外大学有所了解的同人们，鲜少有人知道。麦琪的父母以及各方亲朋好友也不例外，他们听到伍德兰兹的名字只会若有所思地点点头，然后不太确定地说“好学校，好学校”，心想就算不了解，说它好总不会错的。

如果选了剑桥，麦琪将永远顶着一个光环，不论她毕业的成绩是全年级第一还是倒数第一，不论她学到了最多的知识还是最少的知识，不论剑桥适合她还是不适合她，这个光环永远会在那里。在中国，如果谁家的孩子被剑桥录取，就跟以前家里出了状元一样，堪称光宗耀祖。将来毕业被人介绍起，第一句话就是“她是剑桥毕业的”，接着她只需静静等待对方全方位的赞美。但这也意味着麦琪要继续学习统计，说不定读了硕士还要再读博士。既然踏进了这道门，不如抓紧机会再多拿个文凭，然后说不定会接着找个跟统计有关的工作，嫁给学统计的同学，跟统计打一辈子交道。

芝加哥大学确实好，如果报考的是金融，麦琪想都不想就去了，可惜报考的也是统计。去美国一直是麦琪的心愿，如果她现在单身，无牵无挂，应该也就选择芝加哥了，读统计就读统计吧。可偏偏圣诞节的时候遇到了她心目中那个“对的人”，在她看来，这次准没错了。这一位比之前的迈克尔要对上一千倍。麦琪现在回想起迈克尔，觉得他简直一无是处，甚至让人作呕。

麦琪的恋爱经历从很早就开始了，到如今更换了这么多男友，她已经疲倦了，不想再换人。这个叫李俊达的男生跟别的男生都不一样，麦琪几乎是一见钟情，第一眼望见他褐色的眼睛就迫不及待想认识他，就觉得他们好像已经认识了好多年，一直在人海中寻找对方，直到这一刻的出现。夏瑞漫笑麦琪看偶像剧看多了，麦琪“哼”一声，说：“一见钟情就像奇迹，除非你亲身体验，别人描绘得再生动你都不会相信。”麦琪对自己的这个比喻很是自豪，又道，“那我不就经历了奇迹？哈哈！”

麦琪跟李俊达认识不到一个星期就“官宣”在一起了，夏瑞漫虽然还是不愿相信一见钟情，但麦琪满脸洋溢的幸福确实是不争的事实。李俊达是帝国理工的大三学生，已经确定毕业后可以去摩根大通工作。在麦琪眼里，李俊达简直是完美的，一米八的个子，还有摩根大通的工作，摩根大通的工作！这么个前途无限光明的男友，就因为她自己要去读芝加哥大学而不得不放弃？远距离行不通的，行不通的。放弃又太可惜了，太可惜了。

到底是伍德兰兹还是剑桥还是芝加哥，麦琪手握三份令普通人哪怕拿到其中任意一份都要欢呼万岁的录取通知，却纠结得连饭都吃不下。她恨不得只收到一份录取通知，没有选择的决定也是不会后悔的决定。选择了剑桥她或许会后悔放弃了去美国的通行证；选择了芝加哥她或许会后悔离开了可以给她一辈子幸福的人；选择剑桥或芝加哥她或许都会后悔继续学习这无聊得令她头皮发麻的学科；而选择了伍德兰兹，她或许会不断渴望得到别人崇拜与羡慕的眼神。

无数场内心的激烈斗争过后，麦琪最终选择了剑桥。又或者，斗争都只是表面的，内心深处，从始至终她都知道自己会选择剑桥。说到底，那可是剑桥呀。

无论如何，麦琪是幸运的。不，应该说麦琪的努力已经得到了结果，而许多人还正在为未来的去向战斗。更多的人，他们的目光还只放在大学校园里，并未深入思考毕业以后的路该怎么走。

罗莎曾说过她想当公务员，但后来又改了主意，这可能跟她听说公务员考试一次通过的概率非常低有关系，但也有可能只是单纯地改变了想法。罗莎投出了几份简历，但大部分都石沉大海。不过她最想干的还是去法国教一年英语，她在截止日期前一天递交了所有材料，只等两个月后的答复。罗莎虽然学习法语好几年且对法国文化很感兴趣，但她除了去过两次巴黎以外，没在法国长期待过。如果想去法国，她可以做些什么呢？教英语是最清晰的一条路。

跟罗莎一样，许多英国人都选择毕业后先去国外教一年英语，他们很多人在这以前还从来没长时间离开过自己的国家。虽然去某个国家教英语听上去跟以后的职业发展没什么关系，但谁说一毕业就要做跟职业规划有关的事呢。

劳伦在所有人当中最渴望得到一份高薪工作。她虽然想留在英国，却心有余而力不足。她大一大二的成绩不理想，两年的平均成绩只有 2∶2，而大部分公司最低要求也是 2∶1。如果是申请国际大公司，只有一等成绩才有竞争优势。不，与其说是优势，不如说是一等成绩只能让你不输在起跑线上，因为一半以上的申请可能都来自大一大二平均分一等的学生。所以对劳伦来说，想以 2∶2 的成绩在千万份申请里脱颖而出实在太难了。本来就是“矮子”，能不被嘲笑就该烧香拜佛了，还想出头？别做梦了。

因为在写简历和求职信上下了大功夫，劳伦倒也拿到了几个面试的机会，但都没能走到最后一关。虽然还在不停地找更多的机会，但劳伦原本的斗志已被消磨得差不多了，几乎是拖着残躯在机械地申请。劳伦不能像罗莎一样可以先潇洒一两年再做朝九晚五的普通上班族，她的学生签证毕业三个月后就会过期，在这之前找不到高薪工作就必须离开英国，别无其他办法。劳伦大三归来后虽然彻底改头换面，不仅努力找工作，学习也没落下，但这是否能弥补2：2这个成绩，谁知道呢。

劳伦从小在国际学校读书，加上在大学里除了夏瑞漫以外几乎不跟什么中国人打交道，骨子里其实已经是个外国人，但她依旧拿着中国护照。以外国人的身份生活在英国这片土地上，不论内心多么彻底地融入了他们的社会，劳伦还是被罩在一个钟形罩里，她需要用比本地人大上几倍的力气才能将其打破，罩子如此坚硬，可能永远都打不破。

乔和马彤则刚好是劳伦的反面。乔继续过着以“船到桥头自然直”为生活理念的日子，不知道该说她是最令人羡慕，还是最让人生气的一种人呢。乔的确曾随意地表达过对包括律师在内的几种职业的兴趣，但因为真正申请时的烦琐程序，这个想法很快就被抛在脑后。乔看着身边每天忙得焦头烂额的朋友们，真想拿把扇子在他们旁边边扇边说：“同志，慢点慢点，别急别急，总有出路的。大学生活还没过完呢，先享受享受这最后的时光再想别的事嘛。”

但在快速的脚步声、噼里啪啦的打字声和轰隆轰隆的大脑运转声中，她的声音早就被淹没得无影无踪，一丝痕迹都找不到。乔确实以身作则，她跟夏瑞漫一样连简历都没写过一份，但跟夏瑞漫不一样的是，她也不想读研究生，她对自己以后想干什么，连葡萄干那么大的思路都没有。乔倒真不着急，每天享受生活，周末睡睡懒觉，读读与历史和工作完全无关的小说，在她眼里，大三开始后只有她一个人在享受生活。“同学们，连在大学时期都不能享受生活，还有什么时候能呢。”乔说。可是同样没有人听见，即使听见了，也没有人愿意听，也没有人认同。

乔还是乔，各方面都没变。大三刚开学的时候她心血来潮竞选了历史社团的社长，口口声声说如果不竞选就对不起自己，她真的很希望得到这个职位。当时大家还纳闷乔什么时候变得这样有野心。虽然为罗莎打抱不平，但最后也只能希望乔当一个好社长了。只可惜乔花了三个星期兴致勃勃地计划了以后的宏图大业后，就撒手不管了。每周开会总在讨论相同的内容，因为乔自己从来都说得多做得少，布置下去的任务几乎没有人执行。事情最后拍板都要回到乔这里，可乔又经常性地不回邮件，刚开始还斗志昂扬的手下成员渐渐地也只例行参加会议，会后马上就把会上讨论的事情抛到了脑后。下周的会议又重新讨论，如此循环。目前为止社团只开展了一项活动，到场的除了组织者，只有三个人，这一下子又打击了大家的信心，天知道下一次活动什么时候才能计划出来。

对于乔的不称职，所有人都看在眼里，但没人多说什么。自从竞选的尴尬后，竞选以及历史社团的相关话题都被自动列入禁地。偶尔其他人会在罗莎和乔背后抱怨乔的做法，夏瑞漫尤其气愤，但大家聚在一起时还是好朋友。表面上罗莎和乔的关系完全没有被竞选之事影响，但罗莎心里到底是怎么想的，恐怕除夏瑞漫之外就没有人知道了。

说马彤是劳伦的反面，不是因为她跟乔持有相同的态度，而是她还没毕业就已回国心切。到英国快三年，马彤除了跟卖东西的售货员用英语说句“谢谢”以外，几乎不讲英语。马彤时不时会抱怨两句自己来英国以后，英语水平比以前在国内还差，至少在国内有英语课，现在每天只需要做题做题再做题。许久不说英语，马彤偶尔有机会说上一两句时，甚至会紧张得满头大汗，磕磕巴巴地吐出几个不完整的句子。开口的机会本身就不多，马彤还没把英语讲熟，很快又被扔回中文的世界。如此循环，身在英国，英语竟成了马彤的死穴。回国后她最怕的就是各方亲朋好友夸赞说“在国外读书呀，英语肯定很棒吧”“来来，说两句来听听”。

英语倒还只是一方面，不经常与当地人和当地文化接触可能也加剧了她对英国的不喜欢。为什么一个月里只有一天能见到阳光？为什么冷水和热水的水龙头永远是分开的？为什么水碱如此之多？为什么在这儿总掉头发？为什么这里的服务行业这么没有效率？为什么伦敦街头永远有散不开的人群？为什么伦敦地铁永远都在维修？这些听上去似乎都是小事，但当你对一个地方已经厌倦了的时候，任何小事都会变成大事。这跟人一样，同样的事不同的人做，同样的话不同的人说，就是不一样，完全不一样。不过对马彤来说，就算所有硬件无可挑剔，这儿也不是家乡。而家乡之所以让人神往，是因为有三个人正等着她回去。

马彤的父母已经帮她联系好了工作，在当地的一家银行上班。当然，如果一回去，必定要被爸妈念叨着赶紧找对象，被安排各种各样的相亲活动。这要如何是好？算了，到时候再想吧。兵来将挡，水来土掩。

（三十五）
局外人

自从麦琪找了新男友，夏瑞漫与肖恩的关系升温，马彤、麦琪和夏瑞漫“一家三口”就鲜少一起享受“家庭生活”了。曾经她们每周都会找个时间一起做饭，现在麦琪和夏瑞漫都去给男朋友做饭了，马彤只好一个人一边看视频一边吃外卖。眼看着毕业的时间一天天临近，马彤不得不提出异议，表示这周末她们得一起重温一番往日的美好时光。“没问题！”麦琪和夏瑞漫都表示强烈赞同。

她们似乎都没了自己做上几个好菜的闲情逸致，都觉得在外面找个餐馆方便得多，讨论来、讨论去，还是决定去中国城。噢，对，英国的食物也是马彤时常抱怨的“不习惯”之一，不像夏瑞漫和麦琪，除了中国菜，马彤不爱吃任何其他菜式。而中国城的餐馆在马彤眼里都不算正宗，全是迎合外国人口味的，但跟别的菜式的餐馆比起来，至少还咽得下去。

“时间过得好快呀。”夏瑞漫感叹道。自从进入大三，夏瑞漫发现自己几乎每个星期都要感叹几次“不敢相信竟然很快就要毕业了”，大一入学时背着浅灰色双肩包，拖着旅行箱绕了好几个圈才找到宿舍的情景似乎就在昨天。但再想想自己这三年的成长，也该过去这么长时间了。

每次夏瑞漫的感叹都会得到多方的强烈共鸣。“唉，真的好快。”麦琪和马彤没等夏瑞漫的话说完就使劲点头。

“我们一起住都快两年了，好舍不得你们哪。”麦琪说。

“我觉得咱们算是很幸运的了，同在一个屋檐下却没什么矛盾。我知道有些人原本是好朋友，住在一起后，连朋友都做不成了。”夏瑞漫说。

马彤也表示同意。

夏瑞漫回想起过去的那些日子，有马彤和麦琪当室友算是大学里非常幸运的事情之一了。这就是她在英国的家，就跟在中国一样，家人比什么都重要。在外面一旦跟人有了争吵，可以之后避而不见，而与室友不和却仍要同住一个屋檐下，应该没有比这更影响心情的了。而且在学校或者在别的地方遇到什么烦心事，回到家找人说说的话，可能一下子就心情好了；但如果回家后只是一人待着，怨气只会越积越多，好几天都没法散去。

“明年我们就不在同一个地方了。”麦琪说。服务员端上了第一道菜，是鱼香茄子。

“是呀。”

“你们俩要回中国了，我还得待在这儿。”

“回到中国后，我的英国三年生活说不定就像做了场梦。不是说它多么美，只是似乎英国没在我的身上留下太多的烙印。我几乎没交到任何英国当地的朋友，课上认识的那么几个毕业以后是没可能联系的。其实这都不叫认识，我们只是互相知道对方的名字而已。”马彤说完耸耸肩。

“其实我也差不多，”麦琪道，“希望我读研的时候能多认识一些不同的人。我得一开学就努力，要不然往后大家都已经找好了朋友，就难了。不过跟中国人的话，好像一丁点力都不用使，不知怎么的就混到了一起。”

“还是你们文科好，没什么中国人。看你跟他们外国人玩得多好，完全融入进去了。而且你的英语说得都跟母语差不多了。”麦琪继续说，头转向跟她坐在一边的夏瑞漫。

“其实也没有啦。”夏瑞漫有些尴尬地一笑。每次夏瑞漫这样说，别人都当她是谦虚，可她自己知道确实如此。一天一天地，她似乎越来越热爱英国这片土地，她跟英国朋友能说笑打闹，偶尔讲讲不在乎被他人知道的心事。没错，如果将英国跟世界上任何除了中国以外的国家比，夏瑞漫对英国的感情要深得多。但英国毕竟不是中国，英国人也不是中国人，现在是这样，夏瑞漫觉得就算她在英国生活十年之后，也会是这样。夏瑞漫没告诉过麦琪和马彤她有时候也觉得自己像个局外人，她觉得跟中国人对话轻松多了。可能她不想脱去别人看上去美丽的外衣，可能她觉得只要不去说不去想，自己跟英国人之间的隔阂就能渐渐散去。

夏瑞漫时常想，如果她跟英国人住在一起的话，英语定会长进得更快些，虽然跟乔他们在学校常见面，但大学毕竟不是初高中，那时候朋友们几乎每时每刻都黏在一起。大学一个人独立行动的时候多，而室友是接触最多的人，因为每天都要回家。但如果给夏瑞漫一次重新选择的机会，夏瑞漫想她应该还是会选择跟中国人住，不仅仅是生活习惯更接近，而且她总觉得自己的有些想法英国人不会懂。

夏瑞漫的感受像钟摆，时而她觉得自己跟英国朋友们契合得非常好，时而她觉得自己就像个看热闹的。她努力赶上，但最多是个暴发户，对于英国文化的积淀还是很浅，语言上的障碍其实也并没有完全克服。当别人问她“你的英语到了什么程度”的时候，她总是不知道该如何回答。是要说出单词量有多少吗？是要报告雅思托福 SAT 的分数吗？简单地说“一般”“还行”或者“还不错”能让问话人满意吗？“一般”“还行”“还不错”是个什么意思？问起一个人的语言水平时，很多人喜欢以“日常交流没问题吧？”做衡量标准。这是最基本的标准，这是第一步要达到的目标。可什么叫“日常交流”？跟什么人的日常交流？

就拿学生群体来说好了，直到大二的时候夏瑞漫才知道，比如说“I pulled last night[1]”“chinos[2]”“toggle[3]”等，是什么意思。在此之前她或许也会告诉别人她交流没问题，但这些词语在派对过后，在讨论服装或者买衣服的时候其实都很有可能听到、用到。又比如说“halal[4]”和“kosher[5]”，作为生活在多国文化不断交集的大熔炉里，应该要认识才是，可夏瑞漫也是到了大二才知道它们的存在。

其实从来就没有所谓的“生活用语”和“学术用语”这样明显

---

1 意即“我昨晚和别人有了亲密接触”。

2 意即“斜纹布裤”。

3 意即“套索扣”。

4 意即“清真食物”。

5 意即“符合犹太教规的食物”。

的分界，各个领域都会涉及。许多看似“学术”的知识因为普罗大众都知道，已被不加解释地当作日常用语来使用。比如夏瑞漫听到过几次别人说“It’s like David and Goliath[1]”，以为只是两个她不认识的人，后来才发现完全不是这么回事。夏瑞漫在过去几年的确学到不少知识、单词和俚语，但这只是冰山一角而已，她想，直到现在她与别人对话时都有可能有那么一段时间在混沌中度过，自己却并未察觉。

一知道夏瑞漫跟肖恩谈恋爱，夏妈妈就提出了文化差异的问题。夏瑞漫表面不以为然，摆出一副“我们这一代都是‘世界人’”的姿态，但心里知道根本不是这么回事。虽然都不是什么特别影响感情的大事，但偶尔“如果是中国人就好了”这样的想法也会突然从她的脑中蹦出来。

就拿吃来说吧。夏瑞漫是个喜欢跟别人分享食物的人，我盘子里的就是你盘子里的，好朋友之间是这样，情侣之间不更应该是这样？直到有一天，肖恩严肃地问她：“你怎么老喜欢跟我交换东西吃？”她才发现肖恩盘子里的还是属于他自己的，哪怕两人的关系有了进一步发展，也没有变。又比如肖恩觉得上大学了就不该再找父母拿钱，零花钱都靠自己打工赚，搞得夏瑞漫每次在肖恩面前花爸妈的钱都怪不好意思的。

“你每次都是这么谦虚。”马彤接着麦琪的话说。

“真不是谦虚。”夏瑞漫知道自己说的是实话，但又因为马彤和麦琪都觉得她只是在谦虚而感到高兴，也不希望她们看穿自己。

1　意即“就像大卫和歌利亚那样”。大卫和巨人歌利亚的故事出自《圣经·旧约》，讲述了大卫如何战胜巨人歌利亚，体现了以弱胜强的精神。

与麦琪和马彤的对话让夏瑞漫想到了之前和肖恩一起看的电影《我在伊朗长大》。电影里的主人公马贾内在成长的过程中经历了伊朗动荡的历史，包括伊朗革命、长达八年的“两伊战争”等，长期生活在革命以后宗教占主导地位的、压抑的社会。有一段时间马贾内在欧洲留学，别人问她是哪里人，她不知怎么地竟然回答了“法国”。马贾内回到伊朗读完大学，此后再次离家。离别时母亲对她说：“别再回来了。”电影以马贾内和法国司机的对话结束：“你来自哪里？”“伊朗。”此后，马贾内一直在法国生活。在夏瑞漫看来结尾的寓意明确，马贾内不论到哪儿都是伊朗人。肖恩却觉得马贾内在两种文化中挣扎，她在伊朗时的叛逆和西化更是这种挣扎的表现。

肖恩问夏瑞漫是否会有同样的感觉，毕竟她十六岁就来英国了。夏瑞漫连想都没想就回答道：“不会，我就觉得我是中国人，也只会是中国人。”夏瑞漫想了想又说：“而且我很庆幸自己在国内读的是普通的中文学校，不是国际学校。”她有一段跟其他中国人共享的班级生活的回忆，那是没有任何东西可以替代的。可现在回想起来，她就真的一点挣扎都没有吗？如果再次回到中国长期生活，她会不适应吗？她并没有明确的答案。

说着说着，话题又回到了伍德兰兹上。马彤说她从始至终都觉得伍德兰兹学院不适合她，如果可以重新选择，她一定不会来伍德兰兹。马彤喜欢有校园的学校，有大片大片草坪的那种，能闻得到草香，远离城市喧嚣，学校就像一个小社区。而伍德兰兹正好是她理想中的反面。伍德兰兹过于以职业为导向的环境以及特别拼命的学生群体更让马彤有些无所适从。

“哪怕是比伍德兰兹排名低的、名声差的学校，你也会选？”夏瑞漫和麦琪问道。

“嗯，会的。只要我确定更适合我。”

夏瑞漫和麦琪表面上点头，心里却都怀疑马彤是否真的会这么做。

“而且我觉得伍德兰兹让我有些失望，感觉我都没学到什么。”

夏瑞漫和麦琪心里觉得这有一部分原因是马彤自己没努力，伍德兰兹对学生的硬性要求并不多，但它提供了非常多的机会，能从中获取多少全看自己。但夏瑞漫和麦琪当然没有说出心里的想法，只是假装点头同意马彤所说的。

“如果我以后读研究生的话，一定要选个有校园的学校。唉，不过那时候心境应该已经不同了。”马彤又说。

“我倒是挺喜欢伍德兰兹的，”麦琪半思考半自言自语地说，“过得挺开心的。我也觉得没在课堂上学到什么，但在课外活动里学到了很多。噢！还有一点，没来伍德兰兹我就不会遇到李俊达了。我真觉得他就是那个对的人，这是上天和伍德兰兹给我的最好的礼物。”

“伍德兰兹给我的最好的礼物是什么呢？”夏瑞漫想。她一辈子都不会忘记跟肖恩之间所拥有的，但肖恩是否就是那个所谓的“对”的人，她不知道，夏瑞漫连这世上是否真的有那么一个与她完全契合的人等着她都不确定。但有一点她知道与她来伍德兰兹之前大不一样了，那就是她开始用带有批判性的视角来对待任何人、任何书、任何报纸和杂志告诉她的事。文章在《经济学人》这类大刊物上发表不代表它权威，不仅不权威，带有偏见的文章在大刊物上到处都是。白纸黑字装订成册的书籍也不代表它句句如金，就算作者义正词严地说这事就该这么理解，也不代表你就该全盘接受。

除此之外，或许有些矛盾的是，夏瑞漫对西方社会有了更多的批评。这个世界上没有乌托邦，西方国家确实有许多值得学习的地方，但他们的社会不仅不完美，而且问题重重。中国的知识分子该有更高的理想，不是把外国的做法嫁接过来，而是要创造出比它们更好的模板。弗朗西斯·福山[1]说在西方的自由民主制度诞生以后历史就终结了，因为人类不可能再创造出比它更好的政治体制，虽然它不完美。但福山错了。福山不是神，更无法预知未来，人类会继续发展的，历史更不会停止。

夏瑞漫还记得看完电影《十二怒汉》后去豆瓣上看影评，其中一篇讲的是美国这样强大正是因为它的司法系统里无处不在的正义感。《十二怒汉》绝对是一部伟大的电影，可夏瑞漫觉得它伟大却是因为完全相反的原因。在她看来，《十二怒汉》不仅仅讲述的是人性背后的光辉，更多的是揭示了陪审团制度的问题。

一个在贫民窟长大的十八岁男孩被控告杀死了自己的父亲，听过审讯后，十二个性格迥异的陪审员在一间狭小的房间里展开激烈的争论。只有全体同意才能给出“有罪”或者“无罪”的判决。第一次投票的时候有十一个陪审员投了“有罪”，而经过一轮又一轮讨论，最后的判决竟然是“无罪”。是的，贫民窟的男孩被无罪释放了，可同时就差那么一点点他就被判了“有罪”，而像那个第一次就选择“无罪”的建筑师那样，能有原则地、冷静地、有逻辑地

1　弗朗西斯·福山（Yoshihiro Francis Fukuyama，1952—），日裔美国政治学家、政治经济学家和历史学家。

思考并说服他人的人并不多。有太多的因素可以左右陪审员的决定，比如说男孩的出身让许多陪审员从一开始就戴着有色眼镜看他。律师的水平更是决定性因素，出色的律师能毫不费力地把白的说成黑的，黑的说成白的；有罪的说成无罪的，无罪的说成有罪的。以这些不确定因素做依据的决定，能保证公平公正吗？不过，绝对的公平公正可能存在吗？

夏瑞漫觉得她不仅看到了西方的进步，也看到了它的问题与矛盾，她觉得自己更该为后者感到自豪。

晚饭吃完后，夏瑞漫一打开电脑就看到了五晓小的好消息。肖恩、麦琪等人被名校录取后，五晓小的录取通知也陆续来了。先是差一点的学校，然后是好一点的，再后是更好一点的。在微博上五晓小对夏瑞漫说："我被 UC Berkeley[1] 和 UCLA[2] 录取了。"虽然五晓小没有用激动和炫耀的语气，连个感叹号都没加，但夏瑞漫知道她看到录取邮件的时候肯定兴奋得在房间里上蹦下跳。虽然当初鼓励五晓小报伯克利，但夏瑞漫没想到五晓小真能拿到伯克利的录取通知书，五晓小自己更没想到。

让夏瑞漫更加没想到的是五晓小也陷入了不知选哪所学校的困境。这还用想吗，当然是选伯克利呀。夏瑞漫不明白五晓小是在因为什么为难，伯克利应该在各个方面都优于 UCLA 才是，不是吗？

"主要是因为，据我了解伯克利的心理学偏理论，而 UCLA 的心理学是应用心理学。我不想做理论研究，想搞应用。"五晓小回

1 UC Berkeley：即 University of California, Berkeley，加利福尼亚大学伯克利分校。

2 UCLA：即 University of California, Los Angeles，加利福尼亚大学洛杉矶分校。

答说。

“噢！原来如此。”五晓小这么一说，夏瑞漫明白了。

“你觉得我应该选哪个呀?”五晓小的语气听上去真的急需帮助。

夏瑞漫不再像刚才那么坚定了，这下她也没了主意。她多希望能给出一些建设性的意见，但说出来的只有：“这个，我也不知道呀。”夏瑞漫还是觉得为了UCLA放弃伯克利有些可惜，但如果像五晓小说的，伯克利的课程和她的兴趣不符，也不适合她的未来发展，光有名声和排名似乎也没有什么用处。

“唉，我自己再想想吧。”

“嗯，你可以再多查查学校的相关资料，确定一下是不是这么一回事，打个电话给相关部门什么的，然后再问问老师。”夏瑞漫说，努力让自己能帮上点忙。

“好的，我去问一下。”

“决定了告诉我。”

“好。”

最终，五晓小选择了伯克利。

（三十六）

“你还喜欢我吗？”

夏瑞漫本以为上完大学生涯的最后一堂课后会感慨万千。没想到，过了好几个小时之后她才突然意识到，刚才那节就是她的最后一课，而这并未给她带来太多的情绪波动。不过想想这也不奇怪，上课这件事根本不是她生活的主要组成部分，尤其到了大三，一周只有六个小时的面授时间。再说了，每一门课的老师、同学、地点都不一样，所以最后那堂课根本没什么特别的意义，她连班里同学的名字都叫不齐，和其中大部分人连一句话都没说过。

跟最后一堂课比起来，要跟图书馆说再见的时候，夏瑞漫或许会更伤感些，甚至能掉下几滴泪来。她对图书馆的感情很复杂，图书馆就是她的第二个家，是她的朋友、她的老师，有时候也是她最憎恨的地方，是她大学生活里最重要的组成部分。有时候夏瑞漫问自己，你的学费到底都交在什么上了？其实只要办张免费的借书证，一切知识皆可得。

老套的校园爱情电视剧里常出现这样的情节：头脑聪明的男朋

友每天不辞辛劳地帮女朋友补习，最终后者得到了满意的分数。于是，女方每到考试总惹来各方人士的羡慕嫉妒，甚至从来不跟女方有任何交集的路人都开始大献殷勤，希望能沾光获得一些指点。夏瑞漫确实找到了个智商高的男友，却享受不到任何从中可能获得的好处。如果他们俩学的是数学或者经济或者任何有一定标准答案的学科，肖恩是可以帮夏瑞漫解释不懂的题目、传授解答方法的，哪怕是最难的题也都会尽量帮她做出来。但历史这东西，就算知道肖恩有一脑袋的知识，夏瑞漫也不知道如何让肖恩帮助自己。首先书本肯定还是要自己啃，然后观点还是要靠自己形成。只有经过自己的眼睛和大脑才理解得最透彻，也才能写出逻辑清晰的文章。复习阶段很多同学都会建立一个文章库，每个人把自己今年写的文章放进去，互相借鉴学习。这听上去有用，但夏瑞漫总觉得照搬别人的观点很牵强，还是用自己的顺手。

除了正常的考试科目，大三最伤神的当属论文，而论文每个人写得都不一样，除了联系导师，同学之间几乎无法互相帮助。论文重在观点新颖以及内容不与已有二手资料过多重复，所以同学们的论文题目都比南极还冷。其实很多时候导师对论文内容本身并不是特别了解，他们可以指导大方向，却不会也不能指导细节。所以写论文的过程就是一人在沙漠旅行，四面无援，越无助越不能倒下，越要拖着步子往前走，有时候要走好久好久才能看到一小片绿洲，但没有什么比看到绿洲和走出沙漠的那一刻更让人兴奋的了，那是满血复活的快感。

如果肖恩只是一般性的聪明，夏瑞漫或许还能从他那学到些有助于应付考试的知识，但肖恩从来不屑于阐述显而易见的观点，课上他每一通发言都要杀死在座同学无数个脑细胞。除了时间顺序等简单的问题，备考期间夏瑞漫已不再问肖恩与历史有关的问题，因为情况几乎每次都是这样的：夏瑞漫拿着往年考卷找肖恩，“那个，这个问题你会怎么答？你看我这样说行不行？”夏瑞漫简单阐释了一下她的想法。肖恩听完后想了想说：“这样的确是可以，但记得要谈……还有……这个问题本身就有很大问题……你知道这个词可以从三个方面理解吗……”

听了肖恩的话，夏瑞漫脑海里原本还算清晰的图景被肖恩一锤一锤又一锤全都给砸烂了。新的画面里，天空在河流的下面，熊猫在天上飞，水里游的是长颈鹿，土地是紫色的，花草是黑色的，昆虫比汽车还大。夏瑞漫努力琢磨又琢磨，试图将这怪诞的画面重新整理，可所有的东西连个窝都没挪。“谢谢啦，那我自己回去想想吧。”夏瑞漫说。肖恩的话让她的脑子变得更混乱了，为了找回自己原本的思路，夏瑞漫只得将肖恩的想法抛到一边。如此循环几次后，夏瑞漫干脆自己解决所有问题。

另一幅校园情侣几乎都会经历的浪漫场景就是一起去图书馆复习了。男生早早就来到女友的宿舍，两个人背着不同颜色的书包手拉手去图书馆。等天都黑透了再一起手拉手回宿舍。男生把女生送到宿舍门口，两人亲热拥吻许久，说三次“我真的要走了”后才依依不舍地分别。考试的压力与复习的疲惫把人压得快要窒息，但每当想到有那么一个陪在身边一同战斗的人，就能看到乌云背后隐约透出来的幸福之光。

夏瑞漫当初决定切断跟彭坷的关系时，脑子里想的就是只要有那么一个人坐在她旁边，跟她一起读书写字就好。只是夏瑞漫从没跟肖恩一起去过图书馆，他更从来不坐在她旁边学习。肖恩说他无法在认识的人旁边学习，越熟悉的人越不行。夏瑞漫心里虽然不爽，但毕竟所有跟考试有关的事都是大事，她也不好多说什么，渐渐也就释怀了，她安慰自己说每个人都有最适合自己的学习方式。

肖恩不仅不愿坐在任何认识的人旁边学习，来回图书馆的路上也要一个人走。他说他需要在去图书馆的路上将脑子里的一切杂念清除干净，并努力将心态调整成最平静的状态，这样到图书馆后才能事半功倍；而在回家的路上肖恩得把这一天看过的内容快速回忆一遍，而且一天的学习已经很累了，他只想自己一个人走走，吹吹风。所以考试期间，夏瑞漫不仅无法从天才男友那儿得到太多学习上的帮助，与他见面的机会和时间也直线减少。有时候从图书馆出来以后肖恩会来夏瑞漫家找她，但也最多只待一个小时，备考的紧张让肖恩全无青春冲动。

夏瑞漫对这些并没多说什么。她当然跟大家一样，也觉得肖恩给他自己的压力过大，他根本不需要这样拼命也能拿到令人羡慕的成绩，牛津大学基本已是囊中之物。但她也知道劝肖恩别这么努力不会有任何效果，告诉他肯定可以进牛津，肯定能拿年级第一只会让他的压力更大，既然这些被他人看成他的应得之物，那他必定要拿到它们才是。

肖恩听多了“你都基本稳拿一等了，还这么努力干什么？”“75分还觉得不够高啊？我们拿65分就感谢老天爷了。”“不出来玩了？可你昨天不都学习了一整天了吗？”他已厌烦了解释，说了也没有人会懂，没人知道他希望做得有多好。全世界都在拿衡量自己的标准评判他。每个人的只言片语或许都是无心之言，但一百句无心之言加在一起就有了破坏性的力量。

肖恩近乎隐士的生活对夏瑞漫来说也并非没有好处。夏瑞漫还没报考研究生，所以大三的成绩跟前两年的一样重要，她希望不仅能保持以前的状态，能再有所提高就更好了。在麦琪和马彤还没翻开书本的时候，她已经开始每天十个小时以上的学习；而在麦琪和马彤每天九点以后才起床的时候，她已经将闹钟设置到早上七点。虽然肖恩没有坐在她的身旁，但和肖恩一起努力的感觉在就够了。不愿意面对毕业的同时，夏瑞漫已经等不及考完最后一门的那一天了。夏瑞漫想着考完后得好好跟肖恩一起庆祝一下，她已经列了一张清单，上面全是她和肖恩可以一起做的事情。

可能是因为每天的生活里除了复习还是复习，既规律又单调，各种各样的情绪总能找到空隙钻进夏瑞漫的身体里。复习时她最需要的是不被任何情绪打扰，活在只与书本共舞的国度。但她并不总能保持这样的状态，尤其是觉得在翻过考试这道墙后，等待她的只有看不到边的空旷大地。她急着想在空地上面建房子，却不知道建什么样的好，甚至连建筑工具在哪儿都不知道。

有时候，夏瑞漫想到未来大家在世界的各个角落过着属于自己的生活，先是好几个月，然后好几年都不再联系的情景就觉得好伤感。夏瑞漫总希望所有现在拥有的都是永恒的，可现实告诉她，生命中的每个人来了又去，有些待得时间长些，有些待得时间短些，有些走了又会再回来，但没有人能够一辈子陪在身旁。每到即将分别的时候，希望与现实的冲突就变得特别激烈，让夏瑞漫的心里头堵得慌。有一次在图书馆想着想着，眼泪稀里哗啦地就掉了下来，坐在旁边的女生一定以为她是遇到读不明白的地方急得落了泪，谁知她竟是在为还没发生的事情伤心。

有时候，夏瑞漫会莫名其妙地哭。某个周六的晚上，雨下得特别大，肖恩还是冒着雨来找夏瑞漫，在路上给她买了一盒小蛋糕，但整个晚上却是在夏瑞漫的哭声中度过。人真是奇怪的生物，在肖恩脆弱的时候，夏瑞漫抛掉了自己所有的负面情绪，变成了时不时能说出人生哲理的“知心姐姐”；当夏瑞漫难过的时候，肖恩又变得如此坚强，似乎这世上的苦痛已无法伤害他。

“亲爱的，你怎么了？”肖恩问道。夏瑞漫的话比以前少了，她并不想让自己的情绪显现出来，想努力伪装，却又控制不住。

“没什么。”夏瑞漫的话还没说完，眼泪就掉了下来。她不停地想把眼泪擦干，再假装什么事也没发生，但无济于事，眼泪从来就不听大脑的指挥。其实夏瑞漫最不愿意在肖恩面前哭，可不知为什么在他面前又最容易哭。

“怎么啦？”肖恩继续问，但语气里丝毫没有催夏瑞漫赶紧回答的意思。

夏瑞漫又哭了一会儿，终于能连贯地说话了：“我觉得我是个很难开心的人，身边其他的人都活得比我快乐。”类似的话除了五晓小，夏瑞漫从来不跟别人说，甚至觉得难以启齿，像是把心都掏出来给别人看似的。而且这话太矫情，听上去就像无病呻吟，没人会懂的。就好像很多人不明白为什么那些未经历多于常人的苦难，生活舒适、工作稳定或者成绩优异的人会有心理疾病。

“你觉得谁比你过得快乐？”

“很多人。乔、我室友。嗯，还有……”

“你又怎么知道他们没有跟你一样低落的时候？每个人都只把

自己最好的一面展示出来，而把脆弱的一面留给自己。这就是我越来越讨厌脸书还有其他网络社交平台的缘故。每天看到别人又去哪个派对了，又去哪儿旅游了，又参加什么活动了，谁都会觉得自己生活无趣。那简直就是个巨大的秀场。但每个人的生活肯定都不是只有光鲜亮丽的那一面的。”

“嗯，但我总觉得有些人对自己日常的生活就是很满足，那样比较快乐。”夏瑞漫一边吸鼻涕一边说。

“就拿我那个从小一起玩到大的好朋友约翰来说好了，你见过他几次。你觉得他过得怎么样？”

夏瑞漫没回答。

肖恩便接着说：“他有个漂亮的女朋友，两人感情稳定，毕业后的工作已经找好了，还是他喜欢做的，大学成绩也还不错，朋友不少，性格挺开朗。你说他还能有什么烦恼？他也常有不开心的时候。但他也只跟我说心底里的话。”

夏瑞漫的泪水渐渐从倾盆大雨变成了断了线的珠子。人们都说别人的快乐就是自己的快乐，希望大家都快乐。但其实说实在的，只有自己的快乐才是真的快乐，那是最真实的，最强烈的。如果自己不快乐，别人的快乐只会让你的不快乐加剧，鲜少转化成自己身上的快乐因子。为什么只有我一个人遇到这种问题？真不公平。真孤独。

“而且在现代社会，一直快乐本来就是件很难的事情。高压、快节奏、空虚、孤独、迷惘，它们不一定会因为你某个阶段的成功就离开，就算短暂离开也会再次大驾光临。幸福是什么？快乐是什么？快乐很多时候就是一瞬间的事情，而大部分时间人们处于快乐与难过的中间地带，就这么生活着。”

“可能吧。”

肖恩想了想又说：“我们这个年纪就该不满足，对现状不满说明你想要变得更好，不是吗？满足了不就停滞不前了。把它当作青春给你的礼物吧，至少你还有五彩斑斓的内心世界。”

“嗯。”夏瑞漫嘴上没多说什么，但肖恩的每一句话都像药膏抹在她最需要医治的地方，慢慢地，红肿似乎消去了。

肖恩临走的时候，夏瑞漫站在门边跟他说再见，哭过之后的眼睛还是红红的。

“不好意思，把你的这个晚上给毁了。你还喜欢我吗？”

“更喜欢了。”

（三十七）

尖叫的地毯

复习时，夏瑞漫预想过无数种考试结束后的心情。可能是狂喜的，两个月的非人生活终于结束，随之而来的是无限的自由，睡到下午两点也不用内疚，一天看上五部电影也不为过，所有在伦敦好久没见的朋友都要约出来叙叙旧；也可能是悲伤的，最后一场考试结束标志着本科生活真正的结束，往后自己的生活中就没有伍德兰兹了，伍德兰兹和它扮演的传授知识的机构这个角色就此成为历史。夏瑞漫幻想自己可能在别人大笑的时候大哭着走出考场，她不想再往前走了，她想留住眼下的一切，可时间从不听她的呼唤。

事实是，夏瑞漫既没有狂喜也没大哭，而是身心麻木地走出考场，她希望能感受到些什么，写完最后一个字后给她生活带来的变化应该让她的心情也有所改变才是，可是她心情平静得跟在深山修炼多年的僧人有得一比。这或许是因为潜意识里夏瑞漫知道，虽然课程宣告结束了，但离正式的毕业典礼还有一个多月，在此之前大家基本还是会待在伦敦，就算短暂离开，毕业典礼那天还会再见，这不是最后的离别。学习生涯的结束固然令人失落，但更令人失落的还是离开那些将记忆填满的人的时候，而那天还未到来。那没有兴奋的原因是什么呢？人总是这样的不是吗，忙碌时抱怨得不到片刻休息，一旦闲下来却又无法放松，反而是被无尽的空虚感侵蚀。可能夏瑞漫的心情是两种极端的相互冲撞，最后融合成中性的麻木与平静。

麻木的另外一个原因或许是许多人考完试的时间都不相同，这就冲淡了那种所有同学从大教室里走出来互相拍拍肩一起大笑的痛快。最后的考试结束的那一刻只代表了夏瑞漫自己一个人的大学学习生涯结束，不是集体的，不是她和所有同学一起的。在此之前，乔、罗莎等朋友已经考完了，而肖恩、萨缪尔还没考完。前者已经聚在一起庆祝过了考试的结束，而后者还在继续着早七点晚十二点的日子。所以夏瑞漫只得自己与自己分享考完试后的时光。

那种期待中的无限自由并没有想象中美好。考完试的第二天她本想睡个懒觉，然后慢悠悠地从床上爬起来，再尽情享受什么都不用做的时光，或者说想做什么就做什么的时光。她可以找一本躺在书架数月的小说来看，她也可以只坐在床上发呆，什么也不想。什么也不用想，这是多么惬意的生活呀。而事实并非如此。夏瑞漫早上不到八点半就醒了，努力想让自己再次入睡，在伦敦很少露脸的太阳却突然变得与人格外亲热，在夏瑞漫的脸上左亲一口右亲一口，就是不肯走。夏瑞漫在床上赖着，试图跟自己不断清醒的头脑做斗争，最后终于服输，九点多就钻出被窝，边穿拖鞋边骂自己太没出息，连个懒觉都睡不了。

起床后紧接着的是大段大段的空白时光，夏瑞漫没有想好要如何把它们填满。在网上漫无目的地闲逛了几个小时，脸书、推特（Twitter）、微博、豆瓣、人人、私人邮箱、学校邮箱、各大新闻网站全都看了一遍，有的页面已经打开三次以上了。由于刷新得过于频繁，连一件“新鲜事”都没发生，难道这世上的人都睡死过去了吗？

夏瑞漫本想享受享受所谓的闲暇时光，但让人有些难以忍受的百无聊赖感已经开始覆满全身，每一分钟都似乎有一个小时那么长。复习的时候积累了好几部想看的电影，不如先看看电影好了。可她提不起精神来，连去网上搜索是否有在线收看资源的动力都没有。或者应该看些轻松的电视剧，最降低智商的偶像剧也行，先放松放松身心。可在各处搜罗一圈后，她没找到一部感兴趣的电视剧。或许可以看跟历史学习没什么关系的书了，上个月买的戈尔丁的《蝇王》还没翻呢，复习的时候不是一直期待着读它吗。可一考完试，到了想什么时候读《蝇王》就什么时候读时，对它的渴望却突然减少了。既然什么时候都能读，何必现在就读。或者找个朋友出去逛逛吧，难得天气好。可又懒得主动发出邀请，换衣服是件多么麻烦的事，而且要去哪儿呢。或许可以开始研究申请硕士或者博士的事情了，把每个可能的学校的资料都查一遍，再给可能的导师发发邮件，这些琐碎的事情也得花上一定的时间。可成绩还没出来，夏瑞漫心里没底，万一最后考得不好，这一切都白搭。而且这才考完试的第一天，就开始进入工作状态，怎么想也有点对不住自己。

以各种方式打发掉了考完试后第一天的时光，第二天早上夏瑞漫决定放弃原本计划好的散漫的休闲方式，而是跟备考期间一样端坐在书桌前，列起考试以后要做的事情的清单：

1. 读八本书

2. 每隔三天写一篇博客

3. 看经典电影

4. 每天至少阅读三份报纸

5. 准备 GRE 考试

6. ……

看着写好的单子，夏瑞漫感到身体里空白的部分又慢慢被填满了。她不知道是否应该为自己一分钟都闲不住的无限动力而感到骄傲。或许她把每一点时间都利用起来了，可她总觉得能紧能松才是人生最高境界。

除了自己的这份清单，夏瑞漫还有另外一份清单，上面写满了她跟肖恩可以一起做的事情。他们两个都不能也不愿意花太多的钱，所以清单里面的大多都是逛博物馆、美术馆，逛公园，去集市等花费很少的活动。终于等到肖恩也考完了，可他不但没有把考试时的压力从肩上卸下来，情况还一天比一天糟。

在很多人眼里，大学毕业后的那个暑假是他们这辈子最后一个可以痛痛快快“潇洒”的暑假，而考试结束到举办毕业典礼这段时间则是最后一段大家会在同一个城市或者国家的时间，自然都抓紧时间再聚一聚。原本夏瑞漫和几个历史系的朋友计划一起出去旅游，可算来算去罗莎和肖恩都拿不出这么多钱，他们的积蓄在之前已经花得差不多了。夏瑞漫心里想：“你们不能找父母借点钱吗？”还没等她把疑惑问出口，只听肖恩说：“我已经三年没找父母要过钱了。”罗莎也附和道：“我也是。”最后，旅行计划就这样不了了之。

在伦敦的聚会还在进行，肖恩却一个也不参加。他虽然跟乔、罗莎、萨缪尔和劳伦住在一起，却几乎每天都把自己锁在房间里，就算离开房间，也一定会等到外头没有任何人的时候才把门打开。大家把这情况给夏瑞漫说了好几次，夏瑞漫嘴上说：“他可能只是刚考完试比较累而已，有些人不是会得考后抑郁症吗，他过几天就好了。”心里却比谁都担心。肖恩曾经的抑郁症症状和他姐姐多次试图自杀的情景在她脑子里挥之不去，就算后来肖恩的情况好了许多，夏瑞漫头顶的乌云散去不少，但完全晴朗的艳阳天好像从未到来，那一点点灰色的云总在不远处飘着，不肯走开。

肖恩跟夏瑞漫联系的次数跟以前比起来明显减少，除了肖恩考完最后一门课的那天他们一起吃了一顿饭，然后看过一场电影以外，他再没主动提出见面。又一次听到乔跟她抱怨肖恩从来不参加任何集体活动后，夏瑞漫不请自来，来到肖恩的家里查看情况。

夏瑞漫敲了敲肖恩的房门，里面没有任何回应。她又敲了敲门，还是没有声响。又等了几秒钟，夏瑞漫把门推开，只见肖恩躺在床上，像是睡着了，又似乎没睡着。房间的灯自然没有打开，窗帘也拉得死死的，虽然外头阳光明媚，桌上闹钟的时针刚好指向数字“3”，可一走进肖恩的房间，夏瑞漫感觉自己像穿越到了午夜时分，不小心打扰了肖恩熟睡中的美梦，她这个冒失的闯入者应该马上离开才是。这样的黑暗有属于它的地方，夏瑞漫的开门动作企图带入一些光亮，可光亮与这里的一切都格格不入，她真是自作多情了。

在昏暗的灯光下，夏瑞漫看见房间里的每个角落都散落着东西，连一个落脚的地方都没有。地上铺满了衣服、鞋子、袜子，只有那么五平方厘米的地方能看见米黄色的地毯尖叫着想探出头来。在衣服上有片咬了一口的比萨、沾满红色酱料的盘子和不知道喝完了没有的可乐罐子。书桌上和椅子上也堆满了东西，从书本到充电器到牙刷，全都交缠在一起，像是在开盛大又混乱的宴会。

肖恩听见动静，睁开了眼睛，见是夏瑞漫，一脸惊讶，但似乎又不那么惊讶，一副早就知道夏瑞漫会来找他的样子。

“你怎么来了？”肖恩有气无力地说。他并没马上起身，过了几十秒后才慢慢将脚放在地上，然后用手肘把身体撑起来。肖恩的每个动作都像是电影的慢镜头，他这样费劲地起床的样子像是已经在床上躺了上千年，突然被唤醒，看见整个世界都在旋转让他不知所措；他又像得了重病的病人，全身从骨头到肌肉都松散了。

“你还好吗？”夏瑞漫知道肖恩当然不好，但一时也想不出说些什么。

“嗯，还行。”肖恩自己当然知道他不好。

“你吃东西了吗？要帮忙打扫吗？”

“别操心了。”肖恩在床边坐着，靠着床头，一双长腿平放在地上，眼睛盯着唯一能看到地毯颜色的那片方块。

夏瑞漫想找个地方坐下，直直地杵在那里让她显得格格不入。但在房间里扫了好几圈也没看见一个放得下屁股的空位，肖恩还沉浸在自己的世界里，根本没想着要给夏瑞漫找个地方坐。最后，夏瑞漫勉强把肖恩身旁的衣服和垃圾往房间的角落推了推，腾出一小片空位，坐在肖恩的左边。

“听乔他们说你都不怎么出门。”

“嗯。”

“为什么呢？”

“为什么要出门呢？有什么意义呢？”

夏瑞漫不知道该回什么好。她不明白肖恩怎么可以突然一下子就像是变了一个人，突然又被拽进抑郁的深渊。现在应该是他最无压力、最开心的时候，不是吗？考试都已结束，新的挑战还未开始，该最后尽情挥洒一把，不是吗？夏瑞漫不记得肖恩说过哪次考试考得不尽如人意。肖恩自然不会说“考得非常好”或者“题目特别简单”这样的话，但肖恩嘴里的“还行”，就意味着稳拿一等成绩了。肖恩对每一次考试的评价都是“还行”，所以应该考得不差才是。进入牛津大学一直是肖恩的梦想，他正一步一步地向那个梦想靠近，每一天他都离牛津更近了，他不是应该充满激情迫不及待地朝它奔跑吗？他的确不是百分之百能被牛津录取，但失手的可能性最多只有百分之一吧。即便担心是不可避免的，但现在去想那么多有什么用呢？不过夏瑞漫也不知道肖恩突然心情低沉的原因到底是什么，只得自己瞎猜。她自己或许有些空虚感，但不过是小火苗，看肖恩现在的状态这可不是小火苗，熊熊大火都烧起来了。

“要不要一起出去走走？外面天气难得好。”夏瑞漫问，没回答那个她无法回答的问题。

“不想出去了。”

“出去走走嘛。”

肖恩没说话。

夏瑞漫见有戏，便起身去拉肖恩。“好啦好啦，我自己起来，你拉不动我的。”肖恩终于决定跟夏瑞漫一起出去散散步。这么快就说服了肖恩，夏瑞漫还真没想到。

“不过你能确保我们出去的时候不要见到房子里的其他人吗？而且，出去后我不想去人多的地方，就去后面的那个公园吧，那里比较偏僻，这个时间点应该没人。”

夏瑞漫点头答应。只要他愿意出门，怎样都好。

在公园里，夏瑞漫和肖恩找了个几乎完全被树挡住的地方坐着，一路上肖恩的话不多，夏瑞漫挽着他的手，他没试图保持距离。虽然肖恩同意出门，但夏瑞漫可以感觉到每次有人朝他们的方向走来，他总会变得紧张起来。夏瑞漫几次想问肖恩有没有去看心理医生，但不知怎么的，就是问不出口。可能是不想擅自为肖恩做诊断吧，说不定他能自己走出来呢。

肖恩还是没能逃开。远处走来慢慢变大的两个轮廓是乔和萨缪尔的，他们双手提着橙色塑料袋，应该是刚从超市买完东西回来。虽然肖恩和夏瑞漫坐的位置相对隐蔽，但也能被看见，而且他们坐在乔和萨缪尔回家的必经之路上，想要躲避他们几乎是不可能了。很自然的，乔和萨缪尔看见了树下的情侣，脸上的惊奇清晰可见，惊奇之中还有藏不住的兴奋。此时他们一定在想，夏瑞漫终于把肖恩变回原来那个大家都爱的肖恩了。

“嘿！”乔和萨缪尔的脸上都洋溢着笑容。

“你们去买东西啦？”夏瑞漫对他们说。

“对，晚上打算一起做饭。”乔回答道，然后马上转向肖恩，“终于肯出来走走了？天气很不错吧。老天都知道我们考完试了。”

“嗯。”肖恩的回答很冷淡。

“要不要跟我们一起吃晚饭？一起做也行，或者我们帮你们一起做了？”萨缪尔对肖恩说，脸上还是挂着笑容。

“到时候再说吧。”肖恩同样没领受萨缪尔的好意。

夏瑞漫试图缓解因肖恩的冷淡带来的尴尬，赶忙说：“你们这几天都干了些什么呀？”被太阳炙烤过的空气热得每个人脸上都渗出了汗珠，这样的天气在英国一年也就持续那么一两个星期。

“昨天我高中的几个朋友来了，我们先去了卡姆顿的那个鸡尾酒酒吧，叫什么来着？噢，55 Bar。只要五点到八点之间点单就买一送一，超级划算。然后我们在附近找了个餐馆吃饭。哇！超级好吃！我们下次一定要一起去。然后我们去了宣传俱乐部（Propaganda Club）。”乔说得眉飞色舞。

“听上去你昨天过得很不错嘛。”夏瑞漫笑着说。

“哈哈，那是。”

“那你呢，萨缪尔？”夏瑞漫又问萨缪尔，生怕话题停止。尴尬这东西很容易“嗖”的一声生长起来，就像施好肥浇满水的种子那样。

“我前两天回家了，今天早上刚回来。早上五点我就起床了，那个时间车票比较便宜，才十几英镑。”

“那很不错呀。家里怎么样？老朋友都见到了？”

“见到几个，不过好多还没回去，或者回去了一会儿又回学校了。”

“嘿嘿，萨缪尔，把你刚才跟我说的新情况给他们说说呗？”乔用手肘顶顶萨缪尔，满脸的坏笑，脸颊上的肌肉把眼睛挤成了一条线。

“什么新情况，什么新情况？”夏瑞漫发现有八卦可听，一下子就兴奋了，双手合十轻轻拍着，像孩子迫不及待地要听妈妈讲故事。

“没什么特别的啦，你别听乔瞎说。其实就是我回去的时候偶遇了一个很久没见的小学同学，然后就聊起来了，然后又出去一起吃饭……”

“他所谓的吃饭就是约会！”没等萨缪尔说完，乔就插嘴说。

“我也不知道算不算约会，可能是吧。反正就是我在家这几天基本每天都见她，她变得好漂亮啊！小学的时候我记得她是很胖的，班里同学都欺负她。她明年来伦敦工作，我觉得有戏。”

“所以这回你是认真的？”夏瑞漫问。

“嗯，虽然接触时间不长，但我真的很喜欢这个女生。”说着说着，萨缪尔脸都有点红了，夏瑞漫还是第一次看到他羞涩的样子。

“你们继续晒太阳吧，我们先回去了。”乔突然说，听上去不免有些唐突。要是换作以前，他们应该会聊上几个小时。乔和萨缪尔会先回家把东西放了，再出来跟夏瑞漫和肖恩一起坐在草地上享受午后的阳光。可在刚刚另外三人聊得正欢的时候，肖恩一直什么话都没有说，不免让乔和萨缪尔感到有些不舒服，心想肖恩是不是反感他们的突然出现。

“那行吧，过一会儿去找你聊天。”夏瑞漫不是随口说说，她确实想找乔聊聊天。一个星期没见像是好几个月没见似的。

乔和萨缪尔把放在地上的袋子重新提起，并肩向回家的方向走去。还没走出两步，就听见乔低声抱怨：“肖恩怎么还是这样？他再这样真有点惹人烦了。”

“小声点，他们听得到的。”

（三十八）

“我们一起努力好不好？”

没过几天肖恩就搬去跟他姐姐克莱尔住了。克莱尔和一个朋友住在国王十字街区附近，这几个月朋友刚好回老家了，所以空出一间房。肖恩搬出跟乔他们一起住的房子时谁都没告诉，后来他们见到东西全不见了，床单也被扯了下来，才知道肖恩已经离开。肖恩搬走后两天才给夏瑞漫发了条简短且不加解释的短信：“我搬去我姐姐家住了。”“噢，好”是夏瑞漫的回复。

夏瑞漫已经感觉不到她有一个男朋友，更感受不到恋爱的感觉了。她前两天跟一个好久没联系的高中同学吃饭，对方问起她的感情状况，夏瑞漫竟然完全说不出“我有男朋友”这五个字，甚至觉得这是个谎言。她更懒得解释更多关于肖恩的情况，干脆直接敷衍地说还没找到男朋友。“还没找到？你怎么回事呀？”朋友的大惊小怪让夏瑞漫十分不适，后悔与其一同午餐，只想快点离开。

夏瑞漫知道，她对肖恩的喜欢没有减少，她只是为他心痛，特别心痛。有时候她在想，这一切应该怪谁呢？怪他父母遗传给他的基因吗？是社会和家庭的原因吗？在这个人人都必须成功的社会里，肖恩要面对的压力太大了。姐姐从小考试永远是班里第一，牛津本科毕业。他自己本科没考上牛津剑桥，已经觉得很对不起自己和家人了，暗下决心研究生一定不能再让失败重演。姐姐的抑郁应该也对肖恩有很大的影响，让他心力交瘁。但克莱尔的状况这一年来明显好转，肖恩已经很少提及她的负面情绪。据肖恩说，姐姐突然的振作源于阅读《少年 Pi 的奇幻漂流》时看到的一句话。肖恩不记得克莱尔说的原话是什么了，大致意思是 Pi 固执地想要生存下去，固执地要求生，这样的固执是与生俱来的。她也是固执的，可是她是固执地想要结束自己的生命，想将自己从这个世界上清除得干干净净。读完这本书后，她想把自己求死的固执变成求生的固执，她想好好地活下去。

如果说是外在的因素，有过同样或者更惨痛经历的人不在少数，但寻死的又有多少呢？抑郁总该是有原因的吧？比如许多人把西尔维娅·普拉斯[1]的自杀归咎于特德·休斯[2]的不忠，如果不是休斯，或许普拉斯不会选择用煤气自杀。但似乎也不是这样。很多人说爱是没有原因的，而悲伤有时候也是这样。

有时候夏瑞漫真希望肖恩是断一只手或者一条腿，而不是得抑郁症，这样他失去的仅仅是一只手或一条腿而已，心理的病魔却能

1　西尔维娅·普拉斯（Sylvia Plath，1932—1963），美国女诗人。作品多描写精神失常、伤害与被伤害、战争、离异、乱伦等，特别是反常的自杀心理。1956 年与英国诗人特德·休斯结婚，1963 年因精神失常自杀。

2　特德·休斯（Ted Hughes，1930—1998），英国诗人。诗作粗犷豪放，富有机智，常运用形象化比喻和方言。1984 年被封为桂冠诗人。

将他整个吃掉。肖恩之所以是肖恩，不是因为他有那一只手或那一条腿，他之所以是他，是因为他的灵魂，灵魂让他成为一个鲜活的人。现在建造灵魂大厦的螺丝钉不见了，整个大厦就此坍塌。

在公园里遇见乔和萨缪尔之后，夏瑞漫确实找乔聊了聊，当然了，话题的主要内容围绕肖恩。乔对肖恩一肚子火，甚至对夏瑞漫说："你赶紧跟他分手算了，反正也快毕业了，看看他是怎么对你的。"夏瑞漫自己可能对肖恩也有不满，但听不得别人说肖恩的不好，况且他自己肯定也不想这样的。夏瑞漫试图对乔说，肖恩可能是抑郁症的情况又变差了才会这样，但乔对此只是摇头："他凭什么把自己的负面情绪撒在别人身上？谁在生活中没点不顺哪？他什么没得到？好成绩、好学校，身边有朋友，还有你这么好的女朋友，他还想怎么样？"夏瑞漫想说有些事情就是没有原因的，我们只能试着去理解。可她没有这么说，因为她的确很难理解肖恩突然的转变，而且觉得自己也是受害者之一，她的男朋友一下子就被一股不知名的力量带走了。但肖恩作为她生命里最重要的人之一，不管怎样难以理解，她都会努力站在他身旁。可朋友就不一样了，如果你不停地把他们推开，他们就真的会走开。

夏瑞漫来到肖恩新的住处——克莱尔的公寓时，克莱尔正在清理房间。夏瑞漫很明显地看到一半的客厅已经收拾干净，但另一边乱得坐不下人。克莱尔一边快速把摊在地上的各类杂物收拾到一起，一边抱歉地说她应该早点把家里收拾收拾的，但总被别的事情打断，所以迟了。夏瑞漫忙说"没关系"，她自己的房间一向也很乱，所以不介意。当然，这不是真的，夏瑞漫的房间一般都很整齐。

“要喝什么东西吗？茶？”克莱尔把房间收拾得差不多了。

“好的，谢谢。加奶不加糖。”

很快克莱尔端着两杯茶从厨房里出来，然后又从柜子里取出一盒饼干。

“肖恩怎么样了？”克莱尔一坐下，夏瑞漫就迫不及待地问。

“每天都待在房间里，我逼着他吃，他才会吃点东西，要不然他把自己给饿死都有可能。”

夏瑞漫心里一紧，克莱尔的话在她的心上狠狠咬了一口。但她表面还是强作镇定，“那他在看医生吗？”

“嗯，在看。我们在想是不是要换个医生，现在这个医生似乎对他的病情帮助不大。唉，不过医生只是一个方面，最终还是要靠他自己。”

“要去比利时看？”

“嗯，对。让肖恩回比利时住确实方便些，但我们爸妈刚好去度假了，我们也想让他们别太担心，所以还没很明确地告诉他们。我在伦敦又有事情走不开，所以只能两边跑了。等他毕业典礼一结束应该就会回去。”

“你觉得他能好吗？或者要多快才能好？”夏瑞漫觉得自己的问题似乎很没有水准，但也顾不了这么多了。

“我相信没问题的，现在我就怕他做傻事，怕他在情况不好的时候会觉得什么都没意义了，活着干什么呢，赶紧自我了结了吧。但等他把自己拽起来以后，就不会总想着把自己弄死这码事了。总是要花一些时间的，但可长可短，还是刚才说的，每个人的情况都不一样，都要看自己。”

夏瑞漫知道肖恩有抑郁症，也知道很多得抑郁症的人试图自杀，但从没把肖恩和自杀联系到一起。克莱尔不加遮掩的语言让肖恩结束自己生命的可能性骤然加大，夏瑞漫感觉好像已经能看见肖恩倒下去的瞬间。

克莱尔像是看出了夏瑞漫的表情变化，又赶忙安慰夏瑞漫说她的意思只是需要以防万一，并不是认为这一定会发生。

“我能进去看看肖恩吗?”夏瑞漫心中，一阵对克莱尔的莫名厌恶之感蹿了出来。如果不是克莱尔，肖恩说不定现在还是健健康康的。而现在克莱尔又想把自己扮演得像天使一般。她为什么要问克莱尔能不能去看肖恩？她当然可以见肖恩，那是她的男朋友，她为什么要向克莱尔寻求许可?

肖恩的房间跟上次几乎没有两样，还是同样拉紧的窗帘，散落满地的衣物和躺在床上像是睡过去了的肖恩。

夏瑞漫盘腿坐在肖恩的床边，黑暗中还是能看见他快占满大半个脸的黑眼圈。夏瑞漫看见肖恩的眼角和枕头边是湿的，像是刚哭过。

“你来啦。”肖恩没睁开眼睛，但知道来人是夏瑞漫。他的话刚说完，只见眼泪从眼角涌了出来，争先恐后的泪珠把大片大片的枕套晕染成半透明的深蓝。看见肖恩的眼泪，夏瑞漫只想抱着他大哭一场，但还是努力忍住了。

夏瑞漫握着肖恩的手，一只手放在下面，另一只手放在上面慢慢来回抚摸着。“亲爱的，你为什么哭呀?”夏瑞漫问。肖恩没有说话，但眼泪像开了闸的水，流个不停。夏瑞漫的问题没有什么意义，抑郁的人能哭上几天几夜，没有原因的就这样哭，就是这样的难受，再多的泪水也不能减轻什么。不像别的时候，别人说大哭一场就好了，能把心中的苦闷都发泄出来。这个时候，即使哭好十几场，苦闷还在心中。

“我五天没睡觉了，整整五天。一点都睡不着，当我闭上眼睛的时候，眼前的画面比任何时候都斑斓耀眼，世界上的一切都在我眼前展开。我头脑清醒得能写上十个小时的考卷。此前至少每天还能睡上几个小时，现在一分钟也不让我歇着。”肖恩像是在跟夏瑞漫对话，但更像是在自言自语。“生命的意义是什么？什么意义都没有。考上了牛津如何？以年级第一的成绩毕业又如何？其实我们都跟西西弗斯一样，被惩罚，被诅咒了。我们不也日复一日，年复一年地重复着没有意义的单调生活吗？吃东西有意义吗？出门见朋友有意义吗？买东西有意义吗？学习有意义吗？工作有意义吗？结婚生子有意义吗？”肖恩摇摇头。

“西尔维娅·普拉斯在书里是怎么说的来着？噢，她的绝望就像被猫头鹰的爪子抓紧的心脏。我的心脏就像那样，被什么东西抓得紧紧的，但同时它又是空洞洞的，我说是真的空洞洞的，干瘪，什么都没有。未来不属于我，所以我不明白为什么要让时间和社会推着我向前走，我只要在这里就好。这虚伪的世界，你看见那些人的嘴脸了吗？有人真的在关心除了自己以外的人吗？人际交流就是一坨狗屎，比狗屎还不如，所以为什么要跟别人交流呢？你觉得我现在这个样子别人会关心会在意吗？萨缪尔脑子里都是他的事业、人生、大计划。至于乔，要是我有几天没能过得像个正常人，没照着社会规范活，她就把我当成一个废物。劳伦考完试以来每天都凌晨两三点才回来，高跟鞋踩得南美洲人民都能听见。我根本不在乎她，考完试后她可曾发个短信给我？只有工作这码事能抓住她的注意力。罗莎，搞不清楚她。同住一个屋檐下两年，感觉我们挺近，的确挺近，能不近吗，从我的房间走到她的房间也就十步路的距离。但我跟她真的近吗？我们其实相隔挺远的，真挺远的。”

“那我，你姐，你爸妈呢？我要是不在乎你，会总是来看你吗？”肖恩嘴里吐出的每一个字都像是一把刀，把夏瑞漫身上的肉一点一点地割下来，仿佛她全身的血像肖恩的眼泪一样不停地流，没什么东西止得住，整个地毯都被染红了。但同时夏瑞漫也很高兴肖恩把装在心里的想法都跟她说了。或者更准确地说，夏瑞漫庆幸肖恩的自言自语都让她听见了。就算听到的不是动听的情话，也不是关于理想的誓言，只要是肖恩心里的想法，夏瑞漫都愿意听，这比站在肖恩关死的窗户外好多了。

“我是你们的负担。或许没有我你们会过得更好一些。”肖恩无力地说。他每天躺在床上都在想些什么？大部分应该都跟生与死有关。生既没有意义，不如死吧。到底该用什么方法好呢？一枪把自己给毙了最省事，但去哪儿找枪啊？或许可以泡着热水澡的时候顺便割腕，但割腕未遂的例子倒也不少。跳楼吧，最讨厌失重的感觉了，还微微有点恐高，看着楼下就腿软，能跳得下去吗？跳河吧，溺水而死够难受的。吃安眠药可能好点，但万一没吃死呢。上吊？绳子挂哪儿？家里反正没看到什么合适的地方。其实最好的方法应该是在睡觉的时候被人捅死，还没来得及醒来就死了的那种，但这概率太低了，而且不会有人愿意帮这个忙的。肖恩思来想去，觉得没有任何一种自杀方法是完美的，但也都是可行的，先把功课做好，需要用的时候随便选择一个就行了，手到擒来。

“你怎么会是负担呢？配合医生，自己努力，很快就会好起来的。你上次不就好了吗？而且你这么优秀，前途一片光明，只要你自己愿意，没有走不出去的迷宫。”

肖恩听着夏瑞漫的话，摇摇头。在现在的他看来，世界上所有人都比他幸福，都比他成功，前途都比他光明。

其实就像希拉里·普特南的理论所说的，人就是装在缸中的大脑。不错，外在的那些东西看上去最真实，最是看得见摸得着。我们得考上好的大学，找到好的工作，买房子，买车子，那些都是最实在的东西，只有被它们包围着，才能感到安全。而内在的、心灵的、脑子里头的那些东西谁也闹不清楚到底是什么，它们更不能拿来当饭吃，当钱花，它们是那样的虚无缥缈。

但千万别被表象给骗了，人都是心灵的奴隶，外在的一切才是虚无缥缈的。所有人都告诉肖恩你什么都有了，现阶段为止是个成功的人，整个系的同学甚至老师都对你的学识和思想抱有敬仰之情。伍德兰兹学院的毕业证书到手后就要踏上新的征程。伍德兰兹以及牛津的学位多少人得到后能回味个好几年，甚至几十年。可是肖恩的内心告诉他，他什么都没有，他比乞丐还穷，他的生命比垂死之人还要没有意义，他确实什么都没有了。外在看似坚挺不摧的东西只是海市蜃楼，风一吹就消失得无影无踪。反之，多少几乎一穷二白的人其实在精神层面早就是百万富翁了。夏瑞漫常常问自己，你是愿意做一个精神极度抑郁的天才，还是烦恼很少的普通人？她至今还没想出答案。看着痛苦的肖恩，她想她或许会选择后者。

“对了，”肖恩说，“你要跟我分手的话，我完全理解，这段时间我不仅没做到一个男朋友该做的，还让你难过，离开我去找个更好的男朋友吧。”说到这儿，肖恩原本快干的眼角和脸颊又重新湿润起来。夏瑞漫希望这眼泪是为她流的。

“别说傻话了，我不会就这么离开的。”夏瑞漫话还没说完也开始哽咽起来，忍了许久的眼泪实在止不住了，大滴大滴地滚落出来。“如果你说你已经不喜欢我了，对我没感情了，那好，我不纠缠你。但如果是因为你的抑郁症，我不会走的，我要站在你身旁看你一点点变好。”夏瑞漫每说几个字就要花上一段时间控制自己的哭声，这么两句话断断续续说了好久，也不知道肖恩到底听清楚了没有。

肖恩没继续提分开的事：“我觉得我的脑子不是我自己的，身体也不是我自己的。从房间走到厕所跟跑马拉松似的，要用尽全身的能量。”

“这一切都会过去的，我们一起努力好不好？”夏瑞漫多希望此时的肖恩只是一个睡着了在胡乱说梦话的孩子，她只需抓着他的肩膀使劲摇两下，他就能醒过来，变成原本的那个自己，没睡着时的样子。

夏瑞漫不知道她的坚持里头有多少是对妈妈的反抗，为了向妈妈证明自己的选择是正确的，证明她不是那种因为一点点困难就被打倒的人。在未来她可能还是会跟肖恩分开，但应该是因为其他原因，而不是因为自己的不敢承担。如果暑假的时候就听妈妈的话分手了，那时候他们在一起的时间还没有这么长，是不是会少些难过？现在更不用经历这样的痛苦。肖恩流下的每一滴眼泪都刺进她的心里，她甚至希望躺在床上的那个人是她自己。可夏瑞漫也知道，如果让她再次选择，她同样无法在暑假时仅仅因为肖恩日后可能抑郁症病发而选择跟他分手。

肖恩并没有给夏瑞漫一个肯定的答复，他的脑子里还是装满了如何结束生命的念头，全身的能量都已散尽，他感受不到生命的脉搏，就算心脏其实可以那样有力地跳动。

跟克莱尔道别时，夏瑞漫再三嘱咐克莱尔一定要看好肖恩，她不愿说出那个不吉利的字眼，但还是以不同的方式告诉克莱尔小心肖恩做傻事。嘱咐克莱尔的时候，夏瑞漫突然感到自己与克莱尔的位置短暂地对调了。肖恩是否对克莱尔说过刚才说的话？克莱尔知道肖恩觉得活着没有任何意义的想法吗？现在换作她夏瑞漫告诉克莱尔关于肖恩的信息了吧，轮到她告诉肖恩的姐姐该如何照顾肖恩。

夏瑞漫本以为离开肖恩的住处后会一个人大哭不止，然而她没有。那天路上的风很大，可她一点都没感觉到。她只穿了一件白色的短袖 T 恤，也没觉得冷。

（三十九）

最美的动作

“瑞漫，来学院医院，肖恩试图自杀，但现在情况已经稳定了，别太担心。”电话那边传来的是克莱尔疲惫的声音。

“好，来了。”夏瑞漫回答的口气镇定得让自己都吓了一跳，或许她一直知道这一天肯定会来的，或许是因为听到肖恩的情况已经稳定了，或许她把这一次危机看作一个情况变好的转折点。

在医院冰冷的走廊里，克莱尔告诉夏瑞漫，肖恩割开了自己的手腕。克莱尔通常晚上六点以后才下班，但刚好那天公司突然停电了，克莱尔便早了一些回家，不然现在他们可能已经在筹备葬礼了。

自从接到克莱尔的电话以来，夏瑞漫全身的麻痹感一直没有退去，她现在既不震惊也不悲伤难过，只是庆幸肖恩的命还在，命在，其他什么都不是事，什么都好办。

后来肖恩被送去精神病院治疗，去住院的前一天，夏瑞漫到他和姐姐的公寓看他。肖恩的东西已经收拾得差不多了，窗帘是拉开的，但那天是阴天，还是需要打开房间的灯。房间里空荡荡的，只有床单和几本翻得很旧的书没有收进箱子里。夏瑞漫这次来才发现这房间的墙壁刷得是那样的白，白得没有一丝血色。

夏瑞漫走进房间的时候，肖恩背对着她，弓着身子像是在捡什么东西。看着他佝偻的背影，夏瑞漫不禁心头一紧，她想冲上去从后面抱住他，就这样一直抱着。可她没有，而是轻轻叫了他的名字。

他们面对面站着，过了许久，两人似乎有万语千言，却又不知该如何打破沉寂。最终，肖恩拉起夏瑞漫的手，说："对不起。但进去以后我会努力变好的，我现在真的很想变好。"

"嗯，我相信你。出来那天记得告诉我一声，不管那个时候我在哪里，我会一直期待那个消息的。"

肖恩点点头。这是夏瑞漫见过的最美的动作。

夏瑞漫看着眼前的男生，她发现自己是那样爱他。她知道不论未来走到哪里，过上什么样的生活，与什么样的人走入婚礼殿堂，她的心里永远会有一个角落是留给他的。

肖恩看似与我们那么不同，他的心理出了问题，他竟然在即将以优异成绩本科毕业之际想要结束自己的生命！但抑郁这头猛兽总是悄悄出击，那些表面笑容灿烂的人，谁又能确定自己心里没住着一个肖恩呢。

（四十）

新生活

毕业典礼上没出现肖恩的身影，但夏瑞漫知道他的平均分全年级最高，并获得了系里三个不同的奖，这是肖恩的姐姐克莱尔前一天发短信告诉她的。这当然说明肖恩的牛津录取通知自动生效，但肖恩是否会去学校报到，克莱尔在短信里没说，夏瑞漫也没多问。夏瑞漫知道考试的高分一定会让肖恩十分满意，但为他高兴的同时，夏瑞漫更期待的是另一种转变。如果肖恩的一切幸福感都只源于拔尖成绩和考上名牌大学，似乎可以让他快乐的因素就太单一了。或许他是个天才，但他是否能做个简单快乐的天才?

除了肖恩以外，夏瑞漫的其他好朋友都来了，虽然考试结果没有肖恩那么出众，但大家都为能拿到 2：1 而感到欣慰。经过大三的努力，劳伦也把成绩从 2：2 拉到了 2：1，可还是没有找到工作。虽然满心的不情愿，但她已经开始慢慢准备接受必须回国的事实，毕竟签证到期的日子一天天临近，但工作录取信的影子都看不见。就像久居孤岛等待船讯，劳伦都已经望眼欲穿了，海天相交之处还是空荡荡的。

夏爸爸夏妈妈坐飞机从深圳到伦敦参加夏瑞漫的毕业典礼，夏妈妈连颁奖礼堂都还没进，只是看见穿着学士袍的女儿从房子里走出来就激动得落下眼泪。夏瑞漫自己倒是心情平静，她也不知道为什么，可能是在拿到成绩的那一天她已经感觉自己正式毕业了，毕业典礼的一切只是形式罢了。没有肖恩的毕业典礼更让她难以提起精神。

夏瑞漫并没告诉爸妈男朋友不能出席的真正原因，他们听后一定会惊得把眼睛和嘴都张成圆球状。夏妈妈必然会不停念叨：“早跟你说了吧，早跟你说了。不听老人言，吃亏在眼前。”又或许他们知道肖恩住进精神病院的情况后不会过度惊讶，夏妈妈也不会讲出微带斥责的话。而不告诉父母真相更主要的原因，可能是她那一股犟劲又上来了，肖恩的“不成功”，就像是自己的“不成功”一般。也可能是因为夏瑞漫不想让爸妈担心，这么开心的日子，怎能提起伤心事。所以夏瑞漫只是说肖恩因为要去美国实习，没法赶回来参加毕业典礼了。然后又在两个月后告诉夏爸爸夏妈妈她跟肖恩因为异地的关系决定分开。就这样，夏瑞漫最亲的人永远都不会知道她的男朋友曾经试图自杀后，又住进精神病院的事。

礼堂里家长和毕业学生并不坐在一起，家长在前，学生在后。因为座位呈阶梯状，夏瑞漫刚好能隐约在一片金色和棕色的发丛中看到爸妈黑黑的后脑勺。两个脑袋有时候低下去在读进门时发的手册；有时候靠得近些，像是在讨论着什么；有时候左顾右盼，像是在欣赏会场布置，又像是在找寻夏瑞漫的身影。

夏瑞漫此时要比爸妈紧张多了。她不期待毕业典礼的主要原因是不愿在上百双眼睛前走上台跟校长握手。与其说是不愿意，更多的是怕出丑。如果摔一跤怎么办？如果袍子掉了怎么办？如果鞋跟断了怎么办？这些事发生的可能性微乎其微，但它们毕竟是可能发生的，这就让夏瑞漫感到紧张。她自己想想都觉得挺傻的。

那天气温特别的高，都快要跟“30摄氏度”这条线握手了。平时看上去巨大的礼堂一下子变小了，认识的、不认识的，挤在一起比煮水饺还热，还黏糊。内穿西装或礼服裙，外套学士袍的学生们用手上下晃动任何可以扇动的物件来制造凉风。这样的天气来临时，英国几乎没有可以应对的设施。英国每年需要空调的次数用十个手指头就能数得出来，所以很多建筑物里是不装空调的。空调这种电器在世界各地运用得那么普遍，在大英帝国却几乎完全没有用武之地。

“瑞漫·夏”，很快夏瑞漫的名字就被叫到了。毕业典礼比她想象中还要程序化，校长和校友代表致辞后，学生们被一个个叫上台去。前一个学生一上台，后面的马上就各就各位，速度特别快，每个学生像流水线上的产品般，就这样一个一个在与校长握手的瞬间被盖上“合格，可出售”的印章。

在台上走向校长，和校长握手以及走下台的那短短十几秒，夏瑞漫紧张得不得了，还好最后一切顺利。夏瑞漫觉得大家都在看她，目不转睛地盯着她的一举一动，其实大家都已经鼓掌鼓累了，根本没关注台上的动静，当然夏爸爸夏妈妈除外。回到座位上夏瑞漫总算舒了口气。在远处她隐约能看到夏妈妈似乎在包里翻什么东西，然后只见她扯出白花花的纸巾，用它不停地在脸上擦。

毕业典礼虽说是毕业生的庆典，更激动和骄傲的却是坐在前排的家长们。他们捧在手里哇哇直哭的小婴儿，能长成准备好进入社会的独立的人是多么不易，成长的虽然是学生自己，但家长似乎有着更刻骨铭心的体会，像是他们自己又重生了一般。所以此时夏爸爸夏妈妈心情激动得无以言表，夏瑞漫却觉得毕业不过是许多人都要经历的平凡过程，但有一天她也可能坐在夏妈妈的位置上，有着比现在的自己多得多的感触。

一切流程结束后，学生咖啡厅里，和三年前刚进校时同样的地方，夏瑞漫跟萨缪尔、乔、罗莎和劳伦在分别前最后一次坐在一起聊天。虽然都是毕业，都是分别，每个人的心情却各不相同。夏瑞漫和罗莎都是感性的人，对她们来说离别总是特别的沉重。夏瑞漫曾经这么计算，如果她活到七十岁，每年见一次英国的朋友（这已经是很乐观的估计了），这辈子也就剩下不到五十次的见面机会。曾经最亲密的伙伴，一起谈天玩乐的朋友，日夜奋斗的战友，却只能再见上几十次，甚至可能只有几次，或者再也不会碰头，想到这儿夏瑞漫就特别伤感。

对于罗莎和其他人来说，难过的只有与朋友分离这一点，但夏瑞漫和劳伦却要同时跟英国这个国家说“再见”。或许她们会再次回来，可能是一年后，也可能是十年后，因为这都是说不准的事情，所以还是特别的不舍。与其说是对英国的感情深，不如说是对伦敦这座城市的留恋。刚到伦敦的时候夏瑞漫真有点不习惯，但短暂的不适应后是更加热烈的喜欢。哪怕已过了三年，临走之时夏瑞漫还是觉得，还有那么多的地方没有去过，又有这么多的地方想再去一次，再去几十次。夏瑞漫记得在新生手册上有这么一句：“如果你厌倦了伦敦，你一定厌倦了生活。”幸好她还没厌倦伦敦。

萨缪尔虽然嘴上也说着会想念大家，但大家都知道，在留恋伍德兰兹的同时，他对毕业后的生活有着更多的期待。萨缪尔心中的年利达律师事务所就像肖恩的牛津一般，握住它，就握住了梦想。他已经有些迫不及待地想要把学生时代的一切扔到名为“过去”的盒子里。

跟萨缪尔比起来，劳伦却没能握住梦想，而是一手的无奈。她说:“踏进大学校门的时候，我觉得自己什么都行，甚至能改变世界，现在却连自己的命运都改变不了。”但命运这玩意儿本来就是说不准的，能留在英国是命，不能留也是命。以为是“好命”的结果可能是坏命运的开始，不走到人生尽头，谁也说不准，谁也看不明白。

乔原本对找工作最没兴趣，竟然阴错阳差地得到了一份薪水不低的工作。她的朋友不久前在一个新开的小公司里谋得了一个职位，工作时听说另一个岗位正缺人，便推荐乔去试试。没想到这一面试就通过了，乔跟主管特别谈得来，主管也觉得乔是这个工作的不二人选。等乔正式工作后主管是否还会这样觉得就说不准了，毕竟那些能说会道的人总能在面试的时候大放光彩，但工作能力并不一定与嘴皮子有绝对的联系。不管如何，乔毕业后的谋生之路没费什么力气就找好了。找工作其实跟申请学校一样，最终的结果是汗水、机遇和运气共同造就的。

刚毕业的大家都处在什么位置呢？萨缪尔：律师事务所，免费读完法律课程后年薪 6 万英镑起；罗莎：去法国教英语一年；乔：销售公司，年薪 2.6 万英镑起；肖恩：牛津研究生，或其他；劳伦：未知，可能在中国找工作，可能读研究生；夏瑞漫：计划间隔年过后读研究生，地点未定，或其他；马彤：在上海的银行工作；

麦琪：剑桥研究生。

十年后大家又会站在什么地方呢？谁也说不准。评判一个人是否“成功”的标准也会变得更加“多样”，比如结婚、交往的对象是谁，比如女性是否依旧年轻貌美。而更重要的，至少在夏瑞漫看来，是对目前的生活是否感到满意。不是别人眼中你的生活如何，而是你自己心中的生活如何。这所谓的“好”与“坏”，“成功”与“失败”，都不该用统一和单一的标准来衡量。只有自己心中的世界是纯净的、美丽的、幸福的，外在的一切才会以同样的面貌显现出来。而描绘出这样的世界的途径是多种多样的。

在从伦敦飞回中国的飞机上，夏瑞漫哭了很久。这些眼泪里包含了各种不同的情感。此时她才发现，除了舍不得大学的朋友之外，她更多的是在为自己一去不复返的青春时光哭泣。她极力地想停止不前，她从未发现自己是这样地想拒绝长大。不论在这过去几年里她过得是开心还是痛苦，疯狂还是平静，平坦还是坎坷，过去了的就过去了，永远不再回来。夏瑞漫是哭人与事这些具体的东西，更是在哭逝去的时间这个抽象的概念。前者可以再见，后者从此不可及。夏瑞漫更是在哭自己目前还是充满问号的未来，在看别人的人生时，能轻松地说这其实是件好事，惊喜总是在未知中出现。可当自己的未来是如此的时候，却难以泰然处之。如果最后一事无成怎么办？如果孤独终老怎么办？如果……怎么办？

哭累了，夏瑞漫便不再哭了。因为，除了用双手迎接向她奔跑而来的新生活，还有什么别的办法呢？

（全文完）